Georg Weerth

Fragment eines Romans

Georg Weerth: Fragment eines Romans

Entstanden 1843/44 und 1846/47. Erstdruck in: Sämtliche Werke, Berlin (Aufbau) 1957.

Neuausgabe mit einer Biographie des Autors
Herausgegeben von Karl-Maria Guth
Berlin 2017

Der Text dieser Ausgabe folgt:
Georg Weerth: Sämtliche Werke in fünf Bänden. Herausgegeben von Bruno Kaiser, Berlin: Aufbau, 1956/57.

Die Paginierung obiger Ausgabe wird hier als Marginalie zeilengenau mitgeführt.

Umschlaggestaltung von Thomas Schultz-Overhage unter Verwendung des Bildes: Georg Weerth (Daguerrotypie, um 1851/52)

Gesetzt aus der Minion Pro, 11 pt

Verlag: Henricus - Edition Deutsche Klassik GmbH
Mörchinger Str. 33, 14169 Berlin, info@henricus-verlag.de
Druck: Libri Plureos GmbH, Friedensallee 273, 22763 Hamburg

Die Ausgaben der Sammlung Hofenberg basieren auf zuverlässigen Textgrundlagen. Die Seitenkonkordanz zu anerkannten Studienausgaben machen Hofenbergtexte auch in wissenschaftlichem Zusammenhang zitierfähig.

ISBN 978-3-7437-0683-5

Bibliografische Information der Deutschen Nationalbibliothek

Die Deutsche Nationalbibliothek verzeichnet diese Publikation in der Deutschen Nationalbibliografie; detaillierte bibliografische Daten sind im Internet über www.dnb.de abrufbar.

Seitwärts vom Rhein, in einem reizenden Tale, liegt das Jagdschloß des Baron d'Eyncourt. Ein altes, wunderliches Gebäude mit kleinen Fenstern und ungeheuerm Giebel, halb bedeckt von Efeu und Weinranken, die bis oben aufs Dach gewachsen sind, von wo sie in dichten, buschigen Matten wieder nach den Seiten zu hinunterhängen. Uralte Walnußbäume bilden mit ihren riesigen Ästen und den großen tiefgrünen Blättern den Hintergrund des Gebäudes. Nach vorne dehnt sich bis zu dem schmalen Wege, der nach dem nächsten Dorfe führt, ein weiter, geräumiger Garten, dessen ganze Einrichtung auf den ersten Blick verrät, daß man wenig Sorgfalt mehr auf die Erhaltung früherer Anlagen verwendet und Stauden durcheinanderwachsen läßt, wie es ihnen gefällt; nur unmittelbar unter den Fenstern des Schlosses scheint noch eine ordnende Hand der lustig sprossenden Rosen und Nelken zu warten; von vier oder fünf Wasserbächen, die durch den Garten verteilt sind, sprudelt auch hier noch ein kristallener Strahl aus dem Marmorbehälter und wirft seine zitternden Perlen rechts und links auf die Kelche der Blumen.

Sorglos, als wüßten sie, daß niemand ihren Gesang unterbrechen würde, durchjubeln die Spatzen diese reizende Wildnis und ziehen sich nur ärgerlich in das Gezweig der Holunderbüsche zurück, wenn oft vom nahen Walde herüber die Amseln kommen oder andere schönere Vögel, welche sich den Garten des Schlosses als allgemeines Rendezvous erwählt zu haben scheinen und dann ihre melodische Unterredung beginnen, mit soviel Takt, in so hübschen Kadenzen, daß jedem ehrlichen Mann das Herz im Leibe lacht, daß aber jeder ehrliche Spatz vor Neid und Ärger vergehen möchte.

Das einzige, was die heiteren Meetings der gefiederten Gesellen bisweilen unterbricht und den ganzen Konvent im Nu auseinanderjagt, ist die große rotbraune Angorakatze, die langjährige Bewohnerin des Schlosses, die alle Ecken und Winkel des Gebäudes und des Gartens kennt und sich gewissermaßen als Statthalterin des Besitztums betrachtet, wenn die Herrschaft verreist, in der Stadt weilt. Schlummernd kauert sie auf der Schwelle der Gartentüre, in Traum und Gedanken versunken. Alles ist still. – Da beginnt das Vogelkonzert: die Amsel ruft, es zwitschert der Stieglitz, der Buchfinke schreit, und es lärmen die Spatzen. Sie erwacht, sie rümpft die Nase, die langen Spürhaare bewegen sich dreimal und viermal, ein unbehagliches Knurren und Murren dringt durch die halbgeöffnete zierliche Schnauze, und unheimlich blinzeln die grünen Augen durch die schützenden Wimpern. Es ist hart, so im besten Träumen gestört zu werden – in Träumen, wer weiß worin, in Träumen, wer weiß worüber-, wo man sich vielleicht für eine verwunschene Prinzessin hielt, für eine reiche Äbtissin, für eine himmlische Unschuld – und ach! und wo man dann doch zuletzt nur eine alte Katze ist. Aber wer weiß, wovon die Katzen träumen? Genug, unsere Angorakatze erwacht. Sacht und behutsam gleiten die zwei schneeweißen reinlichen Vorderpfoten aus dem warmen Pelze, erst kaum bemerkbar, allmählich deutlicher, schimmernd in ihrer ganzen krallengeschmückten Schönheit, und stemmen sich endlich fest und sicher auf den Boden. Die Hinterpfoten, weniger glänzend und mehr braungestreift und gesprenkelt, folgen sofort dem Beispiel der beiden vordern, schieben die blanken Tatzen vorsichtig unter die Rundung des glatten Leibes, jetzt das Holz der Schwelle kräftiger packend und den ganzen Körper emporhebend, mit dem buckligen Rückgrat, mit dem wedelnden Schweif und dem drohenden Haupte, das sich stolz in den Nacken wirft, die Augen wild funkeln läßt und noch einmal weit aufgähnend seine rosenrote Höhle zeigt und die Reihen blitzender, scharfgeschliffener Zähne.

Ein Satz, und sie verschwindet im Gebüsch. Lebhaft unterhalten sich indes in den Zweigen des großen Oleanders die Vögel von ihren wichtigsten Angelegenheiten. Ein Zeisig schreit, als wäre er außer sich; wahrscheinlich jammert er über ein Mitglied seiner Familie, das sich aus Versehen in den Schlingen fing, die eigentlich für viel bessere, große Vögel gelegt waren, für Amseln und Tauben etwa. Eine sonst sehr sanfte Lachtaube kichert daher laut auf und freut sich nicht wenig, daß sie durch die Intervention des Zeisigs gerettet worden ist. Über diese Schadenfreude entzürnen sich aber die andern, so daß bald vor allem Klagen, Lachen und Schelten niemand den andern mehr verstehen kann und ein alter Spatz, halb vor Wut erstickt, den heiligen Schwur tut, nimmer in so unmoralischer Gesellschaft die Rednerbühne wieder zu besteigen.

Da hat sich die Katze an den Fuß des Baumes geschlichen. Zum Sprunge sich rüstend, setzt sie sich auf die Hinterbeine, peitscht mit dem Schwanz den Boden, und, den Blick nur nach oben gerichtet, zerstört sie, die Fürchterliche, in einem Nu die künstlichen Bauten eines redlichen, arbeitsamen Ameisenvolks, indem sie die eben noch so glücklichen Bürger rechts und links aus den Wohnungen geißelt. Da ist sie fertig. Zischend und sprudelnd fliegt sie am Stamm des Baumes hinan und – husch! verschwinden die Vögel.

Alles wieder still.

So geht es im Garten her. Hat die Katze ihren Streifzug beendet, da kehrt sie ruhig zurück in den Hof des Schlosses, innerlich lachend über die dummen Vögel, welche sich noch immer vor ihr fürchten, sie, die so leicht sind und so lustig beschwingt, daß sie sicher die Lüfte durchjubeln können, wenn eine arme Katze an den lieben, trockenen Boden gefesselt ist mit den lieben vier zierlichen Beinen.

Die Katze muß wirklich jedesmal lachen und schleicht dann zu dem kleinen, grünbemalten Hause am Fuße eines Walnußbaums, wo sie einen alten Freund wohnen hat, einen alten Praktikus, mit dem sie schon lange in stillem, zärtlichem Einverständnis steht, nach treuer Übereinkunft geschlossen vor Jahren und selten verletzt. Die Angorakatze besucht nämlich Nero, den alten Hofhund.

Früher haßten sie einander schrecklich, als das Blut noch ungestüm in den Adern floß, und manche Fehde entbrannte, die nur der Stiefelknecht des Kutschers oder die Feuerzange der Köchin zu schlichten vermochte. Als aber die Zeit und die Erfahrung den Mut in der Brust gedämpft hatten, als sie beide einsahen, daß alles übel ist auf dieser Welt, da schlossen sie Frieden und versprachen lieber, einander beizustehen mit Rat und Tat in den Bedrängnissen eines schlimmen Jahrhunderts. Und also groß ist ihre Freundschaft geworden, daß die Katze, wenn sie den guten Nero im Schlafe findet, nicht das geringste Geräusch macht, um ihn zu erwecken, sondern sich zu ihm setzt, ihm die Fliegen fortscheucht und die Narben ihm leckt, die entsetzlichen Narben verschollener Schlachten.

Erwacht dann Nero, so schauen sie sich diplomatisch innig an und gedenken der Tage der Jugend. Die schöne Katze, der treffliche Nero! Friedlich verbringen sie ihre Tage. Sie ruhen auf ihren Lorbeeren; und wie die Katze mehr zum Spaß als zum Ernst oft noch nach Amseln schnappt und pfiffigen Spatzen, so fühlt Nero sich auch nur im Traum oft noch auf der Jagd und fährt dann empor mit der alten Wildheit, das Stroh seines Lagers durchwühlend, heulend und hinauf stierend in die düstern Wipfel des Walnußbaumes.

Die Stunde, zu der wir die halbverwilderte Besitzung des Baron d'Eyncourt betreten, ist die siebente des Abends; die Sonne neigt sich den Bergen zu – noch eine kleine Weile, da wird jenseits der Rhein in ihren letzten Strahlen zu leuchten beginnen, schon färben die Wipfel der Bäume sich purpurrot, golden wogen die Felder, und stiller und feierlicher wird es rings um das alte efeubehangene Schloß.

Wir lauschen noch, ob denn niemand sich regt, nicht ein einziger menschlicher Bewohner des finstern Gebäudes, da öffnet sich eine kleine Seitentür und, das Haupt mit schneeweißem Haare geschmückt, wandelt ein sehr bejahrter Mann langsam die moosige Steintreppe hinab in den schon halb düstern Hofraum. Es ist der alte Bediente des Barons, Jean Baptiste, grau und weiß geworden im Dienste seines Herrn, des einzigen Herrn, den er jemals hatte. Er legt die Hände auf den Rücken und spaziert auf und ab unter den riesigen Bäumen, je- desmal einen Augenblick innehaltend, wenn er an die Ecken des Hauses kommt, um über den Garten hinweg das Tal hinunterzu- schauen, als ob er jemand erwarte, der dem Schlosse zueilen werde.

Niemand könnte besser zu der ganzen Umgebung passen als der alte Jean Baptiste – er ist auch so ein zahmer, treuer Hofhund, grade wie der Nero, und beide lieben sich auch, als wenn sie wüßten, daß sie Ähnlichkeit miteinander hätten.

Sinnend bleibt der alte Diener vor dem kleinen Hause des Hundes stehn, der auch bald seinen Freund bemerkt und herausschaut, als wollte er sagen: »Jean Baptiste, guten Abend, Jean Baptiste«, und: »Guten Abend, Nero«, murmelt unwillkürlich der alte Diener, und wie Mann und Hund sich freundlich begrüßen, sieh, da kommt von der andern Seite auch schon die große Angorakatze schnurrend und spinnend und reibt den Kopf an den ledernen Gamaschen des Haus- freunds, so daß Jean Baptiste sich bald hierhin, bald dorthin wenden muß, um die Karessen seiner beiden Bekannten in gehöriger Weise zu erwidern.

–

Da klang in der Ferne das Rasseln eines Wagens. Jean Baptiste eilte rasch hinaus. Er hatte sich nicht geirrt. Es war der Baron, der mit seiner Tochter aus der Stadt zurückkehrte. Das große Gittertor war schon geöffnet, die Hufe der Pferde klirrten bald auf dem Steinpflaster des Hofes, und der Wagen hielt vor der breiten Treppe des Gartensaa- les. Freundlich grüßend stieg der Baron aus. Eine schlanke, schöne

Gestalt von militärischer Haltung, fast zu jugendlich für das Alter, das den Glanz der braunen Haare und des kräftigen Schnurrbarts bereits in Silbergrau verwandelt hatte. Die prächtige Stirn, das feine Profil und die lebendig funkelnden Augen des alten Adligen gewannen auf der Stelle, und wenn man hiernach gestehen mußte, daß man einen Mann vor sich habe, welcher von trefflicher, nobler Rasse abzustammen schien, so bewiesen zu gleicher Zeit die stets graziösen Bewegungen seines elegant geformten Körpers, daß dieser auch einst eine gute Schule durchgemacht hatte.

Rasch übergab der Baron dem dienstfertigen Jean Baptiste eine Rolle Karten und Papiere und wandte sich dann nach dem Wagen zurück, aus dem ihm die lächelnde Tochter schon leicht beflügelt nacheilte.

»Da sind wir wieder in unsrer schönen Wildnis, liebes Kind, in unserm grauen Besitz«, und Vater und Tochter wandelten hinauf in das alte Gemach, durch dessen schwere rotseidene Vorhänge die letzten Strahlen des Abendlichtes zitternd niederfielen.

Jean Baptiste hatte indes die Lichter des Kronleuchters angezündet, der von dem Getäfel der Decke niederhing und einen Tisch beleuchtete, auf dem Bilder und Bücher in buntem Gemisch durcheinanderlagen. Allmählich erhellten sich auch die entfernteren Teile des Zimmers, die bei den kleinen, niedrigen Fenstern des alten Gebäudes längst in tiefe Dämmerung gehüllt waren. Die gewirkten Tapeten, die von den Wänden niederhingen, zeigten jetzt ihre seltsamen Gestalten, Bärenhetzen und Hirschjagden mit Jägern und Hunden, wie sie die Hand des Künstlers gezeichnet und das Geschick eines fleißigen Webers in Stoffen nachgebildet. Dann einige Ölgemälde in kolossalen, vergoldeten Rahmen, die Porträts längst verschollener Vorfahren, einige
noch im Harnisch, mit bunter Schärpe darüber, andre in grünem Jagdkleid, die Falkenfeder am Hut, die letzten in modernem Gewand, und an dem Fuß eines jeden Bildes das Wappen des Hauses. Ferner der breite Kamin mit dem Marmorgesims, über ihm der phantastisch gerahmte Spiegel, mit halbverdorrten Kränzen und Girlanden darauf, Trophäen und Erinnerungen vergangener fröhlicher Zeiten, die mit Gold und Elfenbein zierlich ausgelegten Mahagonischränke in den zwei hinteren Ecken des Gemaches, die gewaltigen Sessel mit hoher Lehne, geschnitzt in gotischem Stile, oder endlich der vom Alter gebräunte Boden, in der Mitte bedeckt mit dem Brüsseler Teppich –

alles, was vergangene Tage für schön und komfortabel gehalten, hier war es beieinander, düster und unfreundlich zwar für das Auge, das an die lichte Pracht moderner Gemächer gewöhnt ist, aber traulich und erheiternd für die Sprossen eines alten Geschlechts, die durch diese ganze Umgebung sich gern an die Freuden und Launen ihrer Ahnen erinnern ließen.

Der Baron hatte sich in einen Sessel niedergelassen und die Papierrolle geöffnet, welche er von der Stadt herüberbrachte. Sie mußte wichtige Sachen enthalten, denn er fuhr emsig im Lesen fort, was sonst gar nicht seine Gewohnheit war. Dem alten Edelmanne war nichts verhaßter, als sich mit Briefen, Berichten, Dokumenten oder gar mit Rechnungen zu befassen, was er stets seinem Schreiber oder Notar überwies. Dem letzteren hatte er heute einen Besuch abgestattet und schien grade keine sehr erfreulichen Nachrichten davongetragen zu haben, denn trotz der scheinbaren Heiterkeit, die er stets in Gegenwart anderer beizubehalten wußte, lag doch heute eine gewisse Besorgnis auf der sonst so freien Stirn.

Bertha wagte lange nicht, ihren Vater im Lesen zu stören; schon zehnmal hatte sie etwas Verschiedenes angefangen, um die Zeit zu kürzen, und warf endlich ärgerlich Bücher und Handarbeiten beiseite, indem sie das zierliche Kinn auf den Rücken der Hand stützte und manchmal ihre klugen Augen seitwärts zum schweigenden Vater hinüberschweifen ließ. Es wurde ihr so unheimlich heute abend zumute, sie wußte selbst nicht warum, und als wieder eine halbe Stunde verflossen war, in welcher der Vater nicht ein Wörtchen gesprochen, nicht einmal vom Papier aufgesehen hatte, da konnte sie es nicht länger aushalten, sie sprang vom Sitze empor, bog sich über die Lehne des Sessels, und des Vaters Stirne küssend, bat sie ihn in wehmütigem Tone, doch nur ein einziges Mal aufzusehen, doch nur ein Wörtchen mit seinem Kinde zu sprechen.

»Gewiß, der dumme Notar in der Stadt ist an allem schuld, ich weiß es, ich kann es mir denken, wirf die häßlichen Papiere fort!« Und sich dicht vor den Sessel drängend, legte sie dann ihre Hände auf die Schultern des Vaters und sah ihn nochmals bittend an.

Der Baron, noch halb betäubt von alledem, was er gelesen, und verwundert über das Ungestüm seines Kindes, blickte einen Augenblick auf, ohne etwas zu erwidern.

»Und du sagst nichts, lieber Vater?«

»Komm in meine Arme, Bertha! Du hast recht, es ist unverzeihlich, daß wir uns den ganzen Abend noch nichts erzählt haben, aber du siehst, ich bin sehr beschäftigt, ich habe viel zu tun, der Notar –«

»Ja, der Notar – ich wußte es wohl!«

»Der Notar hat mir manches zu lesen gegeben, und das will erledigt sein!«

»Ich will es dir vorlesen.« Und da griff Bertha unwillkürlich nach den Papieren, die der Vater eben auf den Tisch gelegt hatte. »Halt, mein Kind! Laß sie ruhig liegen, du kannst sie nicht lesen, und es sind auch wenig erfreuliche Sachen, die weder dir noch mir viel Vergnügen machen würden.«

»Habe ich es doch gedacht! – Du bist noch niemals froh gewesen, wenn du vom Notar zurückkamst, aber heute, mit der Papierrolle, das merkte ich gleich, daß uns das den Abend verderben würde; und sieh, wenn du es mir nicht übelnehmen willst, so will ich dir gestehen, daß ich dich eben während dem Lesen etwas beobachtet habe, und ganz finster hast du oft mit deinen Augbrauen gezuckt – komm, lieber Vater, wirf die häßlichen Papiere fort!« Und Bertha zögerte auch keinen Augenblick, das Paket zu ergreifen und es weit fort in die Ecke eines Sofas zu schleudern, so daß einige Blätter sich lösten und wild durch den Saal flatterten.

»Ja, wirf sie nur fort, liebes Kind!« – und mit einem etwas gezwungenen Lächeln schob der Baron, ans Fenster tretend, die rauschenden Vorhänge zurück und blickte lange schweigend in das mondhelle Tal hinaus.

»Das ist eine herrliche Nacht!« flüsterte Bertha, die ihrem Vater leis nachgeschlichen war und sich dicht hinter ihn gestellt hatte. »Sieh nur, man kann die fernsten Gegenstände erkennen, wie ein silberweißer Faden läuft der Weg hinter dem Garten her nach dem Dorf zu, rechts und links die Marienbilder, halb in den Kornfeldern stehend, und weiter nach den Seiten der Berge zu die Gärten, so hell vom Monde beschienen, daß man jeden Weinstock von hier aus zählen könnte, und den Kirchturm im Dorfe sieht man ganz genau aus dem Duft des Rheintales emporragen. Im hellen Sonnenscheine sehen wir alles das freilich den ganzen Tag vor uns, aber bei Nacht bekommt jeder Gegenstand eine so ungewohnte und geheimnisvolle Färbung, daß man sich aufs neue daran ergötzt. Ach, die Welt ist doch so schön! Nicht wahr, lieber Vater?«

Der Baron schwieg.

Bertha erschrak darüber unwillkürlich und sah den Vater aufmerksamer an. Unverwandt war sein Blick in die Weite gerichtet; regungslos ruhte seine Hand auf dem Griffe des Fensters.

»Was ist dir, lieber Vater?« fragte ihn die Tochter mit so lieblicher Stimme, daß es bis in das Innerste seines Herzens drang. »Was fehlt dir? Du bist so ernst heute abend.«

»Laß mich, mein Kind!« erwiderte der Baron und wandte sich in das Zimmer zurück.

»Nein, ich lasse dich nicht! Ach, sage deiner Bertha, warum du traurig bist, sag mir, woran du denkst!«

»Liebes Kind, mußt du denn alles wissen?«

»Gewiß, ich muß!«

»Nun wohl, ich dachte daran, was du wohl sagen würdest, wenn ich und du und Jean Baptiste und Max mit seinen beiden Rossen und unser treuer Nero – kurz, wenn wir allesamt an einem frühen Morgen für lange Zeit, vielleicht für immer dies schöne Tal und unser altes Kastell verließen.«

»Wie, das Kastell verlassen – für lange Zeit – vielleicht für immer? Lieber Vater –«

»Ja, ja! Und weit fort von hier zögen, in eine fremde Stadt, in ein fremdes Land, wo uns niemand kennt, wo wir niemanden kennen, dort zu leben und zu wohnen und zu – sterben – vielleicht – sprich, 157 liebe Bertha, was würdest du dazu sagen?«

»Es ist nicht möglich! Ist es denn nicht herrlich genug hier? Gibt es einen Strom in der Welt, der stolzer dahinrollte, dessen blitzende Fläche reizendere Ufer widerspiegelte, dessen Hügel vollere Trauben trügen, dessen Sagen und Märchen lieblicher in unser Ohr klängen als die unsres gewaltigen Rheines? Sage mir, rauscht ein zweiter Rhein auf der Erde?«

»Gewiß nicht, mein Kind.«

»Und gibt es ein zweites Tal, rechts oder links, soweit dieser Rhein die Felsen durchfurcht, das freundlicher wäre als das unsere, wo das Korn höher steht, wo die Rosen üppiger wachsen, wo die Lerche jubelnder aufsteigt und die Nachtigall wehmütiger singt, wenn der Abendstern still zu uns herüberschaut?«

»Gewiß, meine Bertha, ich weiß kein schöneres!«

»Und findest du Menschen, die dich lieber haben könnten als die, welche uns hier umgeben, die du alle bei Namen kennst von Jugend auf, in deren Hütten du gesessen, die du unterstützt in der Not, denen du jederzeit mit Rat und Tat zur Seite stehst und die dich alle verehren wie ihren Herrn und Vater?«

»Du hast recht, mein Kind, wir haben viele arme Freunde!«

»Oder gefällt dir unsre alte Wohnung nicht mehr? Die grauen Giebel, mit Efeu, Reben und Nußlaub geschmückt, die Treppen, überwuchert von Blumen, und die kleinen Fenster, strahlend in lustigen Farben? Oder liebst du diese grauen Gemächer nicht mehr, mit demselben Gerät, das alle unsere Ahnen besaßen, diese Bilder, diese Vasen, diese Sessel, jedes eine Erinnerung, jedes ein Andenken an ein Geschlecht, das dreihundert Jahre lang gern und froh hier geweilt hat?«

Bertha schwieg und sah ihren Vater unverwandt an. Der Baron war in den Hintergrund des Zimmers getreten, den Kopf tief gesenkt, die Arme über der Brust übereinanderschlagend; jetzt kehrte er zurück, und vor den Sessel tretend, auf welchem Bertha saß, hob er plötzlich stolz sein graues Haupt empor, in entschiedenem Tone fragend:

»Und wenn wir trotz aller unsrer Liebe den Rhein und dies Tal und dies Haus verlassen *müssen*?«

»Müssen?« erwiderte Bertha mehr verwundert als erschrocken.

»Jawohl, verlassen *müssen*!« rief der Baron aufs neue. »Wenn es uns die – Ehre gebote, was würde dann meine Tochter sagen?«

»Wo unsre Ahnen mit Ehren jahrhundertelang gewohnt haben, da wird die Ehre den Aufenthalt nimmer verbieten.« Berthas Augen blitzten. Ein höheres Rot flog über ihre zarten Wangen. »Ha, wer wollte uns von hier vertreiben? Ich weiß, lieber Vater, daß du manche Kränkungen in der letzten Zeit erduldet hast, man hat dich belogen und betrogen und verleumdet – aber ist das ein Grund, um dich zurückzuziehen? Die Ehre gebietet dir gerade, auf dem Fleck zu bleiben! Jene schlechten Gesellen, welche unsre armen Nachbarn stets drücken und plagen, denen du stets kräftig entgegengetreten bist wie ein Mensch und Edelmann, sie werden sich noch vor dir beugen müssen, über kurz oder lang, und dein Name und unser Name, er wird gefeiert bleiben, solange der Rhein an den Hütten der Armen vorüberrauscht.«

»Liebes, braves Kind!« »Oh, es kann mich wütend machen, wenn ich nur halb daran denke, daß jene schlechten Buben dich je veranlassen könnten, auch nur einen Zollbreit nachzugeben; und es ist doch

unmöglich, du wirst es nicht tun – ach, ich bin ein lächerliches Mädchen. – Du weißt, vor einiger Zeit wollten die Fischersleute unten im
Dorf ihre zwei prächtigen Knaben, der eine kaum zwölf, der andre
erst vierzehn Jahre alt, nach der Stadt in den Dienst schicken, weil
man den Kindern einen guten Lohn versprochen hatte. Du rietest den
Eltern davon ab, weil man dort die armen Jungen gewöhnlich schon
nach ein paar Jahren mit aller Arbeit zugrunde richtet, und die beiden
Knaben wurden dann auch auf dem Lande gelassen. Das soll aber den
Herrn in der Stadt entsetzlich verdrossen haben, so daß er auf der
Stelle den Schwur tat, er werde dich dafür packen, koste es, was es
wolle, und die Gelegenheit solle sich schon finden. Auch andere ähnliche Sachen haben mir die Leute im Dorfe schon erzählt, und, lache
mich nicht aus, lieber Vater, ich setzte es mir in den Kopf, jene
schlechten Menschen könnten vielleicht ihre Drohungen einmal in
Erfüllung gehen lassen – unser alter Nero ist mit der Zeit sehr zahm
geworden, Jean Baptiste ist auch kein großer Held mehr, Max hat einen
entsetzlich guten Schlaf – wer sollte dich beschützen? Ich habe daher
eins der Gewehre oben vom Boden geholt, und ich hab es geputzt
und mit Pulver und Schrot geladen, und sieh, lieber Vater, der erste
Mensch, der uns überfällt, ich fürchte mich nicht, und ich schieße ihn
über den Haufen, so wahr ich Bertha heiße!«

So niedergeschlagen der alte Baron auch einen Augenblick vorhin
noch gewesen war, so heiter stimmte ihn plötzlich dieser kriegerische
Vorsatz seiner lustigen Tochter.

»Nun, ich sehe, daß du Mut hast!« rief er lachend. »Da wird schon
alles gut gehen und niemand uns vertreiben können.«

»Nein, sicher und gewiß nicht! Und kämen ein Dutzend Männer
– wir bieten ihnen die Spitze! Den ersten Angriff schlagen wir allein
zurück; durch unser Schießen wach geworden, springt Jean Baptiste
erschrocken aus dem Bette, Max wird hinten auch lebendig, kleidet
sich schnell an, eilt aus seinem Häuschen zu uns herüber, indem er
unterwegs noch den Nero auffängt und mitbringt; keine fünf Minuten
vergehen, da sind wir alle beieinander. Im Nu werden die Türen ver-
rammelt, die Fensterläden geschlossen, Jean Baptiste und Nero bleiben
unten im Hause zurück, um sich davon zu überzeugen, daß keiner
unsrer Feinde die Befestigungswerke durchbricht. Wir andern steigen
hinauf auf den Söller, du stellst dich an den hinteren Giebel, ich an
den vorderen. Max bleibt in der Mitte zwischen uns, um die Gewehre

zu laden. Wenn alles so arrangiert ist und ich noch des Urgroßvaters alten Helm auf den Kopf gesetzt und in der Eile seinen Panzer umgebunden habe, da strecke ich meinen Oberkörper durch die Wein- und Efeuranken aus dem Erker hinaus und spreche im tiefsten, schrecklichsten Baß, den ich erfinden kann: ›Meine Herren Schufte und Banditen, bleiben Sie uns gütigst drei Schritte vom Leibe, oder Sie sind des Todes!‹ Wir warten einen Augenblick auf Antwort, und wenn diese nicht erfolgt oder unbefriedigend ausfällt, so ergreifen wir unsre Karabiner, die Hähne werden gespannt und die Mündungen der Läufe nach Hof und Garten hinabgerichtet. Ist dies geschehen, so rufe ich, um nichts unversucht zu lassen, abermals mit einer Löwenstimme, daß man sich entfernen soll, und wird dann nicht im Nu das Feld geräumt, so beginnen wir die Kanonade, rechts und links, bis wir Kugeln und Schrot und Kiesel und das Blei der Fenster verschossen und natürlicherweise komplett gesiegt haben. Was unsern Kugeln nicht erliegt, fällt natürlich in die Krallen Neros und der Angorakatze, denen wir die Verfolgung der etwaigen Flüchtlinge überlassen. Am andern Tag werfen wir die Toten in die Fontäne, und es kräht kein Hahn und kein Huhn mehr danach.«

Bertha schwieg – es wurde angeklopft, und der alte Jean Baptiste trat herein, dem Baron einen Brief überreichend.

»So spät am Abend noch? Und wartet man auf Antwort?«

»Der Mann, der den Brief brachte, hat sich gleich wieder entfernt, Herr Baron«, erwiderte Jean Baptiste und trat in den Hintergrund des Zimmers zurück, ohne sich indes gleich zu entfernen, denn nichts war dem alten Manne lieber, als wenn er sich einige Augenblicke in dem Gemache der Herrschaft aufhalten konnte. Der Baron hatte den Brief schon erbrochen und wollte ihn eben auseinanderfalten, als er ihn nochmals gleichgültig auf den Tisch warf und, sich zu seiner Tochter wendend, mit fröhlichem Tone fortfuhr: »Also du meinst, daß wir bleiben sollen!«

»Gewiß, lieber Vater!« Und lustig sprang Bertha dann von ihrem Sitze auf, wünschte dem Baron von Herzen gute Nacht, und dem alten Jean Baptiste eine Wachskerze aus der Hand nehmend, hüpfte sie rasch durch die niedrige Seitentür in das Innere des stillen Kastelles.

»Laß sehn, wer uns noch so spät in der Nacht schreibt«, rief der Baron, als er mit Jean Baptiste allein war. »Wie? Der Notar – mit dem ich den ganzen Tag lang gesprochen?« So war es. »Ich kann Ew.

Hochwohlgeboren den Inhalt unsrer heutigen Unterredung nur bestätigen«, schrieb der Notar. »Sie wissen, wie Ihre Angelegenheiten stehen; seit Sie mich verließen, ging mir Ihre Sache fortwährend durch den Kopf, ich finde keinen Ausweg – und nun in diesem Momente kommt es mir plötzlich in den Sinn, daß es nur noch einen Mann gibt, der Sie retten kann, und dieser Mann ist der Herr Friedrich Preiss, der Fabrikant; an den Mann wenden Sie sich. Das rät Ihnen von Herzen Ew. Hochwohlgeboren ergebenster usw.« Der Baron faltete den Brief ruhig zusammen, hielt ihn ins nächste Licht und warf das brennende Papier dann in den dunklen Kamin.

Nachdem der Baron seinem Diener noch befohlen hatte, die auf dem Sofa und auf dem Boden zerstreut umherliegenden Tabellen und Dokumente zusammenzusuchen und in das Privatgemach zu bringen, ließ er sich über den hallenden Korridor leuchten.

»Morgen früh, Punkt 9 Uhr, fahren wir wieder in die Stadt!« Der Baron warf die Tür seines Schlafgemaches hinter sich zu. Traurig schritt Jean Baptiste durch das finstere Schloß und schüttelte bedenklich mit dem Kopfe.

Dem deutschen Adel geht es wie allen andern Teilen (Klassen) der deutschen Gesellschaft, er hat so wenig Entschiedenes und Ausgeprägtes, daß er nie mehr dazu kommt, eine Partei zu bilden, und auch deshalb schon längst aufgehört hat, politisch bedeutend zu sein. Dies Aufhören einer politischen Bedeutung des deutschen Adels, wenn diese Bedeutung überhaupt jemals im Großen existierte, ist auch schon so lange her, daß die heute lebenden einzelnen Individuen dieser Klasse sich ganz bei ihrer Nichtigkeit beruhigt haben. Jenen großen Schmerz, den eine gewaltige Partei bei ihrem Sturz empfindet, den der französische Edelmann bei der Revolution empfand und den heute der englische Aristokrat zu erkennen gibt, wenn ihm die Bourgeoisie täglich neue Wunden schlägt, hat seit undenklicher Zeit den Seelenfrieden unsrer deutschen Gentilhommes nicht mehr gefährdet. Sie haben sich daran gewöhnt, politisch Null zu sein, und während ihre soziale Bedeutung zur einen Hälfte darin besteht, besser schießen, reiten, tanzen und Schulden machen zu können als mancher Plebejer, hat sich der andre Teil mit redlichem Eifer auf den Staatsdienst geworfen oder bestellt seine Felder als guter Ökonom oder wirft sich der Industrie in die Arme wie jeder andere vernünftige Mensch. Es kann uns daher auch nicht einfallen, in diesem Roman einen alten Adligen im englischen oder französischen Sinne des Wortes allseitig als Gegensatz zu einer bürgerlichen Gesellschaft schildern zu wollen, nein, unser Baron d'Eyncourt ist in dieser Klasse jener bürokratisch, ökonomisch oder industriell tätigen Edelleute nur eines jener still regalierenden deutschen Individuen, die hin und wieder noch auf dem Sitz ihrer Väter fortwuchern, halb schon zur Mumie geworden, halb der Gegenwart angehörend, ohne große Trauer um das Vergangene und ohne viel Interesse an der Zukunft. Unser Baron ist ein Mann, der gern lebt und gern leben läßt, der sich leicht freut und selten erzürnt, der sich selbst mit einem guten Humor über alles hinwegsetzt, was seiner materiellen Glückseligkeit schadet und schaden kann, und nur dann stolz und indigniert sein graues Haupt erhebt, wenn jemand einen Makel auf seine eigne übrigens redliche und biedere Sinnesart werfen oder andere in seiner unmittelbaren Nähe lebende Personen grausam unterdrücken wollte. Mit einem Wort, unser Baron ist ein patriarchalisch aufrichtiger Philanthrop; dies ist das einzige, was bei ihm entschieden im Vordergrunde steht, und daher auch das einzige, was ihn entschieden mit der Gesellschaft in Konflikt bringt. Daß dieser Konflikt immer größer wird, je mehr das harmlose Treiben unsres stationären Barons mit der übrigen sich entwickelnden Welt in Widerspruch gerät, versteht sich von selbst, und daß er zuletzt eine grelle Form annehmen muß, wird unsern Lesern klar werden, wenn wir die Verhältnisse des Barons von der Zeit seiner Heirat an, als des bedeutendsten Moments seines Lebens, kurz schildern.

Der Baron liebte seine Gemahlin mit seltener Treue, mit wahrer Aufopferung und bot damals alles auf, um sie mit jenem Glanz, mit jener Pracht zu umgeben, die seine Frau durch das Leben der Residenz gewohnt war. Natürlich hielt dies auf einem Landsitz, den das junge Paar wenigstens den Sommer und Herbst durch bewohnte, durch die ziemlich weite Entfernung von jedem größern, mit allen Lebensbedürfnissen versehenen Orte ziemlich schwer, und wenn dadurch eine Reihe glänzender Feste, welche mit der Ankunft der adligen Familien in dem alten Jagdschlosse begannen und erst mit ihrem Fortziehen endeten, schon für den reichsten Edelmann fühlbar gewesen sein würden, so war dies für Baron d'Eyncourt, da die Mitgift seiner übrigens altadlig-reizenden Gemahlin keineswegs die schon seit einiger Zeit im Sinken begriffenen Vermögenszustände des Barons gebessert hatten, um so fühlbarer. Zu den Jagdpartien, Bällen und glänzenden Bankett, welche mehr als zwanzigmal in der Hälfte des Jahres die ganze Umgebung des Landsitzes in Bewegung brachten, kamen noch die Reisen nach Nord und Süd, welche der Baron jährlich einmal unternahm, ferner der kostspielige Winteraufenthalt in der Residenz und endlich die unbegrenzte Freigebigkeit des Barons, welcher nichts weniger als den Wert des Geldes kannte und sich nur freute, wenn er andern Freude und Glückseligkeit damit bereiten konnte. Wenn daher die Leute am Rhein den Edelmut des Baron d'Eyncourt laut priesen, zu gleicher Zeit aber mitleidig mit den Köpfen schüttelten, so hatten sie nur zu recht, denn kaum hatte Bertha in diesem Taumel von Vergnügen, welchen die Baronin sich als etwas ganz Gewöhnliches gefallen ließ, ihr zwölftes Jahr erreicht, als der Baron plötzlich mit Schrecken einsah, daß er das Leben seiner Familie aus eignem Antrieb auf einen andren Fuß bringen müsse, wenn dies nicht im kurzen durch andre gezwungen geschehen sollte. Der Schmerz, eine solche Notwendigkeit seiner Gemahlin gestehen zu müssen, hielt den Baron fortwährend zurück; Jagden und Bankette folgten vor wie nach in bunter Reihe, die Verlegenheiten des Barons stiegen täglich, Felder und Waldparzellen wurden gegen bare Vorschüsse unterderhand fortgegeben, schon murmelte man in der ganzen Gegend von dem nahen totalen Ruin der Eyncourts – die Geschichte konnte nicht länger so weitergehen, und der Baron faßte endlich den Entschluß, keinen Augenblick länger zu zögern und die ganze Angelegenheit offen und frei mit seiner Gemahlin zu besprechen, hoffend, daß ihr gesunder Sinn keinem seiner Pläne widerstreben werde.

166

Da erkrankte die Baronin, nach zehn Tagen war sie tot. Jede Einschränkung des Barons, welche bisher sehr penibel gewesen wäre, war jetzt leicht und natürlich. Die Reisen unterblieben, die Residenz wurde nur noch sehr selten besucht, und auf das alte Jagdschloß im Seitentale des Rheines sank wieder die märchenhafte Stille hinab, welche es in frühern Jahren umgab. Bertha fanden wir bereits in dem ehrwürdigen Gemache des Schlosses, was allmählich manche Neuerungen der letzten Jahre verloren hatte und wieder mit den uralten Möbeln besetzt wurde, die es schon vor langen Zeiten schmückten; wir fanden sie im Garten der schönen Besitzung, die grade wie das Innere des Schlosses nach und nach wieder dieselbe Gestalt annahm, welche sie vor der Heirat des Barons und den dann folgenden Festen hatte. Wie der Efeu frischer und ungehinderter um die Fenster rankte und sich die ganze Umgebung des Kastells aufs neue zur schönsten Wildnis gestaltete, so hatte sich auch das Benehmen Berthas nach und nach verändert, und bei ihr war wieder in seiner ganzen Reinheit jener Grundzug ihres Charakters, jene Naivität und ungezügelte Lustigkeit zum Vorschein gekommen, welche in der Mitte einer geschraubten, blasierten Gesellschaft zwar nicht verlorengegangen, aber immer mehr verwischt worden war.

Wir wollen es daher nicht bedauern, daß statt geputzter Herren und Damen jetzt in den Laubengängen des Gartens oft nur die Angorakatze ihr Spiel trieb, daß der Raum des Hofes weniger vom Gewieher der Hengste als von dem Bellen Neros widertönte, daß im Souterrain des Kastells statt eines faulen Lakaienschwarmes nur der alte Jean Baptiste bibellesend im Sorgenstuhle saß.

Jene geräuschvolle Zeit ihrer Jugend war indes keineswegs ohne entschiedenen Nutzen für Bertha gewesen; sie hatte durch frühen Umgang mit den verschiedensten Personen zu einer angeborenen Liebenswürdigkeit schnell jene Sicherheit und Dreistigkeit erlangt, welche zwar bei weiblichen Wesen nicht immer für schön gilt, die aber unsrer Meinung nach zu den entschiedensten Vorzügen gehört, sobald sie. –. und graziös ist. Und graziös war Bertha jederzeit, mochte sie mit ihrem Vater abends plaudernd im Zimmer sitzen, mochte sie das Köpfchen auf die Hand stützen, den kleinen Fuß in das Sammetkissen stemmen, sich über ein Buch beugen und dasitzen wie ein nachlässiger Student – einerlei, der nachlässige Student war graziös.

In aller Frühe war der Baron zur Stadt gefahren. Bertha blieb allein in dem teppichbehangenen, wunderlichen Gemache des Schlosses. Sie hatte einen Sessel in die Nische des Fensters geschoben, aus dem die von der Seite ihres Hauses niederhängenden Wein- und Efeuranken nur zur Hälfte die Aussicht nach dem Tale freiließen. Das war ein richtig romantisches Plätzchen. Die Strahlen der Morgensonne brachen so stark durch das zarte Grün der Blätter, als wollten sie mit aller Gewalt den schönen Mädchenkopf erreichen, der sich im Schmuck seiner dunklen Locken und gestützt von der lilienweißen Hand halb auf die glatten Seiten, eines großen, bildergezierten Buches hinabbog. Oft, wenn ein leiser Hauch das Tal durchfuhr und den smaragdenen Vorhang bewegte, da schien ihr lustiges Spiel auch zu gelingen, sie huschten rasch durch die plötzlich entstandenen Lücken und zitterten vor Lust, den Kuß auf die reizendsten aller Stirnen zu drücken; so 168 schnell und behend sie hereinsprangen, so barsch und entschieden wurden sie auch jedesmal wieder zurückgeworfen, denn immer war noch eine tiefblau oder rosarot gemalte und geschliffene Scheibe zwischen ihnen und dem Ziel ihrer Wünsche, die im Nu alle Strahlen brach und nur einen mattleuchtenden Schein zu dem lieblichen Kinde hinübergleiten ließ. Bertha war bald ganz vertieft im Lesen, unwillkürlich hatte sich der Ellbogen des rechten Armes auf die Fensterbank gelegt, so daß die Hand sich schützend über den Augen wölbte, die Linke war nicht stark genug, um das große Buch fortwährend emporzuhalten, es ruhte daher auf dem Schoße der eifrigen Leserin, die mit dem kleinen Fuß noch tief in das rote Sammetkissen eines gegenüberstehenden Sessels trat, um dem Folianten eine etwas höhere und festere Lage zu geben. Das Buch, in welchem Bertha las, war eine große, schöne Ausgabe George Sands, und Bertha ergötzte sich eben an jenem gewaltigen Romane »Mauprat«, an den wir selbst nur mit Schauer und Entzücken denken können und bei dessen Erinnerung es uns immer ist, als hörten wir noch zur Stunde die düstre Waldung der Varenne rauschen. Aus dem Gebüsch schaut der wilde Bursche, der junge Bernard Mauprat; er ergreift einen Stein und schleudert ihn nach der Eule des alten Patience, die auch zugleich tot zu den Füßen ihres Herrn niederstürzt. Zitternd vor Wut ergreift der bärtige Alte den jungen Gentilhomme, bindet ihn an den nächsten Baum, die tote Eule darüber, daß dem Bernard das Blut des armen Vogels ins Gesicht träufelt, und dann faßt der erzürnte Philosoph einige Reiser und geißelt den Rücken des stolzen Knaben – und Bertha konnte nicht weiterlesen, 169 sie ließ das Buch zur Erde fallen und bedeckte ihr Gesicht mit beiden Händen, indem sie tief, tief aufseufzte. Der seltsame Stoff dieser Erzählung, die wahrhaft dichterische Glut und grandiose künstlerische Gewalt, mit der jene große Französin alles zu behandeln weiß, was unter ihre Hände kommt, hatten das Herz der lebendigen, leicht erregbaren Bertha in die fieberhafteste Aufregung gebracht. Sie sprang vom Sessel auf, verließ das Zimmer und wandelte den Garten hinunter, bald eine Blume küssend, bald einen Stein zornig in das Marmorbecken der Fontäne schleudernd, bald hinüberschauend nach dem Walde, aus dem sie jeden Augenblick den zürnenden Patience hervortreten zu sehen glaubte. Niemand störte sie in dieser Schwärmerei. In dem ganzen Tale regte sich keine Seele. Nur die Ähren wogten im lauen Westwinde, die Bienen summten, bisweilen rief eine Drossel aus der Ferne herüber, und im Garten selbst, unter dem Fenster des Schlosses, sprudelte nur der Springbrunnen und ließ seine Perlen glitzern und funkeln in dem Glanz der Sonne, die stets höher und heißer an dem reinen, wolkenlosen Himmel emporstieg. Berthas Gemüt, das von Natur schon etwas zum Schwärmen und zu Abenteuern aufgelegt war, sehnte sich in diesem Augenblick und mehr wie je nach irgendeinem Ereignis, was die märchenhafte Stille rings um sie her unterbrochen und die ganze Umgebung mehr mit den wildflatternden Gedanken des kleinen Kopfes in Einklang gebracht hätte. Aber daran war ja gar nicht zu denken. In der ganzen Umgebung bis hinunter an den Rhein wohnten nur stille, friedliche Bauern, die, wenn sie überhaupt jetzt in der Nähe gewesen wären, höchstens den Hut vom Kopfe gezogen, freundlich gegrüßt und sich wieder entfernt haben würden. An die Rückkehr des Vaters war vor dem Abend nicht zu denken, und im Schlosse blieb nur der alte Jean Baptiste zurück und saß wie gewöhnlich in dem großen Sorgenstuhle, die Brille vorn auf der Nase, die Bibel in den Händen, halb schlafend und halb wachend, aber jedenfalls so unromantisch wie möglich.

Sinnend schlich Bertha aus dem sonnigen Garten in den Hofraum, wo die gewaltigen Nußbäume mit den breiten, saftigen Blättern die Hitze zurückscheuchten. Sie hatte die Lust am Lesen verloren, eine andere Beschäftigung fand sich auch nicht, und wie es sich immer mehr zeigte, daß ein ungewohntes Ereignis die Stille des alten Kastells schwerlich so bald stören würde, da konnte es auch nicht fehlen, daß allmählich die Langeweile mit ihrem bösen Stachel die abenteuerliche Lust des jungen, leidenschaftlichen Mädchens verdrängte und endlich das Köpfchen traurig und schwermütig niedersank. Einen langen, leidigen Tag würde unsere einsame Bertha verlebt haben, wenn nicht zufällig der Saum ihres rauschenden Seidenkleides in demselben Augenblick, wo sie schon dem Schlosse wieder zuschritt, das kleine grüne Haus berührt hätte, in welchem der alte Nero den Rest seiner Tage verträumte. Nero befand sich gerade in jenem Seelenzustand, wo man mit Gott und aller Welt sehr zufrieden ist; das einzige, was ihn beunruhigte, war, daß seine Freundin Prinzessin, die Angorakatze, heute noch nicht ihre Aufwartung gemacht hatte. Dies war auffallend, die Prinzessin erschien gewöhnlich schon bei Anbruch des Tages, wenn auch nur auf einige Augenblicke; sie legte dann mit unendlicher Grazie die eine schneeweiße Vorderpfote auf die kleine Schwelle des Häuschens, steckte das liebenswürdige Antlitz in den Kasten hinein, und Max, der Kutscher, hatte schon mehr als einmal behauptet, daß Nero und die Prinzessin einander küssen könnten wie alle andern natürlichen Menschen. Ist sie krank? Ist sie verreist? Nero hatte sich dies schon mehrere Male gefragt und dann jedesmal bedeutsam mit dem Haupte gewackelt. Aber wer weiß, was eine alte Katze auch nicht alles zu tun hat! Und mit beruhigtem Gewissen steckte Nero jedesmal wieder die Nase unter seine kräftigen Tatzen.

Da rauschte Berthas Kleid in die Öffnung des kleinen Häuschens. Nero erwacht. Er meint nicht anders, als daß es die Prinzessin sei, welche ihm den langersehnten Besuch mache, und einesteils ärgerlich darüber, daß sie ihn wiederum im Schlafe antrifft, dann aber auch freudiger als je erschrocken, daß endlich sein Wunsch in Erfüllung geht, fährt er mit ungewöhnlicher Hast plötzlich vom Lager auf und springt freudig bellend der Türe zu, um seine Dame so artig zu begrüßen, wie es einem alten Hunde möglich ist.

Der biedere Nero! Man stelle sich sein Entsetzen vor, als er mit einem Mal statt der Prinzessin nur ein adliges Fräulein erblickt, das vor seinem Gebell zurückspringt.–

Nero stand wie vom Donner gerührt, da er aber eine zu gute Erziehung genossen und auch durch die vielfältigen Ereignisse eines bewegten Lebens die Erfahrung gewonnen hatte, daß man aus allem, was einem passiert, stets das Beste machen muß, so dauerte seine Bestürzung nur einen Augenblick, und mit jener echten Galanterie, die einem alten Lebemanne eigen ist, verneigte er sich sofort und: »Mademoiselle, je suis très charmé de vous voir«, flüsterte er freundlich blinzelnd und sagte es mit soviel Anstand und mit einem so wahrhaft fashionablen Akzent, daß jeder, der es verstanden hätte, auf der Stelle davon überzeugt gewesen sein würde, daß dies trotz alledem ein sehr wohlerzogener, wohlmeinender Hund sei. Bertha ließ sich wenigstens rasch durch die freundlichen Reverenzen Neros besänftigen und mußte sogar bald laut auflachen, als das Tier nach einigen verbindlichen Worten gar nicht mehr mit den tollsten Sprüngen und zierlichsten Verbeugungen enden wollte.

»Du bist ein alter Narr, lieber Nero!« rief Bertha und setzte den zierlichen Fuß auf das glänzend schwarze Fell des Hundes. »Erst erschreckst du mich durch dein unhöfliches Gebell, und gleich darauf bist du wieder so kriechend demütig, daß ich um deine aufrichtigen Gesinnungen den gerechtesten Zweifel haben muß. Um dir indes zu beweisen, daß ich noch einiges Vertrauen in dich habe, will ich deine Kette lösen und dir für heute einmal die Freiheit geben; wir wollen sehen, ob du dich derselben würdig machst!« Nero schien die Worte seiner schönen Herrin genau zu verstehen und war auch so sehr mit dem Vorhaben Berthas einverstanden, daß er sich ruhig niederlegte, um ihr das Lösen der Kette desto leichter zu machen. Unfreundlich ist es indes doch, dachte er, daß sie dir gleich mit ihrem Fuße auf den Rücken tritt. Wenn das die Prinzessin sähe, sie würde mich morgen am Tage auch gleich unter dem Pantoffel haben wollen!

Da war die Kette gelöst, und wie ein losgelassener Dämon tummelte sich Nero mit freudigem Gebrüll im Hofe umher, bald in wilden Sprüngen sich überpurzelnd, bald den Kopf an den Boden legend, um zu jammern wie ein kleines Kind, und dann wieder auf Bertha losschießend, sich auf die Hinterbeine stellend, als wolle er seine Freundin mit den Vorderpfoten zum Dank an die Brust drücken. ›Was fängst du nun mit dem fürchterlichen Tiere an‹, dachte Bertha und retirierte sich von Baum zu Baum, um so vieler Zärtlichkeit zu entgehen. Aber das war fast nicht möglich, es blieb nichts andres übrig, als schleunig in das Schloß zurückzuflüchten. Schon hatte Bertha die Treppe erreicht, da bemerkte Nero ihre Absichten und hielt es für seine Pflicht, schnell die Türe zu öffnen, um seine Dame hereinspazieren zu lassen. In einem Satz sprang er hinan, und mit Kopf und Pfoten zu gleicher Zeit vor die große Haustür stoßend, brachte er sofort das Gewicht in Bewegung und drang in das Vorhaus, indem er seine Dame hinter der rasch wieder zusinkenden Tür zurückließ. Nero hatte seit langer Zeit das Schloß nicht betreten dürfen und war daher nicht wenig erfreut, als er sich plötzlich in dem Korridore befand, der in frühern Jahren so oft von seinem Gebell widergehallt hatte. Er vergaß darüber ganz seine schöne Gefährtin, die inzwischen leise nachgeschlichen war und, mit einer kleinen Rute bewaffnet, das weitere Benehmen des Hundes beobachten wollte. An jeder Tür, in jedem Winkel schien das Tier alte Erinnerungen aufzuspüren. Den großen Kopf tief gesenkt, hatte es den ganzen Raum im Nu durchstöbert und wandte dann plötzlich die glänzenden Augen empor, als könne auch noch an der Decke etwas verborgen sein, was der Betrachtung wert sei. Das gute Tier hatte sich auch nicht geirrt, denn am andern Ende des Korridors, der in ein kleines Zimmer auslief, war über dem Gesimse der Tür das vielzackige Geweih eines Hirsches angebracht, darunter ein Kopf von Holz mit zwei großen Augen, so deutlich nachgemacht, daß es nicht anders aussah, als schaue ein lebendiger Sechzehnender herüber. Kaum hatte dies Nero bemerkt, als ein wildes Zittern plötzlich seinen ganzen Körper durchfuhr; die Hinterfüße tief hinunterbiegend, stemmte er die Vordertatzen steif auf den Boden, den Kopf in den Nacken legend, wie überwältigt von Schreck und Erstaunen. Es war ein wehmütiger Anblick, das alte Tier zu sehen, vielleicht schon zu alt, um einem Hirsche wirklich schaden zu können, selbst wenn er in derselben Entfernung mit einem Male lebendig aufgesprungen wäre, und nun gar nur ein Geweih und ein hölzerner Kopf, festgenagelt ach so hoch über der Erde, eine bloße Spielerei, ein simples Blendwerk – das Schicksal wollte eine grausame Verspottung des alten Jagdhundes. Nero schien auch wie in einem Augenblick bei der unerwarteten Erscheinung den Rest seines Verstandes zu verlieren. Seine ganze Natur löste sich in Wut und Entrüstung auf, –, das Haar sträubte sich, –, und jetzt seine Sprünge hinauf an den glatten Wänden, sein Gebell, sein Geheul: vergebens war das Rufen Berthas und des treuen Jean Baptiste, der erschrocken herbeieilte – das arme Tier hörte nicht eher zu rasen auf, als bis es erschöpft zusammensank. Winselnd kroch er dann zu Berthas Füßen, bald hinauf nach ihren Augen schauend, bald zurück nach denen des Hirsches, als wollte er sich darüber beklagen, daß man noch in so alten Tagen seinen Mut auf eine so unnütze Probe stelle.

Jean Baptiste schien den Schmerz des Hundes zuerst zu verstehen. »Na, gib dich zufrieden, alter Kerl«, murmelte er ihm ins Ohr, »wir können ja nichts dafür, daß die Zeiten so schlecht geworden sind, daß wir dir nur das alte Geweih statt eines wirklichen Hirsches geben können.«.–.

Unsre Leser werden sich erinnern, daß der Baron d'Eyncourt, als wir ihn zuerst auf seinem Schlosse kennenlernten, noch spät in der Nacht einen Brief des Notars erhielt, in welchem ihm mitgeteilt wurde, daß der Herr Preiss, der Fabrikant, der einzige Mann sei, welcher ihn aus allen Verlegenheiten erretten könne, und daß Sr. Hochwohlgeboren nicht übel tun würde, sich an diesen Mann zu wenden.

An demselben Abend, fast zur selben Stunde, wurde auch der Herr Preiss durch ein Schreiben desselben Notars erfreut. Der Notar schrieb wörtlich wie folgt: »Werter Freund! Entschuldigen Sie, daß man Sie noch so spät am Abend in Ihrer Ruhe stört; ich muß Ihnen aber einige Mitteilungen machen, die große Eile haben und die Ihnen auch nicht ganz unangenehm sein werden. Der Baron d'Eyncourt ist nämlich in großer Geldverlegenheit. Sie wissen, daß der Mann sein ganzes Vermögen durchgebracht hat, Sie selbst haben ja fast seine sämtlichen Wälder und Ländereien angekauft, es bleibt dem Baron nur noch das Kastell nebst Hof und Garten. Sie haben oft den Wunsch geäußert, diese Kleinigkeiten ebenfalls zu akkaparieren. Meiner Meinung nach ist der Augenblick dazu gekommen. Ich kann Ihnen nicht mehr sagen, ich würde das Vertrauen, was mir Sr. Hochwohlgeboren schenkt, mißbrauchen. Soviel ist aber gewiß, daß der Baron bis über die Ohren im Unglück sitzt, daß ihn alle früheren Freunde verlassen haben, daß er nirgendwo Gelder zu erhalten weiß, daß er dieser aber noch in den letzten Tagen dringend bedarf und daß es Ihnen leicht sein wird, unter diesen Umständen zu dem gewünschten Ziele zu kommen. Ich habe dem Baron soeben geschrieben, daß er Sie besuchen soll.

Erwarten Sie ihn also. Mit alter Freundschaft Ihr ergebener ...«

»Der Notar ist eine gute, liebe Haut!« rief der alte Fabrikant, als er diesen Brief gelesen hatte. »Ein Mann, auf den man sich verlassen kann, den man achten muß, der Notar ist mein Freund!« Da verfügte sich der Herr Preiss in sein Schlafgemach und träumte die ganze Nacht von dem Kastell des Baron d'Eyncourt.

Am folgenden Morgen stand er wieder in aller Frühe auf dem Comptoir. »Wir bekommen heute Besuch!« redete er den Buchhalter Weber an. »Der Baron d'Eyncourt will uns seine Aufwartung machen, der Baron d'Eyncourt, ein ganz charmanter Mann.«

»Aber mein Gott, das ist ja ein ganz abgebrannter Mann!« erwiderte der erstaunte Buchhalter.

»Eben deshalb, weil er abgebrannt ist, wird er uns besuchen.«

»Ach, lieber Gott, Herr Preiss, nehmen Sie sich in acht, ein Baron und abgebrannt, das ist ein gefährlicher Mensch – an solchen Leuten haben wir noch niemals Freude erlebt, nehmen Sie sich in acht, seien Sie vorsichtig!«

»Geld will er haben – das liegt auf der Hand!«

»Geld? Ach Gott, Geld, bares Geld, seien Sie vorsichtig, Herr Preiss, es hilft doch nichts, solchen Menschen Geld zu geben, es ist immer nur ein Schlag ins Wasser, und man verliert es jedesmal!«

»Nun, wir haben aber an dem Baron schon viel verdient. Wenn da auch einmal etwas verlorenginge, das machte nichts, das täte nichts!«

»Herr Preiss! Um Gottes willen! Was wir verdient haben, ist mit Ehren verdient, und wir wollen es festhalten.

177

Nehmen Sie sich vor den Adligen in acht – wenn sie das Geld in der Tasche haben, da lachen sie uns doch nur aus, lachen über die bürgerliche Kanaille, o Gott, ein Adliger ist nur in der Welt, auf daß er von uns geschnitten werde.«

»Aber der Baron d'Eyncourt ist einer der Besten von allen Adligen, die ich kenne, er gefiel mir stets am meisten – das ist wirklich noch ein Mann, der Ehre im Leibe hat, er ist ein echter, alter Gentilhomme, er ist mildherzig und freundlich und in allen Geldsachen so dumm wie ein Stock – wahrhaftig, der alte Kerl ist ein komplettes Kind, und es tut mir daher jedesmal etwas leid, wenn ich ihn übers Ohr hauen soll.«

»Dumm wie ein Stock, Herr Preiss, dumm wie ein Stock? Aber ist das nicht seine Schuld, wenn es so ist? Er hätte sich entwickeln sollen, wie wir uns auch entwickelt haben, er hätte rechnen lernen sollen, addieren und multiplizieren, darin konzentriert sich alles – nein, ich bin ganz gegen das System, den Adligen gefällig zu sein. Und nun gar dieser Baron d'Eyncourt, der uns mehr als zehnmal mit seiner Philanthropie allen Spaß verdorben hat, der stets den Landleuten auseinandersetzt, daß ihre Kinder in den Fabriken verdorben werden und uns auf diese Weise manchmal die besten Arbeiter abwendig macht – nein, Herr Preiss, mit einem solchen Manne kann ich kein Mitleid haben.«

»Und ich schätze ihn deswegen nur desto mehr. Sehen Sie, das zeigt eben, daß der Baron besser ist als die meisten Leute seines Schlages. Der Baron d'Eyncourt weiß, daß ich mich jeden Augenblick schrecklich an ihm rächen kann, er weiß, daß er mich nötig hat und daß ich der einzige Mann bin, der ihn aus den größten Verlegenheiten retten 178 kann, und dennoch wagt er stets gegen mich aufzutreten – weil er es für seine Pflicht hält, weil es ihm seine Ehre befiehlt, weil er ein Gentilhomme ist, sehen Sie, und das ist nobel, und das ist edel, und wenn ich auch darunter leide, ich muß dies Benehmen dennoch geistig anerkennen.«

Der Herr Preiss hielt einen Augenblick inne. Seine ursprünglich gute Natur, die von Zeit zu Zeit immer wieder in dem kaufmännischen Herzen aufblitzte, war für einen Moment hervorgetreten. Aber nur für einen Moment. Denn sobald die Empfindungen des alten Fabrikanten eine solche Höhe erreicht hatten, daß sie etwas »geistig anerkannten«, da purzelten sie auch schon wieder in das Materielle zurück. An den Flügeln seiner Empfindung hing eben stets noch der eigene Geldsack, der schnell das irdische Gleichgewicht seiner Seele wiederherstellte. »Ich muß das Benehmen des Barons geistig anerkennen«, rief er aus – eine Pause folgte –, »aber praktisch muß ich es natürlich verwerfen, in der Praxis ist jeder sich selbst der Nächste, natürlich!« – und damit war der Herr Preiss, der empfindsame, wieder er selbst, der Herr Friedrich Preiss, der kommerzielle.

»Ich bin nämlich ganz mit Ihnen darüber einverstanden«, fuhr er dann zu dem Buchhalter fort, »daß es wohl etwas gefährlich ist, sich mit der Noblesse sehr weit einzulassen« – der Buchhalter Weber erkannte wieder seinen Herrn –, »aber mit dem Baron d'Eyncourt steht die Sache ja auch ganz anders. Der Baron besitzt nämlich noch das alte Kastell nebst Hof und Garten, und darauf spekuliere ich eben.«

Der Buchhalter verzog sein Gesicht zu einem grinsenden Lächeln.

»Verstehen Sie mich, Herr Weber?«

»Ich verstehe Sie ganz, Herr Preiss!«

»Aus dem Kastell will ich eine Branntweinbrennerei machen –«

»Aus dem Garten eine Bleiche –«

»Und da der Baron Geld nötig hat –«

»Und nirgends als bei uns zu erhalten weiß –«

»So bekommt er nur von uns diese Summe –«

»Wenn er Hof, Kastell und Garten abtritt –«

»Geraten!«

»Und kein Darlehn!«

»Und keine Vorschüsse!«

»Ich bin ganz mit Ihnen einverstanden, Herr Preiss.«

Da schritt der Baron d'Eyncourt über den Hof des Comptoirs. Der Buchhalter verfügte sich an seine Arbeit. Der Fabrikant setzte sich an sein Pult und tat, als wenn er sehr beschäftigt wäre.

Mit freundlichem Gruße trat der Baron in das Zimmer. Niemand schien ihn zu bemerken; Buchhalter, Korrespondent und Lehrling – alles war wie in der Arbeit versunken. Tiefe Stille herrschte in dem ganzen Raume, das Gekritzel der Feder war der einzige vernehmbare Laut.

Erst als der Baron leis an das Pult des Fabrikanten vorgedrungen war, schaute dieser langsam empor, jede Miene des Gesichts der strengste Geschäftsernst.

»Guten Morgen, Herr Preiss!« wiederholte der Nähertretende. »Oh, willkommen, Herr Baron!« jauchzte der Fabrikant und sprang plötzlich so rasch von seinem Stuhle empor, als wenn ihm Quecksilber in allen Gliedern säße. Er riß die Mütze vom Haupte, verbeugte sich dreimal und viermal – »Willkommen, willkommen! Wer hätte das gedacht! Sie haben mich ganz überrascht! Treten Sie näher, Herr Baron!« Und im Nu hatte der Fabrikant die Tür des geheimen Geschäftskabinetts aufgerissen und drückte den Baron in die weiche Ecke des Sofas.

Der Herr Preiss war der beste Komödiant der Welt, er wußte diese Überraschungsszenen so natürlich zu spielen, daß selbst der Buchhalter Weber daran zweifelte, ob sein Prinzipal den Baron wirklich erwartet habe.

»Stets findet man Sie in voller Arbeit«, begann der Baron, als er mit dem Fabrikanten allein war; »ich habe Sie noch nie besucht, ohne Sie in der größten Tätigkeit anzutreffen.«

»Ach Gott, Herr Baron«, erwiderte der Fabrikant, »man muß sich plagen auf dieser Welt – plagen vom Morgen bis zum Abend, und mehr plagen als je, weil fast nichts mehr bei aller Arbeit herauskommt, weil man fast nichts mehr verdient.«

»Nun, ich meine, darüber hätten Sie doch gewiß nicht zu klagen, täglich vergrößern Sie Ihre Etablissements, tüchtig erweitern sich Ihre Besitzungen – in der ganzen Gegend spricht man von Ihnen nur als von einem Manne, der glücklich ist, der prosperiert.«

»Schein, Herr Baron, nichts als Schein! Lassen Sie sich keine Märchen erzählen! Ich kann Ihnen versichern, daß ich als Industrieller längst zugrunde gegangen wäre, nur durch kleine Seitenspekulationen halte ich mich noch aufrecht.«

»Nun, dann muß aber die Industrie doch eine unselige Beschäftigung sein. Sie als Fabrikherr klagen darüber, daß Sie nicht bestehen können, und spricht man mit Fabrikarbeitern, so klagen diese noch viel mehr.«

»Ach, Herr Baron, Schein, alles Schein! Die Arbeiter sind im Grunde viel besser daran wie die Herren – seien Sie versichert, daß ich meine Fabrik nur noch fortführe, um die Arbeiter nicht außer Brot kommen zu lassen. Was würde aus den armen Geschöpfen werden, wenn ich plötzlich meine Fabrik stillsetzte? Für mich wäre es viel besser, wenn ich noch heute mein ganzes Geschäft an den Nagel hängte – aber ich habe Mitleid mit meinen Arbeitern, ich opfere mich für meine Arbeiter auf!«

»Sonderbar! Die Arbeiter versichern mir stets, daß sie sich für ihren Herrn aufopfern – ich verstehe das nicht.«

»Werter Herr Baron, die Arbeiter sind Tölpel. Übrigens kann eigentlich von einem Aufopfern zwischen Fabrikant und Arbeiter gar keine Rede sein. Die Wahrheit ist, daß die Industriellen, Fabrikherren und Fabrikarbeiter zusammengenommen sich der ganzen Gesellschaft aufopfern – wir Industriellen sind die Märtyrer der ganzen übrigen Gesellschaft, wir sind die Märtyrer unsres Jahrhunderts.«

»Das wundert mich sehr, Herr Preiss. Niemand hat so etwas verlangt; die Gesellschaft verlangt es weder von Ihnen noch von Ihren Arbeitern.«

»Verzeihen Sie, Herr Baron, sie verlangt es wohl! Die Gesellschaft will Hemden haben und Hosen und Röcke und Mützen, sie verleitete mich zu der Torheit, ein Fabrikant solcher Sachen zu werden, und sie verleitete andere unglückliche Menschen, bei mir als Arbeiter einzutreten. So geschah es hier, und so geschah es an hundert andern Orten, und die industrielle Klasse der Bevölkerung war da. Alles wäre gut gegangen, wenn uns jetzt die Gesellschaft gehörig für unsre Fabrikate bezahlt hätte – wir Fabrikanten hätten dann prosperiert und unsre Arbeiter desgleichen. Die Gesellschaft wollte aber nicht überhaupt bloß Hemden und Hosen und Röcke und Mützen geliefert haben, sondern sie wünschte auch alles stets zu dem niedrigsten Preis zu erhalten und verlockte bald durch Aussicht auf größeren Absatz einen aus unsrer Mitte, wohlfeiler zu verkaufen als wir andern. Sobald dies geschehen, hatte der eine natürlich alles zu tun und wir übrigen nichts, und wollten wir nicht sämtlich zugrunde gehen, so mußten wir dem Beispiel unsres unvorsichtigen Kollegen folgen, ebenso billig oder gar noch wohlfeiler verkaufen, und so ging dies fort. Die Gesellschaft, nur auf ihr eignes Wohlergehen bedacht, köderte bald den einen von uns und bald den andern, und so wie der erste in die Schlinge gegangen, mußte auch der zweite folgen, und einer unterbot bald den andern, bis wir zuletzt da ankamen, wo wir sind, nämlich wo der Fabrikherr nichts mehr verdient und der Arbeiter nichts verdient, wo wir nur noch pro patria et gloria arbeiten, wo wir Märtyrer der Gesellschaft geworden sind.«

»Sie meinen also, daß die Konkurrenz an allem Übel schuld ist.«

»Gewiß, Herr Baron, diese Konkurrenz untereinander – Sie treffen den Nagel auf den Kopf – die Konkurrenz, das ist der Teufel, die Konkurrenz, zu der uns die Gesellschaft verleitet, ja zu der sie uns zwingt!«

»Aber läßt sich diese Konkurrenz denn durch nichts beseitigen?«

»Ei freilich, Herr Baron, durch das Monopol! Aber die heutige Gesellschaft schwärmt gar nicht mehr für das Monopol – sie steht sich gar zu gut bei der freien Konkurrenz – das Monopol beherrscht die Gesellschaft, die frei untereinander Konkurrierenden gehorchen ihr. Der Monopolist kann tun, was er will, seine Ware mag teuer und schlecht sein, wenn die Gesellschaft ihren Bedarf sonst nicht erlangen kann, so muß sie dennoch davon kaufen. Die frei Konkurrierenden müssen dagegen um die Gunst der Gesellschaft buhlen, und die Gesellschaft kauft nur von dem, der das Teuere verwohlfeilt, der das Schlechte verbessert hat. Mit einem Wort: bei dem Monopol hat die Gesellschaft die Qual, bei der freien Konkurrenz die Wahl. Nein, Herr Baron, mit dem Monopol ist es vorbei, das eigentliche Monopol liegt schon zu lange in der Rumpelkammer, als daß man es noch einmal hervorsuchte.«

»Aber läßt sich nicht ein Mittelding erfinden, was dem Industriellen emporhilft, ohne die Gesellschaft zu sehr zu inkommodieren, was zwischen dem unbedingten Monopol und der unbedingt freien Konkurrenz steht? Ich möchte sagen, daß dies möglich wäre, wenn beide Zustände etwas gemildert würden.«

»Herr Baron, Sie sind ein weiser Mann. Mit diesen Gedanken gehen wir deutschen Industriellen schon lange um. Wir sprechen nämlich als echte Patrioten: wir wollen kein unbedingtes Monopol, aber auch keine unbedingt freie Konkurrenz, wir lassen Konkurrenzen zu innerhalb der Nation, aber wir verlangen entschiedenen Schutz gegen die Konkurrenz des Auslandes. Eine ungünstige Lage und viele unentwickelte Zustände unsres Vaterlandes machen es dem Auslande möglich, uns stets zu unterbieten und zu ruinieren. Deshalb Schutz gegen das Ausland! Das ist unsre Rettung, das ist unser Heil. Sie sehen, Herr Baron, ich bin Verteidiger des Schutzzollsystems. Ich hoffe, Sie sind ganz meiner Meinung.«

»Nicht so ganz! Mit der Beseitigung der ausländischen Konkurrenz scheint mir die Sache nur für kurze Zeit gebessert. Mit dem Aufhören fremder Konkurrenz enden die üblen Folgen der Konkurrenz überhaupt keineswegs. Derselbe Kampf, den unsre vaterländischen Industriellen jetzt mit dem Auslande führen, würde bald unter ihnen selbst entstehen. Wie sich jetzt Ausland und Inland, so wird sich später das Inland allein unterbieten. Der Kampf wird künftig nicht mehr so großartig, seiner Natur nach aber stets derselbe sein. Nachdem Sie kurze Zeit unter diesem Schutze prosperiert haben, werden Sie endlich doch wieder zu jenem Punkte hinabsinken, auf den Sie in diesem Augenblicke angekommen zu sein versichern. Schließlich finde ich wiederum kein Heil bei der Industrie – Unglück für viele, Glück nur für wenige, die den letzten Stürmen zu trotzen wissen.«

Der Baron schwieg. Die Unterredung wurde ihm etwas zu lang, er dachte an den Zweck seines Besuches. Der Fabrikant begnügte sich damit, die letzten Worte seines Gegners still zu belächeln. Er wußte sehr wohl, daß zu dem Unterbieten innerhalb der deutschen Grenzen noch manche neue Fabriken nötig wären, und daß der, welcher jetzt eine Fabrik besitzt, Zeit genug hat, seine Beutel noch gehörig zu füllen.

»Nun, jeder beurteilt die Sache nach seiner Weise«, fuhr der Fabrikant endlich fort. »Sie wohnen still und glücklich auf Ihrem Schlosse, Herr Baron, unter Blumen und schönen Bäumen, ungestört von der ganzen Welt, welche mich armen Mann vom Morgen bis zum Abend in Bewegung setzt.«

»Ich weiß nicht, ob es immer so ungestört hergeht«, erwiderte der Baron, indem er die Bemerkung des Fabrikanten schnell benutzte, um
seinem Ziele etwas näher zu kommen. »Es fallen manche Sachen vor, die einen belästigen, verdrießlich machen und in Verlegenheit bringen.«

Jetzt schießt er los, dachte der Herr Preiss und blinzelte freundlich mit seinen kleinen Augen.

»Vor allen Dingen inkommodieren mich alle Geldaffären – ich scheue sie so sehr, daß ich gar nicht daran denken mag und gern solche Sachen laufen lasse, wie sie wollen.«

»Das sollten Sie lieber nicht tun, Herr Baron, mit Geld muß man sehr aufmerksam zu Werke gehn.«

»Sie haben recht, meine Nachlässigkeit in diesem Punkte ist unverzeihlich; so habe ich wieder in den letzten Tagen vergessen, daß ich einige Summen regulieren muß, die mir nun plötzlich auf den Hals kommen, ohne daß ich gleich weiß, wie ich damit fertig werden soll.«

»Aber Herr Baron, da kann ich Ihnen vielleicht gefällig sein?«

»Sie sind wirklich sehr gütig, Herr Preiss; durch Vorschuß einiger tausend Taler würden Sie mich sehr verbinden.«

»Alles, was ich tun kann, soll geschehen, Herr Baron – aber warten Sie, da fällt mir gerade etwas ein: vielleicht können wir uns arrangieren, daß Sie weder jetzt noch in der nächsten Zeit irgendeinen Vorschuß nötig haben, und das muß Ihnen jedenfalls lieber sein.«

»Das versteht sich von selbst.«

»Ich habe nämlich schon oft daran gedacht, was Sie eigentlich mit Ihrem alten Kastell und den umherliegenden Gärten tun mögen. Sie sind oft verreist, und wenn Sie das alte Haus bewohnen, da geben Sie sich gar keine Mühe, darin irgend etwas zu bebauen oder im Stande zu halten. Ich glaube fast, daß Ihnen die ganze Besitzung zur Last ist. 186 Ich kann zwar keinen großen Gebrauch davon machen, wenn Sie aber wollen, so bin ich dazu bereit, Ihnen die ganze Geschichte abzunehmen, und bezahle Ihnen das alles gleich in barem Gelde.«

Der Baron fühlte, daß er sich in seinen Ahnungen nicht betrogen hatte. »Ich danke Ihnen aufrichtig, Herr Preiss. Sie irren sich indes; an meinem alten Kastell hänge ich mit zu vieler Liebe, als daß ich mich davon trennen könnte. Es ist das Haus, wo alle meine Ahnen wohnten, wo jeder Ort, wo jeder Stein, jedes Fleckchen seine Erinnerungen für mich hat, Erinnerungen, welche die Freude meines Alters sind. Ich könnte mich unmöglich davon trennen.«

»So, das tut mir leid; man muß recht warm sitzen, wenn man sich so in alten Erinnerungen einwickeln kann – verzeihen Sie – ich meine, Ihr Kastell muß ein wohnliches Haus sein – es hat dicke Mauern, und dann der Efeu ringsherum – ach, jawohl! Und wieviel Geld glauben Sie nötig zu haben?«

»Sechs- bis achttausend Taler etwa!«

»Also mehr nicht?«

»Nicht mehr, Herr Preiss.«

»Und auf den Verkauf des Kastells würden Sie sich gar nicht einlassen?«

»Ich bedaure recht sehr – –«

»Ach, dann entschuldigen Sie, Herr Baron – sechs-bis achttausend Taler – entschuldigen Sie einen Augenblick, ich werde einmal zusehen, wie es gerade mit meiner Kasse steht, ob diese Summe disponibel ist – ich verleihe sonst nie Gelder – in diesen schlechten Zeiten hat man seine Fonds gewöhnlich selbst nötig – mit dem Kastell könnten wir indes ein Geschäftchen machen – besinnen Sie sich noch einmal – entschuldigen Sie – –«

Der Fabrikant verließ das Kabinett und schritt ins Comptoir. »Es ist richtig!« murmelte er dem Buchhalter Weber ins Ohr.

»Verkauft er das Kastell?«

»Gott bewahre – der alte Narr will sich nicht davon trennen, er fängt von alten Erinnerungen an zu sprechen und seinen Ahnen und Gott weiß wovon – es wird einem ganz antik zumute, ganz muffig – ich werde sentimental, wenn ich das noch länger anhören soll – lassen Sie ihn noch fünf Minuten sitzen und dann gehen Sie hinein und sagen, ich sei eben ins Archiv gestiegen, hätte beim Herunterkommen den Arm gebrochen oder den Hals oder irgend etwas und könne daher nicht wieder erscheinen – genug, machen Sie nur, daß Sie den Kerl aus dem Hause bekommen, und versprechen Sie ihm das Nähere schriftlich – verstehen Sie?«

»Verstanden, Herr Preiss!«

Da eilte der Fabrikant so schnell wie möglich aus dem Zimmer und suchte das Weite. Einige Augenblicke nachher fuhr der Baron traurigen Sinnes nach seinem Kastell zurück.

Das Schreiben, was am folgenden Tage an den alten Adligen abging, war sehr kurz und bündig. Der Herr Preiss schrieb: »Da Ew. Hochwohlgeboren nicht auf meine Proposition eingehen können, so bedauere ich recht sehr, augenblicklich keinen Fonds zur Verfügung zu haben. Zu dem Ankauf des Kastells gegen bar würde ich indes stets bereit sein, wenn Sie Ihre Ansicht doch ändern sollten. Inzwischen verbleibe ich mit hoher Achtung usw.«

An demselben Abend saß der Herr Preiss im eifrigsten Gespräch neben dem Notar. Beide lachten und drückten sich freundlich die Hände.

Wir verlassen die prächtige Wohnung des Fabrikanten, um in die niedrige Hütte seiner Arbeiter zu treten.

Unser Weg führt hinunter nach dem Rhein, bis an die Stadtmauer. Zwischen ihr und der letzten Häuserreihe schreiten wir vorwärts. Anfangs ist die Straße noch leidlich, allmählich hört das Pflaster auf, wir gehen auf einem lehmigen, schmutzigen Wege; der Regen sammelt sich rechts und links in den Vertiefungen – nicht selten steht ein förmlicher Morast vor den Türen der Wohnungen, die immer kleiner und unansehnlicher werden, deren alte, vornüberhängenden Giebel, deren verwitterte Wände und mit Lappen und Stroh verstopfte Fenster uns mit jedem Augenblicke mehr verraten, daß wir in dem ärmlichsten Stadtteil angelangt sind. Mühsam waten wir fort durch Schmutz und Gestank, alle zwei, drei Schritt treten wir in eine Pfütze, denn es gibt hier keine Laternen, deren flackerndes Licht unsern Weg erhellen könnte. Die Gasse wird immer enger – wir verirren uns gewiß nicht – mit der Linken können wir die Wände der Häuser greifen, mit der Rechten beinah die Seite der Stadtmauer. Da stehen wir vor der Wohnung des Arbeiters.

Durch die niedrigen Fenster sehen wir bequem in das Innere des Zimmers. Eine trübe Lampe wirft ihren Schein auf die nächsten Gegenstände; wir bemerken im Hintergrunde des Raumes eine große Bettstelle, umgeben von kattunenen Vorhängen, rechts an der Wand einige Schränke, links steht der Feuerherd und mitten der große Tisch mit den Resten eines kleinen Mahles. Schlecht und dürftig ist diese Einrichtung, alles ist aber rein und sauber; eine gewisse Ordnung herrscht in dem Arrangement der wenigen unansehnlichen Möbel, und der blühende Goldlack und die üppigen Rosenbüsche, welche die Ecken der Fenster zieren, beweisen, daß man sogar darauf bedacht ist, dem ärmlichen Zimmer noch einen Schein des Luxus hinzuzufügen. So schmutzig da draußen die enge Gasse ist, so rein ist der Fußboden der Wohnung; rote Ziegel umgeben den Fuß des Herdes, in der Mitte des Zimmers beginnen die eichenen Dielen, blankgescheuert und nach der Türe zu bestreut mit gelbem, grobkörnigem Sande. Durch die Haustür tritt man gleich in das Innere des Zimmers; die eine Stube nimmt den ganzen untern Raum des Hauses ein, und unter dem niedrigen Dach kann nur noch Platz für einige Vorräte sein, die man vielleicht in glücklichen Zeiten aus dem Herbst in den Winter hinübernimmt.

In dieser Behausung, die sich von den meisten Arbeiterwohnungen wohl nur durch ihre Sauberkeit unterschied, saß nach vollbrachtem

Abendessen die Witwe Martin mit ihren beiden Töchtern Marie und Gretchen. Die gute Frau mochte in den Vierzigern sein. Nach dem Tode ihres Mannes war sie schnell gealtert. Ihre Wangen waren bleich geworden und eingefallen, das Haar ergraut, und die dürre Hand strengte sich vergebens an, noch so rasch zu arbeiten wie in früheren Jahren.

Regungslos weilte sie an der Seite des Herdes und blickte unverwandt auf ihr jüngstes Töchterchen, das kleine Gretchen, hinab, das auf einem niedrigen Stuhle sitzend den Kopf auf den Schoß der Mutter gelegt hatte und eingeschlafen war. Gretchen hatte hellbraunes

190 Haar und ein feines, liebliches Gesicht. Gegenüber arbeitete beim Scheine der kleinen Lampe die ältere Tochter Marie, ein Mädchen von achtzehn Jahren. Mariens Gesicht war zu ernst und zu bleich, um schön zu sein – das schwarze, unruhige Auge gab ihrem Kopf aber Leben und Ausdruck und paßte gut zu dem dunklen, glänzenden Haar, was in reicher Fülle die Schläfen umgab. Marie war sehr schlank gewachsen, ihr Fuß war klein, ihre Hände zierlich und sehr rein.

Alter, Jugend und Kindheit saßen hier beieinander. Die ergraute Mutter, halb zerstört durch Not und Arbeit, die nur noch das Leben liebte, weil sie ihre Kinder liebte, deren Leib schon erschlaffte, deren Seele still und traurig geworden; dann die schwarzäugige Marie, in der Blüte ihres Lebens, ohne doch selbst zu blühen, deren Wangen so licht wie ihre Augen dunkel waren, die stolz und entschieden einem Dasein trotzte, das ihren schönen Körper mit ewiger Arbeit verdammte, die aus dem Staub der Fabriken und aus dem Schmutz der Gassen noch jenen Zauber und jene Anmut gerettet hatte, die, ach, bei den meisten ihrer Gespielinnen schon längst wie Blumen vor dem Sturm zerstoben waren. Und endlich das kleine zehnjährige Gretchen, so zart gebaut, so dünn, so schwank, mit einem so feinen Gesichtchen – was soll ich weiter von dem Kinde sagen? Wir wollen warten, bis es aus dem Schlummer erwacht und uns mit seinen großen Augen still und erstaunt entgegenschaut.

»Es ist schon sehr spät, liebe Marie«, flüsterte die Mutter und blickte strafend nach der älteren Tochter hinüber. »Ist es nicht Zeit, daß wir uns bald zur Ruhe begeben?«

191 »Noch ein paar Stiche muß ich machen, liebe Mutter, geh du schon mit Gretchen zu Bett, ich komme gleich nach, ich muß dies Hemd

heute noch fertig machen; ich glaube gewiß, daß Eduard bald zurückkommt, und dann muß ich ihm gleich etwas schenken.«

Der Name Eduard brachte die alte Frau sichtbar in Bewegung, sie faltete die Hände über Gretchens Kopf, und ein schmerzliches Lächeln zuckte um ihre bleichen Lippen.

»Glaubst du nicht auch«, fuhr Marie fort, »daß er bald wieder hier ist? Mir ist es ganz so, als wenn er nicht lange mehr ausbliebe. Wie lange ist er doch jetzt fort?«

»Schon über zwei Jahre«, erwiderte die Mutter, »und Gott weiß, was aus ihm geworden ist.«

»Gewiß etwas Gutes! Eduard ist wild und rauh, aber er ist geschickt und arbeitet gern. Er liebt dich und liebt mich, und er ist immer ein guter Junge gewesen.«

»Aber weshalb schreibt er nicht? Solange er fort ist, bekamen wir nur einen Brief. Ich mag gar nicht daran denken, das Herz will mir vor Kummer zerspringen!«

»Tröste dich, liebe Mutter, ich bin fest davon überzeugt, daß es ihm wohl geht und daß du noch Freude an ihm erlebst. Aus Leichtsinn und Vergeßlichkeit hat er nicht geschrieben ...«

»Aber das ist undankbar und häßlich genug! Wenn man auch noch soviel zu arbeiten hat, so bleibt doch immer Zeit genug übrig, um einmal nach Hause zu schreiben.«

»Der Weg ist so weit von England bis hierher, Eduard fürchtet, daß die Briefe zuviel Porto kosten möchten; vielleicht hat er einmal auch durch Gelegenheit geschrieben, nur der Brief wurde nicht besorgt – das Schiff, mit dem der Brief abgeschickt wurde, kann untergegangen sein –, sieh, liebe Mutter, da hast du Gründe genug, weswegen wir nichts von ihm hören.«

192

»Wenn Eduard selbst nur nicht untergegangen ist.«

»Ach, liebe Mutter, ein Brief kann nicht schwimmen und muß daher ertrinken, wenn dem Schiffe etwas Schlimmes begegnet; aber Eduard schwimmt ja ganz vortrefflich, er würde sich schon gerettet haben. Eduard schwimmt hin und zurück über den Rhein.«

»Aber der Rhein ist lange nicht so breit wie das Meer.«

»Das ist wahr, das Meer ist an manchen Stellen breiter, aber zwischen hier und England ist es nur ganz klein – gewiß, liebe Mutter, ich fürchte gar nichts, du sollst sehen, daß der Junge bald wieder hier ist.«

Mehr als hundertmal hatten Mutter und Tochter schon eine solche Unterredung geführt. Die alte Frau hatte sich aber einmal in den Kopf gesetzt, daß es ihrem Sohne schlecht gehen müsse, daß sie ihn vielleicht gar nicht wiedersehen würde, und vergebens strengte sich Marie an, um die alte Frau zu beruhigen. Manchmal wurde es Marien freilich auch unheimlich zumute. Eduard hatte seit gar zu langer Zeit nichts von sich hören lassen. Vor zwei Jahren war er nach England gegangen, um sich als Mechanikus weiter auszubilden, ein Empfehlungsschreiben an einen Fabrikanten in Manchester hatte ihm gleich Arbeit verschafft, und kurz nachdem er seine neue Stellung angetreten, schrieb er und versicherte damals, daß es ihm sehr wohl gehe – aber das war jetzt sehr lange Zeit her, Marie war innerlich doch voller Sorge um ihren Bruder und tat nur alles mögliche, um dies der Mutter zu verbergen, die ohnehin schon genug geängstigt war.

Heute kam es ihr indes wieder vor, als könne der Bruder gar nicht mehr weit sein; mit wirklicher Überzeugung hatte sie eben der Mutter versichert, daß sie fest an die baldige Rückkehr des lange Erwarteten glaube, und unwillkürlich blieb sie auf ihrem Stuhle sitzen, als wenn noch in demselben Augenblick alle Wünsche in Erfüllung gehen könnten, als müßte sie den Bruder noch heute Abend in ihre Arme schließen.

Sie hatte sich in ihren Erwartungen nicht getäuscht. Kaum war die kleine Unterredung zwischen Mutter und Tochter beendigt, da klangen einige rasche Tritte von der Gasse ins Zimmer hinüber. Es hielt jemand vor dem Hause – Mutter und Tochter horchten auf. Mit kräftiger Faust schlug der Kommende vor die Tür der Wohnung. Die alte Mutter fuhr erschrocken zusammen, die Nadel sank aus Mariens zitternder Hand – »Es ist Eduard!« seufzte sie und wurde noch bleicher als bisher, aber hell blitzten ihre schwarzen Augen. »Wo ist er?« rief die kleine Schwester, die soeben aus dem Schlummer erwachte – da donnerte der zweite Faustschlag vor die schwache Tür der Hütte. Schloß und Riegel flogen aus ihren Fugen mitten ins Zimmer hinein, die Tür fuhr auf, und mit einem jubelnden »How do you do?« stürzte der stattliche, breitschultrige Eduard in die Arme seiner halbtoten Mutter.

Eduard war ein wilder, muskulöser Geselle; Hals, Brust, Fäuste und Schenkel – alles war bei ihm im schönsten Ebenmaße und prächtig entwickelt. Um die breite Stirn hing das braune Haar in der besten

Unordnung, und üppig sproßte der Bart um Wangen und Kinn. Die gerade Nase, der breite Mund mit trotzig aufgeworfenen Lippen, vor allem aber die dichten, bogenförmigen Brauen mit zwei verwegenen Augen darunter – alles gab seinem Kopf den Ausdruck der Kraft und Entschiedenheit.

194

Der junge, einundzwanzigjährige Riese brüllte vor Freude, daß er sein elterliches Haus wiedersah. Er küßte die Freudentränen von dem bleichen Angesicht seiner Mutter, er preßte die errötende Marie fest an seine Brust und warf das kleine Gretchen hoch in die Luft, indem er es mit beiden Armen jubelnd wieder auffing.

Nachdem Eduard seine Bagage von der Straße hereingeschleift und das Schloß der Türe mit einigen Faustschlägen und Fußtritten wieder befestigt hatte, warf er seinen Hut in die Ecke des Zimmers, riß die braune Velvetjacke von den Schultern und setzte sich mit offener Brust in weißen, flatternden Hemdsärmeln in die Mitte des Zimmers, indem er sein kleines Schwesterchen auf den Schoß setzte und den Kopf des zierlichen Kindes sanft an sein Herz drückte. Die gewaltige Rechte, die seit vierzehn Jahren den Hammer auf den Amboß gewettert hatte, überließ er der glückseligen Mutter, welche sich an ihrem Sohne nicht satt sehen konnte und mit sichtbarem Stolz ihren Erstling von oben bis unten musterte. Marie hatte indes das Feuer im Herd angeblasen, um ihrem Bruder noch ein kleines Abendessen zu bereiten.

»Nonsens!« rief Eduard. »Wenn du mir einen Gefallen tun willst, so hole mir aus der nächsten Schenke etwas Brandy und Brot und Käse – wir wollen heute abend noch herrlich leben! Ihr seht, ich bin ein kompletter Engländer geworden, und mitgebracht habe ich euch auch etwas – hier, liebe Mutter!« Da warf der lustige Bursche der Mutter ein Dutzend Sovereigns in den Schoß und wollte sich totlachen, als die alte Frau vor lauter Erstaunen über so großen Reichtum fast den Verstand verlor.

»Ich kann euch versichern, daß ich in England tüchtig gearbeitet habe, und ich lernte viel dabei. Die zwei letzten Jahre sind mir herumgegangen wie ein Tag – ich wäre gern noch dort geblieben, aber ich sehnte mich nach euch zurück, und da machte ich mich eines Morgens aus dem Staube, setzte mich auf einen Dampfer, fuhr hinüber, und nun bin ich hier, Goddam! Und nun soll ein anderes Leben losgehen, das versichere ich dir, liebe Mutter. Du sollst die Hände jetzt in den Schoß legen, und Marie soll nicht mehr in der Fabrik arbeiten, und

195

Gretchen soll mir in die Schule gehn, und ich will für euch alle tätig sein, und ich will schon genug verdienen!«

»Es ging uns manchmal recht schlecht«, fuhr die Mutter fort, als der gesprächige Sohn sich nach manchem erkundigte, was in seiner Abwesenheit vorgefallen war. »Im vorigen Sommer war ich krank und habe seitdem nie recht mehr arbeiten können, in der Fabrik konnte ich nicht mehr bleiben, da jetzt andere Leute da sind, die alles besser als ich machen, ich suchte daher hin und wieder ein paar Groschen zu erwerben und tue das auch noch heute. Marie hat eine gute Beschäftigung, sie arbeitet noch immer in der Fabrik und muß die fertigen Zeugstücke nachsehen und andre leichte Sachen tun, die nicht zu sehr anstrengen. Gretchen ist seit zwei Jahren in der Baumwollspinnerei, ich habe mich lange dagegen gesträubt, aber – –«

»Armes Kind«, unterbrach Eduard seine Mutter und drückte das Schwesterchen fester an seine Brust, »so mußt du auch schon arbeiten? Ach, man sieht es dir an; wie klein und zart bist du geblieben, deine Ärmchen sind so dünn, und du bist so blaß und so spitz in dem kleinen Gesichtchen, und die Augen tun dir gewiß recht oft sehr weh, nicht wahr, von dem verdammten Staub, der dir immer entgegenfliegt – armes Schätzchen, aber jetzt soll das auch aufhören. Du sollst die Spinnerei nie wieder betreten. Bei tausend armen Kindern kann ich es nicht ändern, daß sie von den Fabrikanten ruiniert werden, aber mein kleines Gretchen will ich davor bewahren; liebes Engelchen, gib mir einen Kuß, wir wollen uns recht liebhaben!« Das arme Kind wußte kaum, wovon die Rede war, die Tränen kamen ihm in die Augen, es erschrak, weil der große Bruder plötzlich so ganz anders sprach, mit einer Stimme, die gradezu in das kleine Herz drang.

»Und ich wette«, rief Eduard dann, indem er sich wieder zu seiner Mutter wandte, »daß es in eurer Fabrik noch grade so lumpig aussieht wie früher. Das ganze Haus ist von jeher ein ungesundes Loch gewesen, wo namentlich die Kinder in ein paar Jahren total ruiniert werden. Ich habe das immer gesagt, und viele andere Arbeiter ebenfalls, aber es wird nichts geändert, man läßt alles beim alten – der alte Herr Preiss ist ein wahrer Teufel, Gott verdamm ihn!«

»Pfui Eduard!« erwiderte Marie, die hinausgegangen war und für ihren Bruder das gewünschte Getränk geholt hatte. »Schäme dich, so etwas zu sagen. Der Herr Preiss tut für seine Arbeiter, was er kann.«

»Das ist das erste, was ich höre, liebe Marie! Da muß sich der alte Schuft sehr geändert haben. Vor zwei Jahren sah es noch so schlecht mit seiner ganzen Wirtschaft aus, daß ich bis auf den heutigen Tag nicht begreife, wie ich es früher so lange darin aushalten konnte. Ich kenne jetzt die englischen Fabriken und weiß genau, wie es darin aussieht; wenn man diese mit der Bettelei des Herrn Preiss vergleicht, da steht einem wirklich der Verstand still. Nun, ich will aber sehen, ob ihr euch hier gebessert habt. Sag mir zum Beispiel, ob das Zimmer 197 verändert ist, in dem den Kindern die Trommeln drei Hand hoch über dem Kopfe schweben, wo an gar kein Ventilieren zu denken ist, wo stets eine solche Hitze und ein solcher Staub herrscht, daß man ohnmächtig zu werden meint, wenn man von außen in dieses Loch hineintritt?« Eduard wartete auf Antwort, und Marie erklärte nach einigem Zaudern, daß das Zimmer grade noch wie früher aussähe.

»Well«, rief Eduard, »so fahre der Herr Preiss zur Hölle! Und wie sieht es mit dem andern Saale aus, wo der Maschinensatz so nahe an der Wand steht, daß die Kinder, wenn sie passieren wollen, jedesmal in Gefahr sind, von den Rädern ergriffen und unter die Decke geworfen zu werden?«

Marie mußte nochmals gestehen, daß auch hierin nichts geändert sei.

»Well, so hol ihn der Teufel! Aber Marie, wie kannst du den alten Preiss auch nur einen Augenblick lang verteidigen wollen? Diesen alten Schurken, der durch den Schweiß von Tausenden groß und reich geworden ist, durch den Schweiß und das Blut zahlloser Unglücklicher, denen er das Mark aus den Knochen sog und die er dann barsch vor die Tür warf, unbekümmert darum, ob sich andre Leute ihrer annehmen würden oder nicht.«

Eduard schlug mit geballter Faust auf den Tisch und sah seine Schwester mit zornigen Augen an. Marie wagte nicht aufzuschauen.

»Ich weiß recht gut«, fuhr der junge Mann fort, »daß unter den Fabrikanten der eine nicht viel besser als der andre ist. Es gibt manche unter ihnen, die für ihre Arbeiter sorgen wie für ein gutes Pferd, für einen guten Hund – das sind die besten. Dann kommt eine Sorte, 198 welche aus Furcht vor den Gesetzen nie zu einer offenbaren Schinderei der Arbeiter übergeht – zu dieser Klasse gehören die meisten. Die dritte Gattung wird würdig durch den Herrn Preiss vertreten, der alles tut, was er will, der mit Bürgermeistern und Polizeidienern stets auf dem besten Fuße lebt und in seinen vier Wänden wirtschaften kann, wie es ihm beliebt. Wenn der alte Preiss sich nicht sehr geändert hat, so ist er einer der größten Schurken unter der Sonne, ein Mensch, dem es einerlei ist, ob alles um ihn her zugrunde geht, sofern er nur Geld dabei verdient.«

»Wahrscheinlich bist du doch zu hart gegen den Herrn Preiss«, erwiderte Marie. »In seiner Fabrik mögen einige Räume sein, die nicht gesund und weit genug sind, das ist wahr – aber das ganze Gebäude ist schon alt, und es läßt sich nicht gleich alles so verändern, wie du wohl meinst. Mit den Maschinen ist es ebenso, die wurden schon vor vielen Jahren angeschafft und mögen vielleicht nicht so gut und passend sein als alles das, was du jetzt in England gesehen hast. Aber müssen wir uns nicht trotzdem freuen, daß der Herr Preiss fortwährend mit seiner Fabrik im Gange bleibt, daß er uns Arbeit gibt, daß wir dadurch unser Brot verdienen? Was würde aus uns werden, wenn er seine Fabrik mit einem Male stillsetzte?«

»Es würde uns noch einmal so gut gehen!«

»Du willst also, daß er zu arbeiten aufhört?«

»Ja, bei Gott, das will ich, und wenn er es nicht aus freien Stücken tut, so wollen wir ihn dazu zwingen. Dieser Alte soll noch einmal nach unsrer Pfeife tanzen statt wir nach der seinen. Es ist besser, daß wir seinen ganzen Kram zusammenschlagen, als daß wir uns in ein paar Jahren ruinieren lassen, um, Gott verdamm mich, jede Woche ein paar lausige Groschen zu verdienen. Stehen wir einmal alle miteinander ohne Arbeit, mit hungrigen Magen auf der offenen Straße, da wird sich schon etwas für uns finden, das hat gute Wege. Mit den Fabriken muß es aber anders in der Welt werden.«

»Ich bitte dich, lieber Eduard, trinke nicht so viel!« flüsterte Marie und zog dem Bruder das Glas vom Mund weg. Denn mit Schrecken hatte sie bemerkt, wie der hitzige Bursche eine Portion nach der andern hinunterschluckte und immer heftiger und aufgeregter wurde.

»Laß mich, Marie! Du verstehst das nicht besser – diese Fabrikanten sind nicht wert, daß sie gehängt werden, und der alte Preiss ist mir am allerverhaßtesten. Übrigens will ich jetzt auch wieder Arbeit bei ihm suchen, er kann mich gut gebrauchen, er wird gern auf meinen Vorschlag eingehen – es ist mir recht eigentlich darum zu tun, jetzt in seiner Nähe zu sein. Ich habe da nicht allein Gelegenheit, meine mechanischen Kenntnisse anzuwenden, sondern ich will auch einen andern Geist unter die übrigen Arbeiter bringen. Der alte Preiss soll einmal erfahren, was es heißt, wenn seine Sklaven über ihre Lage klar werden. Ich habe mir fest vorgenommen, alle Arbeiter weit und breit gegen den alten Schurken aufzuwiegeln – es ist einerlei, wenn ich dadurch auch selbst leide, ich habe meinen Entschluß gefaßt – ich werde mich noch morgen bei ihm melden.«

»Ich verstehe dich nicht ganz, Eduard – aber es wird mich von Herzen freuen, wenn wir künftig wieder an demselben Orte arbeiten. Ich glaube auch, daß du gleich bei dem Herrn Preiss eintreten kannst. Wenn du meinst, daß es was helfen kann, so will ich mit den jungen Herren, mit dem Herrn August oder Julius, vorher noch einmal sprechen – der Herr August ist immer so gut gegen mich.« 200

»Alle Wetter, liebes Kind, mach mich nicht ärgerlich, erinnere mich nicht an diese vornehmen Jungen, an diese Fabrikantenbrut, es juckt mir jedesmal in den Fingern, wenn ich an diese beiden Laffen denke. Das fehlte noch, diesen faulen Gesellen Komplimente machen, diesen Hasenfüßen, die auf der Jagd liegen oder auf den Bällen umherspringen, während ihnen zehnjährige Kinder wie unser kleines Gretchen in der Spinnerei das Lumpengeld verdienen müssen.«

»Ich bitte dich, Eduard, sei nicht so hart; was können die vornehmen Leute dafür, daß wir für sie arbeiten müssen? Einer muß doch die Arbeit tun, dazu sind wir nun bestimmt, und die beiden Söhne des Herrn Preiss haben ein glücklicheres Los getroffen.«

»Sprich nicht so albernes Zeug!«

»Es tut mir leid, daß wir uns nicht verständigen können. Ich würde dir indes doch noch recht geben, wenn jene beiden jungen Leute ihr Glück mißbrauchten, wenn sie der Gewalt, die sie über uns haben, noch Spott und Hohn hinzufügten, wenn sie sich lustig über unser Unglück machten oder uns die Arbeit, welche wir nun einmal des lieben Brotes wegen tun müssen, absichtlich erschwerten. Aber davon habe ich nie etwas erfahren, ebenso streng und barsch, wie bisweilen der Vater ist, ebenso gutmütig und gefällig sind die beiden Söhne. Julius hat sich oft nach dir erkundigt, wie es dir ginge und ob du noch nicht bald wiederkämst und dergleichen, und der Herr August ist erst gar ein lieber Mensch, der noch niemandem etwas zuleide tat, der gern allen hilft, allen beisteht, der seinen eigenen Rock vom Leibe 201 reißen würde, wenn er sähe, daß er jemand damit glücklich machen könnte.«

»Dummheiten, nichts als Dummheiten«, murrte der zornige Bruder und stürzte ein anderes Glas Grog hinunter. »Für einmal, liebe Marie, wenn du meine Schwester sein willst, so sollst du diese Menschen hassen – mehr habe ich dir nicht zu sagen, und nun schweig mir still von diesem Quark. Es ist aber zum Rasendwerden mit dir. Bist du nicht eines Arbeiters Kind, den eben dieser alte Preiss, der Vater dieser zwei prächtigen Söhne, ruiniert hat? Bist du nicht einer Mutter Kind, die hier neben dir sitzt, alt und grau vor der Zeit, die durch diesen alten Preiss vernichtet wurde? Bist du nicht die Schwester eines Bruders, der diesem alten Teufel ewigen Zorn gelobt, bist du nicht in dieser Hütte geboren, wo der Stolz der einzige Schmuck ist, bist du nicht schlank und groß, hast du nicht schwarze Haare und kohlschwarze Augen, und fließt denn kein Blut in deinen Adern – sprich, kannst du nicht einmal hassen?«

Eduard schleuderte sein leeres Glas fluchend an die Wand und maß seine Schwester mit zornigen Blicken.

Vergebens suchte die Mutter ihren heftigen Sohn zu beruhigen. Die Aufregung der Reise, die immer lebendiger werdende Unterredung und das viele Trinken hatten Eduard in eine fieberhafte Stimmung versetzt.

»Laß dich doch nicht betören«, fuhr er zu Marien fort. »Du hast diesen Jungen Burschen wahrhaftig nicht dafür zu danken, wenn sie dir von Zeit zu Zeit einmal einen freundlichen Brocken zuwerfen. Damit soll gewöhnlich alles wiedergutgemacht werden, ich weiß es wohl. Ein paar Groschen die Woche und alle halbe Jahre ein Kompliment, dafür soll man Leib und Seele verkaufen. Die hohen Herren machen einen billigen Handel. Aber wir wollen endlich aufhören, uns durch solche Torheiten fangen zu lassen. Unsere Fäuste müssen wir ihnen noch leihen, da sie das Geld haben und wir arm sind. Aber kein Teufel soll uns dazu zwingen, daß wir sie außerdem als uns Überragende anerkennen – nein, unter uns sollen sie stehen an Stolz und Ehre und unerschrockenem Sinn, und es wird eine Zeit kommen, wo diese Reichen Respekt vor uns bekommen werden, wo *sie* sich darüber freuen werden, wenn wir ihnen nicht etwas anderes als einen Fluch ins Gesicht schleudern!«

»Sei ruhig, lieber Eduard«, fuhr die Mutter fort und strich mit der dürren Hand das Haar von der brennenden Stirne ihres Sohnes. »Es wird gewiß auch einmal anders in der Welt werden, die reichen Leute haben manche Sünde vor Gott zu verantworten, in manchen Sachen gebe ich dir ganz recht, und Gott wird auch mit uns Armen sein.«

»Laß den Herrgott aus dem Spiele, liebe Mutter, wir haben es hier mit Menschen gegen Menschen zu tun, und damit ist die Sache viel klarer und einfacher. Doch vergib mir, Marie, daß ich dich so erschreckt habe«, fuhr Eduard dann zu seiner Schwester fort, die durch das plötzliche wilde Aufbrausen ihres Bruders sichtbar in Angst geraten war, »komm und vergib mir, versprich mir aber auch, daß du künftig so denken willst wie ich, daß du nicht allein unverdrossen deine Arbeit tun wirst, die bis jetzt nun einmal nicht zu ändern ist, sondern daß du auch wieder stolz und keck sein willst, wenn der Tag vorüber ist und wenn wir unter uns sind. Ich kann es nicht leiden, wenn man an unseren Herren auch nur einen Funken Gutes läßt, denn im Grunde sind sie doch nur aus Habsucht und Heuchelei zusammengesetzt, sobald sie mit uns Armen in Berührung kommen. Früher habe ich auch nicht so gedacht, aber das kalte England brachte mich zum Verstande – und was ich dort lernte, will ich hier nicht vergessen. Wart nur, ich werde dir noch von den englischen Weibern erzählen – die würden dich auslachen, wenn du für die Söhne eines Fabrikanten schwärmen wolltest. Nimm dich in acht, liebe Marie, vor dem Herrn Julius oder dem August!«

Scharf blickte Eduard seine Schwester an; sie errötete und schlug die Augen nieder. »Ich werde nie etwas tun, was ich nicht vor meinem Bruder verantworten könnte«, erwiderte sie endlich, wandelte langsam durch das Zimmer und bog sich dann über Eduards Schulter, indem sie mit ihren Lippen leicht seine Stirn berührte.

»Sieh, Gretchen ist schon bald wieder eingeschlafen«, rief Eduard und erhob sich leis von seinem Sitze, indem er das Kind vorsichtig in seine Arme nahm. »Wir wollen es zu Bett bringen, das kleine Geschöpf. Wie schön es ist, welch ein zierliches Gesichtchen, ich gebe dir einen Kuß, Herzchen – ach, wie bist du mir lieb! Was meinst du, Marie, was würde der Herr Preiss sagen, wenn ich mit diesem kleinen Mädchen auf dem Arme zu ihm käme und sagte: ›Verehrter Herr Preiss, dies Kind hat nun heute von sechs Uhr morgens bis acht Uhr abends für Sie unermüdlich gearbeitet, es ist hin und her gesprungen, rechts und links, es hat hier Fäden angeknüpft, dort die Wolle aus den Maschinen gezupft, bald dies und bald jenes getan und nie gerastet und nie geruht, bis es endlich todmüde hier zusammensank, und das alles ist nur geschehen, damit sich das Kind selbst vielleicht ein Kleidchen und ein wenig Essen und Trinken dadurch erwerbe, damit *Sie* aber in einer großen Karosse spazierenfahren, damit Ihre Söhne Champagner trinken und auf den Bällen herumtanzen möchten – Herr Preiss, seien Sie aufrichtig, ist das Recht, ist das in der Ordnung – ist das nicht eine wahre Schande?‹ Was meinst du, Marie, was würde wohl der Herr Preiss sagen?«

Da legte Eduard sein Gretchen in das große Bett, was den Hintergrund des Zimmers einnahm.

Die Mutter hatte in einem Winkel des Zimmers ein Lager für ihren Sohn bereitet. Marie löschte das Licht aus, und die Arbeiterfamilie war bald darauf in tiefem Schlummer.

Es ist Zeit, daß wir unsere Leser mit einem andern Sohne des Herrn Preiss bekannt machen. Der Fabrikant hatte drei Söhne. Den jüngsten, Julius, kennen wir schon durch seine Abenteuer auf der Besitzung des Baron d'Eyncourt, den ältesten, Daniel, den Philosophen, wie er gewöhnlich in der Familie genannt wurde, verwahren wir uns für spätere Zeiten auf, der dritte, von dem wir jetzt erzählen wollen, heißt August.

August mochte fünfundzwanzig Jahre alt sein. Sein Äußeres war weder schön noch häßlich. Das blonde Haar, das regelmäßige, aber ausdruckslose Gesicht, die graublauen Augen, in denen selten eine große Lebendigkeit aufblitzte, seine einfachen Manieren und die schlichte, in Schnitt und Farbe stets gleichbleibende Kleidung: alles machte ihn zu einem Menschen, der bei niemandem einen unangenehmen Eindruck zurückließ, der aber auch die Aufmerksamkeit keines einzigen fesseln konnte, den man ebenso schnell vergaß, als man ihn gleichgültig betrachtet hatte. Fast ohne Freunde in einer Stadt, wo seine Familie zu den angesehensten gehörte, wo ihn jeder kannte, führte er ein sehr stilles, zurückgezogenes Leben. Selten mischte er sich in Gesellschaft, und wenn dies doch von Zeit zu Zeit einmal geschah, so hielt er sich so fern von dem größern Haufen, von der allgemeinern Konversation, daß man ihn kaum bemerkte, daß es für andere gerade so gut war, als wäre er gar nicht dagewesen.

Da er an nichts, was um ihn vorging, Anteil zu nehmen schien, da er weder in Worten noch in Mienen seine Freude oder seinen Verdruß zu erkennen gab und in seinem Benehmen stets so derselbe blieb, daß man ihn mehr aus Stein und Wasser als aus Fleisch und Blut zusammengesetzt halten mußte, so bekümmerte sich bald auch niemand mehr um ihn, und wenn doch bisweilen unter den Freunden seines Vaters oder seiner Brüder einmal die Rede auf ihn kam, so meinte man bald von der einen Seite, daß er ein wenig borniert und blöde sei, bald von der andern, daß ihn der Eifer für das Geschäft des Vaters so sehr absorbiere, daß er auf einem andern Felde eben nichts mehr wert sei. Beide Teile mochten in etwa recht haben; borniert war August in der Weise, daß es ihm unmöglich war, vor andern irgendeine Meinung, eine Ansicht verständlich und entschieden auszusprechen. Daher denn auch seine Blödigkeit, seine Scheu davor, je einmal einen Versuch in dieser Beziehung zu machen. Was seine Tätigkeit in dem Geschäft des Vaters anging, so beurteilte man ihn hierin ziemlich richtig, denn August arbeitete so fleißig und gewissenhaft, daß ihm nicht viel Zeit übrigblieb, sich gesellschaftlich auszubilden. Wie Julius von seinem Vater den Auftrag hatte, sich mit den Arbeiten des Comptoirs zu beschäftigen, so war August dazu bestimmt, die Aufsicht 206 über die Fabrik zu führen, die Spinn-, Webe- und Färbemuster zu kontrollieren, Arbeiter zu engagieren und zu verabschieden und den Buchhalter und Kassierer im Auszahlen der Löhne zu unterstützen; und ebensosehr, wie Julius seinen Posten vernachlässigte und einen unwiderstehlichen Hang in sich fühlte, den Gentleman zu spielen, ebenso ausschließlich und unermüdlich beschäftigte sich August mit dem, was ihm der Vater übertragen hatte. Schon viel früher, als sich die Arbeiter am Morgen einfanden, wandelte er durch den Garten um die Fabrik, gerade als hätte er sich erst jedesmal wieder ganz mit seinem Terrain bekanntmachen müssen, ehe er die Hand zu neuer Arbeit erhob; hatte endlich die Uhr der Fabrik geschlagen und begann im Hintergrund dieses Gebäudes das dumpfe Spektakeln der Maschinen, das Brausen der Kessel, das Dampfen und Glühen der Essen, da war er auch an Ort und Stelle, schreibend, rechnend, kontrollierend, Befehle erteilend, und alles geschah so ruhig, mit so viel Gelassenheit und Präzision, daß er gewöhnlich in derselben Zeit mehr ausrichtete als drei andere.

Sowie die Mittagsstunde geläutet hatte, ließ er zugleich mit allen Arbeitern die Hände sinken und eilte hinüber in die Wohnung seines Vaters, wo er gewöhnlich etwas früher aß als alle anderen, denn August hatte einen vortrefflichen Appetit, aber er trank nie Wein dabei, nur Wasser. Gleich nach dem Essen stand er wieder in Reihe und Glied und hörte erst mit seiner Arbeit auf, wenn der Abend dem ganzen Geschäft ein Ende gemacht hatte. Seine Aufmerksamkeit ging sogar so weit, daß er noch einmal das ganze Etablissement durchwanderte, wenn schon alles zur Ruhe war – eine Gewohnheit, die er sich bei den guten Nachtwächtern der Fabrik wohl hätte ersparen können.

Man mußte gestehen, August war das Muster eines jungen Fabrikanten, schlicht, einfach, geschickt in seiner Weise, tätig, ernst, umsichtig und überlegend; man hätte sagen sollen, der alte Preiss müßte seinen Sohn als einen wahren Schatz verehren, die Arbeiter, denen er zwar sehr entschieden, aber nie barsch entgegentrat, müßten ihn achten und lieben, und die ganze übrige Gesellschaft würde ihn als einen Mann anerkannt haben, der seiner Klasse Ehre mache.

Wie wir aber bereits gemerkt haben, begnügte man sich damit, ihn blöde, borniert und ungenießbar zu nennen, denn der Ort, wo August lebte, war keineswegs ein rein industrieller, wo die Herren Fabrikanten schon ein solches Übergewicht allein hatten, daß ihr Benehmen den Ton in der Gesellschaft angab. Ein deutscher Industrieller hat zwischen seinen gelehrten Landsleuten noch keineswegs die Stellung erobert, welche sich z.B. der Bolton-, Birmingham- oder Manchester-Mann in seinem Hause zu sichern wußte. Die Damenwelt der Gesellschaft war nicht günstiger für ihn gestimmt wie die Kreise der Gelehrten und Beamten. Außer daß er von mancher lächelnden Schönheit borniert gescholten wurde, ärgerte man sich noch darüber, daß er nie in seinem Leben eine Spur von Galanterie gezeigt hatte – es ist, als wenn dem jungen Manne ein Stock im Rücken säße, als wenn ihm Blei auf der Zunge läge, als wäre Eis in seinem Herz, hatte manche heiratslustige Jungfrau bemerkt, und die Frau Mutter konnte nicht umhin zu bemerken, daß es doppelt traurig sei, da der junge Herr Preiss doch seinerzeit ein vermögender Mann werde.

Die Arbeiter der Fabrik waren in anderer Weise in ihrem Urteil über August ebenso einig wie die höhere Klasse der Gesellschaft. Sie achteten ihn und hatten großen Respekt vor ihrem jungen Herrn, denn er zeigte überall, daß er sein Fach verstehe, daß er mit Leib und Seele bei der Arbeit war, daß ihm alles ernst war, was er tat. August hatte sich auch nie etwas gegen sie vergeben, er hatte sich nie lächerlich gemacht, niemand war imstande, ihm etwas vorzuwerfen, was seinen Charakter als tüchtigen Geschäftsmann getadelt hätte. Aber die Arbeiter liebten ihn nicht, teils wohl, weil er ihnen stets auf den Fersen saß und keine Nachlässigkeit ungerügt hingehen ließ, mehr aber noch, weil er seine Befehle stets mit einer solchen Schärfe erteilte, daß dem Gehorchenden unwillkürlich Furcht dadurch eingejagt wurde. Sie hatten gewissermaßen unrecht, sie irrten sich, wenn sie den Bruder Julius, der nur gar zu oft mit wohlfeilen Späßen um sich warf, für geneigter und freundlicher hielten als den ernsten August. Wie dem leichtsinnigen Julius überhaupt nichts daran lag, ob das Geschäft seines Vaters florierte oder nicht, so kam es ihm auch gar nicht darauf an, die Arbeiter hin und wieder von der Beschäftigung abzuziehen und sie durch kleine Geschenke oder lustige Redensarten zu seinen Freunden zu machen. Im Grunde lag ihm natürlich an dem Wohl oder Weh des armen Gesindels ebensowenig wie an der Glückseligkeit aller andern armen Teufel. Aus Laune war er oft gutmütig und generös. Hinter Augusts anscheinender Kälte saß dagegen ein warmes Interesse an dem Wohlergehen seiner Untergebenen, eine Teilnahme, die ebenso fest und aufrichtig war wie alles, was diesen sonst so linkischen Menschen bewegte. Seines Gefühles wohl bewußt, zufrieden mit sich selbst, gab er sich daher auch niemals Mühe, einen größern Effekt zu machen als den, welchen sein Benehmen unwillkürlich mit sich brachte; er verlangte von seinen Untergebenen entschiedenen Gehorsam nur dann, wenn er nach den Gesetzen der Gegenwart ein Recht dazu hatte, er half und unterstützte, wenn er einen Erfolg dabei zu hoffen hatte, er ließ sich sogar zur unbegrenzten Freigebigkeit verleiten, wenn eine angeborene Gutmütigkeit jenen strengen Geschäftsernst überwand, den er sich seit Jahren zur Richtschnur gesetzt hatte. Alles das ging natürlich den meisten Arbeitern verloren – sie sahen in ihm eben nur den gestrengen, energischen und verständigen Herrn, dem sie zwar alle Achtung zollten, den sie aber auch hinterrücks gern verleumdeten und herunterzogen, als hätten sie sich dadurch für ihren Gehorsam entschädigen wollen, den sie, Aug in Auge mit ihm, leisten mußten. Da geschah nichts, was den Arbeitern unangenehm war, Herr August mußte die Hand dabei im Spiele haben; wenn der alte Preiss tobte und fluchte, so sollte August dazu die Veranlassung gegeben haben, wenn er jemanden zur Fabrik hinausjagte, da stand es bei den Arbeitern fest, daß August an der ganzen Sache Schuld sei.

Dieses Unglück, immer halb verkannt zu werden, hatte August nicht weniger in dem Verhältnis zu seinem Vater. Der alte Preiss wußte sehr gut, daß er an seinem Sohne die beste Stütze im Geschäft habe, daß August imstande war, jeden Tag das ganze Etablissement zu übernehmen und mit Erfolg zu dirigieren, er wunderte sich sogar über seinen Sohn, dem es trotz aller Mittel, die ihm zu Gebote standen, niemals einfiel, sich das Leben in etwa angenehm zu machen; er konnte es fast nicht begreifen, wie ein junger Mensch noch tätiger als er selbst sein könne. Mit einem Wort, der alte Fabrikant hielt große Stücke auf seinen Sohn, er lobte ihn sogar bisweilen als seinen einzigen geratenen Jungen und strich ihn bei dem leichtsinnigen Julius als ein Muster aller Tugenden und bei dem phantastisch-philosophischen Daniel stets als einen Menschen heraus, der das Nonplusultra aller Liebenswürdigkeit und Pünktlichkeit sei. Im Grunde genommen war der alte Herr mit seinem August aber weit unzufriedener als mit den beiden anderen Söhnen zusammen. Alles, was der leichtsinnige Julius an elegantem, chevareskem Auftreten und der sonderbare Daniel an Witz und Verstand in den Augen des Alten zuviel hatten, alles das hatte der ernste August zu wenig. So sehr der alte Preiss sich darüber ärgerte, daß sein Julius oft in einem Tage mehr Geld zum Fenster hinauswarf, als alle Arbeiter in einer Woche verdienten, ebensosehr freute er sich jedoch wieder darüber, wenn dadurch irgendein neuer Glanz auf den Namen Preiss geworfen war, wenn es die Leute weit und breit von dem mächtigen Vater dieses flotten Jungen reden machte. Und Daniel – gerade so fest, wie der Alte davon überzeugt war, daß dieser sein ältester, studierter Sohn ein Verrückter, ein kompletter Narr sei, gerade so entzückt war er doch darüber, wenn ihm irgendein Regierungsrat versicherte, daß sein Daniel ein Lumen mundi sei, gerade so sehr freute er sich darüber, wenn er Daniels Namen in der Zeitung, in den Bücherannoncen oder in dergleichen erwähnt fand.

Alle diese glänzenden Eigenschaften, welche bei dem ältesten und jüngsten Sohne im Übermaße entwickelt waren, eben die fehlten aber dem stillen August durchaus, und das war dem alten Herrn noch viel unleidlicher. August war in seinen Augen nichts weiter als ein einfacher Fabrikant; das wollte aber der alte Herr gar nicht. Er hatte Geld genug verdient – es war gar nicht nötig, daß August sich so unendliche Mühe gab; das Geschäft sollte zwar fortgesetzt werden, aber die Söhne sollten es in genialer, grandioser Weise tun, noch war er selbst, der alte Preiss, ja da, der gern den gewöhnlichen Kram besorgte, weil es ihm einmal so zur Gewohnheit geworden war. Die Söhne sollten indes, ohne gerade die Kaufmannschaft an den Nagel zu hängen, nach einer höhern Stellung als nach der eines simplen Fabrikanten streben, sie sollten sich auch auf andere Weise herausbeißen, sie sollten auch noch nach einem andern Ruhm als nach dem eines tüchtigen Industriellen ringen. Der alte Preiss vereinigte nämlich mit seinen vielen Leidenschaften auch noch einen davon sehr verschiedenen politischen Ehrgeiz – er gehörte der Bourgeoisie an, einer Klasse, die bisher ohne allen Einfluß im Staate war, die aber anfing, sich zu fühlen, die an den Mittelklassen Englands und Frankreichs in der letzten Zeit ein zu anspornendes Beispiel hatte, als daß ihr nicht die Lust gekommen wäre, sich ebenfalls zu entwickeln und ein Wörtchen mitzusprechen. Lange hatten diese Gelüste bei dem alten Fabrikanten geschlummert, er sah ein, daß die Zeit noch nicht gekommen war, um mit solchen Ideen hervorzutreten. Er beschränkte sich daher lange Zeit darauf, seinem künftigen Wirkungskreise erst eine solide Basis zu schaffen, indem er alle seine Geisteskräfte auf den Gelderwerb konzentrierte. Er war erfolgreich hierin gewesen. Sein Vermögen hatte sich mit jedem Jahre vergrößert, es wurde fast zu groß für den Betrieb seines Geschäftes, enorme Kapitalien lagen unbenutzt gegen schlechte Zinsen bei allen benachbarten Bankiers. ›Sollst du es wagen und jetzt als der Repräsentant der rheinischen Bourgeoisie auftreten?‹ hatte er sich oft gefragt und mit Siegesgewißheit auf sein Portefeuille geklopft. ›Sollst du dein ganzes Geschäft versilbern, sollst du agitieren und die Presse mit deinem Gelde in Unruhe bringen? Sollst du ein paar Dutzend Schreihälse in deinen Sold nehmen und deine Kollegen überall aus dem Schlummer wecken?‹ Der mutige Fabrikant war oft auf dem Punkt gewesen, solche Ideen praktisch auszuführen. Aber unwillkürlich fiel ihm dann wieder ein, daß er nur ein einzelner sei, daß noch keineswegs eine hinreichende Masse da sei, welche eine Partei bilden könne, daß außer ihm noch andere reiche Leute tätig seien, welche sich der Bewegung hingäben, und unverdrossen fuhr er dann wieder im Kommerz fort.

Nie aber seine Pläne aus den Augen verlierend, hatte er bald darauf auf der einen Seite seine überflüssigen Kapitalien zu Güterankäufen verwendet, um sowohl als Fabrik- wie als Grundbesitzer eine Rolle zu spielen, anderseits aber die Schutzzollagitation eingeleitet, in der er das einzige Mittel zur Emanzipation der übrigen deutschen Industriellen erblickte. Der Herr Preiss räsonierte: ›Wenn wir durch hohe Zölle gegen die Konkurrenz des Auslandes geschützt sind, da werden im

Nu in allen Teilen Deutschlands Fabriken heranwachsen; mir selbst als Fabrikanten wird dies wenig schaden, denn die später natürlicherweise entstehende inländische Konkurrenz kann mir nicht gefährlicher werden, als es jetzt schon die ausländische ist. Als politisch Ehrgeizigem nützt mir die Sache aber entschieden, denn jeder der neuen deutschen Industriellen wird bei einem Schutze florieren, er wird reich werden, und da sein Interesse ganz das meine ist, so wird er sich zu meiner Fahne schlagen, und die Partei ist fertig, eine Partei mit Geld, Intelligenz und Habsucht ausgerüstet, der eine morsche Bürokratie schwerlich widerstehen wird; einige Jahre nach Durchsetzung der Schutzzölle werden wir schon unsere Kapitalien in die Waagschale werfen können, und es ist kein Zweifel, daß sie immer mehr zur Konstitution und daher zu unserm Vorteil hinüber schwenkt.‹

Mit der Schutzzollagitation war Herr Preiss im besten Zuge, wie wir aus einem frühern Kapitel wissen. Gar zu gern hätte er bei dieser Arbeit einen seiner Söhne benutzt. Er versuchte mehr wie hundertmal, ihren Ehrgeiz aufzustacheln, indem er ihnen ihre kommerziell-politische Zukunft mit den brennendsten Farben ausmalte, aber alles war vergebens. Der Philosoph Daniel, der jedenfalls die Feder am besten zu führen wußte, war zu sehr über allen irdischen Dingen erhaben, als daß er sich dazu verstanden hätte, eine Abhandlung über Garn- und Eisenzölle zu schreiben. Wenn der lebendige Alte davon anfing und mit aller Ruhe seine Gründe nett auseinandersetzte, da machte der todernste Gelehrte schon in der ersten halben Stunde der Konversation so tolle Sprünge, daß der eifrige Alte bald nicht mehr wußte, ob er sich krank lachen oder krank ärgern sollte. Gewöhnlich sprang er dann vom Stuhle auf, die Stirn voller Angstschweiß, die Fäuste fest ineinandergekniffen, und erklärte der Haushälterin vor der Türe, der Daniel sei ein Esel und ein Schafskopf hinten und vorn, ein wahres Kind, ein Geck, ein Hanswurst, der nicht wert sei, daß man ihn mit der Splitte Holz vor den Kopf schlage.

Daniel zündete in solchen Augenblicken ruhig eine Zigarre an. Mit dem liebenswürdigen Julius ging es dem Vater nicht besser wie mit dem unverständlichen Philosophen. Julius hatte sich den Adam Smith in der Buchhandlung holen müssen, MacCulloch, Sismondi, Ricardo, List und das Zollvereinsblatt vor allen anderen Dingen, der Vater hatte ihm mit Stockprügeln gedroht, wenn er nicht alles durchstudiere und merke und nicht in Zeit von einem Monat den gründlichsten

Beweis führen könne, daß er mit der ganzen Ökonomie so vertraut sei wie mit Clauren und Schiller und Uhland und mit den Aventures des Chevalier Faublas. War der festgesetzte Termin aber verstrichen und examinierte der Alte seinen Sohn, ob er den Adam Smith endlich widerlegen könne und ob es ihm möglich sei, für das Schutzzollsystem aufzutreten und ein Rundschreiben an die Herren Kollegen oder eine Petition an das Gouvernement zu entwerfen, ach Gott, da fand sich jedesmal, daß der teuere Julius wohl begriffen hatte, daß zweimal zwei vier sei, daß es ihm aber im höchsten Grade dunkel war, wie man bei einem gehörigen Zoll auch wohl aus vier acht und sechzehn machen könne. Gottergeben faltete der Alte dann seine Hände und versicherte seinem Jüngstgeborenen, daß er ein Stockfisch sei.

Zuletzt sollte dann auch August herhalten, bei dem der Alte in allen verzweifelten Fällen wider Willen seinen Trost suchen mußte. August hatte wenigstens einen Begriff vom Handel und Wandel, er war nicht verrückt wie der Philosoph und nicht zerstreut wie Julius – mit August mußte alles gelingen. Verständlich und deutlich setzte der Alte seine Pläne auseinander, und wenn er fertig war, da versicherte August jedesmal, daß er alles trefflich verstanden habe und gern die ganze Sache auf der Stelle zu Papier bringen wolle. In wenigen Stunden war dies getan, der Alte ergriff das Manuskript und gab sich ans Lesen. Die Arbeit war rein und klar und so deutlich geschrieben, so ordentlich, so kaufmännisch, es war kein Zweifel daran, daß der Alte zufrieden sein mußte. Beim Durchlesen der angeführten Fakta war dies auch der Fall; sobald der Vater aber in das Räsonnement geriet, sieh, da verfinsterte sich plötzlich seine Stirn, er trampelte mit den Füßen, rückte auf dem Stuhl hin und her, wirbelte und fluchte, und war er zu Ende, da riß er auch Jedesmal die Arbeit seines Sohnes in tausend Fetzen. »Du bist ein kurioser Kerl, lieber August, du schreibst recht hübsch und verständlich, darin ist gar nichts auszusetzen; aber das sind ja gar nicht meine Ideen, was du da zum Besten gibst, du schreibst wie ein Pastor, wie ein Philanthrop, du sprichst ja gerade für unsre erbittertsten Feinde, du bleibst ja gar nicht bei der Sache, bei unsren Interessen; ich glaube, du schwärmst, du bist mondsüchtig, du hast den Sparren – heiliger Gott, beschütze mich vor diesem Sohne!«

August war zu sehr an die Redensarten seines Vaters gewöhnt, als daß er sich dadurch hätte verwirren lassen.

»Was ich geschrieben habe, ist meine Überzeugung«, erwiderte er, »ich kann nichts anderes schreiben als das. Die Industrie ist eine herrliche Sache; aber die Industrie, wie sie heutzutage getrieben wird, ist verkehrt und grausam, und ich werde mich nicht dazu hergeben, Sachen zu verteidigen, die ich für schief und falsch halte. Es ist schon genug, daß ich noch praktisch in deinem Geschäft tätig bin – ich habe meine Gründe dafür, daß ich es noch bin, aber ich werde nicht dazu auffordern, daß man noch weitere Etablissements nach dem jetzigen Stil ins Leben ruft.«

Mit dieser Erklärung hatte August das Zimmer verlassen. Der Vater sah ihm verwundert nach.

»Ist es nicht eine Schande, solche Burschen zu seinen Söhnen zu haben?« fragte er den Buchhalter Weber. »Ich verstehe eigentlich gar nicht, was dieser Narr meint; soviel ist aber gewiß, daß sein ganzer Witz keinen Schuß Pulver wert ist. Dieser Mensch schwärmt für die Menschheit – haben Sie je so etwas gehört, Herr Weber? Er kann nicht einmal lügen! Gott sei bei mir, es ist zum Närrischwerden! Statt für Schutzzölle zu räsonieren, nimmt er sich des Fabrikkindes in diesem Aufsatze an. Bei Gott, ich seh's mit Schrecken, der Mensch hat ein zu gutes Herz – hol ihn der Teufel!«

Herr Preiss hatte sich seitdem daran gewöhnt, alle Schreibereien der Schutzzollagitation mit der Hilfe eines Comptoiristen zu besorgen. Eigenhändig brachte er natürlich nie etwas zu Papier – er hatte von jeher einen kleinen Horror vor allem und jedem Schreiben, selbst das Zeichnen seiner Unterschrift langweilte ihn so erschrecklich, daß ihn der Buchhalter Weber oft flehentlich bitten mußte, ehe er einen Wechsel unterzeichnete, dessen Absendung nicht länger mehr verschoben werden konnte. Ob diese Schreibscheu aus wirklicher Furcht vor etwas »Schriftlichem« entstand? Es war leicht möglich – der schlaue Fabrikant wußte sehr gut, daß man in manchen Augenblicken des Lebens nicht mit Feder, Tinte und Papier spaßen soll. Bei bestem Willen wäre es ihm indes jetzt nicht mehr möglich gewesen, einen Brief zustande zu bringen, und wenn es dennoch einmal gelang, so hatte er gewiß an zehn Stellen das Papier mit der Feder zerrissen oder so reichliche Kleckse zwischen die verschiedenen Perioden gesetzt, daß das Blatt doch wieder von einem Gehilfen kopiert werden mußte. Bei Regulierung wichtiger Familienangelegenheiten machte er bisweilen noch den Versuch, selbst eine Epistel abzufassen; er erschrak dann aber jedesmal so sehr über seine Ungeschicklichkeit, daß er selten bis an das Ende der Seite fortfuhr. Das Zerreißen und Beklecksen des Papiers war nämlich nicht das einzige, was ihn dabei störte; denn ebenso gewandt, wie er darin war, seine Gesinnungen in der Konversation vorteilhaft zu bemänteln, ebenso unglücklich war er, wenn dies schriftlich geschehen sollte. Es war ihm nicht anders möglich, als in kurzen, abgebrochenen Sätzen zu schreiben, die so deutlich ausdrückten, was er dachte, daß in den meisten Fällen alle seine Unternehmungen dadurch gleich verraten und vereitelt worden wären. In der Rhetorik war er ein Meister, in der Stilistik ein Stümper; seine trügerische Zunge hatte er daran gewöhnt, lieblich zu lispeln, während sich seine Hand in der Tasche zornig zu einer ehrlichen Faust ballte – die arme Faust, sie konnte nun nicht anders als ehrlich sein und brachte in ihrer Naivität alles gerade so treu und ehrlich auf das Papier, wie es des Schreibers Seele dachte. Diese Unbeholfenheit des Schreibens ging so weit, daß es dem werten Herrn, wenn er sich hinsetzte, um jemandem recht höflich zu schreiben, den er doch von ganzem Herzen haßte, mehr als einmal passierte, daß er schon bei der dritten Zeile aus dem Texte fiel und plötzlich in den derbsten Zügen seine wahre Stimmung zu erkennen gab, daß er einen Bankier geradezu einen Gauner nannte und einen Beamten noch viel übler titulierte.

Der Herr Preiss hat daher ein für allemal der Schriftstellerei entsagt und sich sowohl bei der Handelskorrespondenz als bei allen übrigen Depeschen an das Diktieren gewöhnt. Im Diktieren von Schutzzollpetitionen hatte er namentlich eine große Force erlangt, da aber hier die eine nach der andern vom Stapel lief, so wurde es bald nötig, daß immer neue Formen und Wendungen erfunden werden mußten, um die Sache vor dem Langweiligwerden zu retten. Sehnlich hatte er gewünscht, daß ihm seine Söhne durch das Studium der Ökonomie hierbei behilflich wären und stets neue Data zuführten, die in seinen Kram paßten. Leider geschah dies nun nicht – Daniel, der Philosoph, war zu großartig, um benutzt werden zu können, Julius zu flüchtig, und August wollte nicht bei der Geschichte helfen. Der Herr Preiss sah sich daher genötigt, alle seine Argumente aus der eignen unsterblichen Seele zu schöpfen – dicke Bände, weitläufige Werke konnte er nicht mehr durchlesen, dazu war er zu alt – seine Erfahrung und seine Keckheit mußten überall durchhelfen, das war das einzige, womit er in die Schranken trat, um seine Gegner niederzuschmettern. Übrigens verstand es sich von selbst, daß der tätige Fabrikant seine Kollegen stets aufmunterte, seinem Beispiel zu folgen, und auch immer wieder eine Kassenanweisung daran wagte, um einen willigen Literaten für die Agitation zu gewinnen.

Verdrießlich war ihm indes immer, von seinen Söhnen ganz im Stich gelassen zu werden; er hatte sich davon überzeugt, daß Daniel und Julius durchaus für seine Pläne untüchtig waren. Von August wußte er aber, daß ihm die Sache geläufig genug war, um mitwirken zu können, es konnte daher nicht ausbleiben, daß sich der Vater mit diesem seinen Sohne mehr wie mit den beiden andern überwarf, daß er ihm vorzugsweise zürnte.

Auch durch viele andere Vorfälle war die Stellung Augusts zu seinem Vater immer unangenehmer geworden. Diese Vorfälle gehörten mehr dem eigentlichen Geschäfte an. Der alte Preiss hatte nämlich seit einiger Zeit durchaus darauf renonciert, irgend etwas Gutes und Preiswürdiges mit seiner Fabrik zu produzieren. Billig, nur billig, schrien die Käufer auf allen Märkten, und billig, nur billig produziert, das war es, was er ohne Unterlaß in seine Fabrik hineinrief. Der unermüdliche Fabrikant hatte keine Ambitionen mehr, für einen tüchtigen Industriellen zu gelten, es lag ihm nur daran, sein Geschäft noch im Schwunge zu halten und auf irgendeine Weise Geld damit zu machen. Statt mit dem Wenigen und Guten hielt er es mit dem Schlechten und den Massen. Die meisten Käufer wußten dies sehr wohl und hüteten sich oft genug, dem ehrenwerten Herrn Preiss in die Hände zu fallen. Wenn er aber mit seinen schlechten Massen nun wirklich heranrückte und aus dem einfachen Grunde, weil er eben nur schlechtes Zeug zu Markte führte, viel billigere Preise als jeder andere stellte, da ließen sich dennoch manche zu einem Kaufe verleiten, und selten war es, daß dem würdigen Fabrikanten eine derartige Spekulation verunglückte.

Wie für alles, so wußte der Herr Preiss auch für solche Unternehmungen die plausibelsten Gründe anzugeben. »Die ganze Welt ist in mancher Weise offenbar am Schlechterwerden, am Zurückgehen«, sagte er oft, »man muß daher mit der Zeit fortschreiten und ebenfalls schlechter werden und zurückgehen; durch das Rückwärtsgehen machen wir hier offenbar einen Fortschritt und stehen dann wieder auf der Höhe der Gegenwart.« Das lautete sehr gerade – der Herr Preiss machte aber seinen Schnitt dabei.

Ein solches Verfahren war indes für August ein Greuel. August, geradezu gesagt, haßte die Industrie, wie sie heutzutage betrieben wird. Er ehrte aber ihre guten Elemente, weil er das Welterlösende in ihnen erkannte und davon überzeugt war, daß die Industrie einst die Menschen glücklicher machen würde. Wenn er sich daher jetzt überhaupt mit ihr befaßte, so geschah dies keineswegs um des Gelderwerbs wegen, wie es der Vater tat, nein, er hielt die Industrie für eine große Aufgabe unsres Jahrhunderts, zu deren Lösung und Vervollkommnung ein jeder, der sich dazu berufen fühlte, etwas beitragen müßte. Und August fuhr um so unverdrossener in seiner Arbeit fort, weil er mit der endlichen Vervollkommnung der Industrie auch die Beseitigung ihrer üblen Seiten erwartete. Aus diesem Grunde war er schon ein für allemal mit der Produktionsweise seines Vaters unzufrieden, der sich ja eben ganz das Gegenteil zum Ziele gesteckt hatte, der nur in der Lumperei sein Heil suchte, dem an der Industrie, an der Sache selbst nicht im mindesten etwas gelegen war, der als alter Spekulant und Aventurier nur an seinen Beutel dachte und das übrige gehen und liegen ließ, wie es lag und ging. Die feste Meinung, daß mit der Vervollkommnung der Industrie ihre schlimmen Seiten schwinden würden, zwang August auch dazu, ein jedes Schutzzollsystem von vornherein zu verdammen. Er fürchtete zu sehr, daß mit dem Aufhören der Konkurrenz verschiedener Nationen eben solche Leute wie sein Vater sich auf das Faulbett legen würden, daß mit dem Eintreten der Schutzzölle aller Erfindungsgeist gelähmt und unangespornt bleiben würde und der ganze Jammer der heutigen Industrie bis in alle Ewigkeit fortginge. Bei freiem Handel, bei freier Konkurrenz nach allen Seiten hin erwartete er ein fortwährendes Verbessern und Vereinfachen aller Maschinen, was zwar in seinen Übergängen dem Fabrikproletariat unendliche Wunden schlage, aber zuletzt einen solchen Zustand herbeiführen mußte, daß eine Kapitulation zwischen Reichen und Armen, wenn sie nicht schon auf andere Weise herbeigeführt wäre, dann das unvermeidliche Ereignis sein würde. Die politischen Gründe, welche der alte Preiss bei der Schutzzollagitation hatte, waren für August durchaus null und nichtig, denn einesteils lag ihm überhaupt nichts an politischen Umwälzungen, und dann mußte er ja auch fürchten, daß durch ein entschiedenes Aufkommen der deutschen Bourgeoisie das System der Schutzzölle nur gar zu lange en vogue bleiben werde, daß man das Fabrikproletariat noch jahrelang auf die Folter spannen und eine Umgestaltung unserer sozialen Zustände noch viel länger hinausschieben werde, als er sie durch die Entwicklung der freien Konkurrenz herbeizuführen hoffte.

August war daher in allen Hauptpunkten mit seinem Vater nicht einverstanden. In der Schutzzollangelegenheit hatte er nicht allein nichts getan, er hatte sich gewissermaßen noch über seinen Vater deswegen lustig gemacht, indem er mehrere Male allem Anschein nach dafür auftrat und dann doch die Interessen der Fabrikarbeiter immer mehr verteidigte als die der Fabrikherren. In der Art des Fabrizierens harmonierten Vater und Sohn ebenfalls nicht, und wenn es zwischen beiden bisher noch nicht zu einem förmlichen Bruche gekommen war, so lag dies nur daran, daß der alte Preiss seinen Sohn zu sehr brauchte und August noch immer nicht wagte, mit seinen Meinungen offen und entschieden hervorzutreten. Innerlich war er indes seiner Sache gewiß.

Einer Gesellschaft fliehend, in der er sich unbehaglich fühlte und in der ihn niemand liebte, da er sich nicht darin zu bewegen wußte; von seinen Arbeitern verkannt und verspottet, da es ihnen nicht einfiel, hinter seinem ernsten und strengen Äußern jene Teilnahme zu suchen, die er so aufrichtig und warm für sie fühlte; mit den Brüdern und dem Vater in ewigem Streit und Zank, da ihrer aller Neigungen sich beinahe schnurstracks entgegenliefen – einfach und unglücklich wie er war, hatte August sich längst in sich selbst zurückgezogen, voll Abscheu vor einer Gegenwart, die mit all ihren Kontrasten und Verkehrtheiten vor seinen Augen lag. Lange Zeit hatte er die traurigsten Abende verlebt, nach einem Tage voller Mühe und Arbeit fand er zu Hause weder Trost noch Ruhe; er gab sich ans Lesen, er las das Schönste, was unsere Literatur aufzuweisen hat, ohne davon erquickt zu werden.

Wochen und Monate vergingen; da fielen ihm zufällig einige Broschüren in die Hand, in denen die Umrisse der Systeme Owens, Fouriers, Weitlings gegeben wurden – er fand plötzlich hier alles klar und deutlich ausgesprochen, was ihn quälte seit langer Zeit. Eifrig studierte er weiter, machte sich mit den Lehren Saint-Simons und mit manchem unserer neuesten deutschen Schriftsteller bekannt, und wie Schuppen fiel es ihm von den Augen. Was er dunkel geahnt hatte, hier war es nach tausend Seiten hin entwickelt, nach wenigen Wochen war er klar über unsere Zeit, er war froh, er war glücklich, seine ganze

Umgebung, von der er bisher nicht wußte, ob er sie mehr verachten als bemitleiden sollte, sie war ihm verständlich jetzt in all ihren Teilen, und, ein jubelnder Heroe, stand er über ihr, seine Stirn brannte, sein Herz pochte, und mit einem Fluch auf die krämerhafte Verworfenheit unsrer Tage wandte er sich jenen großen Geistern zu, welche nicht daran verzweifeln, daß man eine bessere und schönere Zeit heraufbeschwören könne. August war Sozialist geworden.

August hatte nie geliebt. Eine angeborene Schüchternheit hielt ihn von jeher fern von aller Gesellschaft, und eine sehr ernste und prosaische Beschäftigung, welche seine ganze Jugendzeit fortnahm, hatte ihn nur zu sehr daran gewöhnt, seiner Seele keinen höheren Flug zu gestatten als den, der zur Vollbringung seiner Arbeit nötig war. Durch den Anblick der vielen unglücklichen Mädchen, die im zartesten Alter ihre Laufbahn als Fabrikarbeiterinnen unter seinen Augen begannen und gewöhnlich schon nach mehreren Jahren die Frische ihrer Jugend, die Lebendigkeit ihres Alters einbüßten, hatte er das weibliche Geschlecht mehr bemitleiden als lieben gelernt. Bei seiner kalten, nüchternen Sinnesart geriet er auch nie in Gefahr, sich in eine jener traurigen Verbindungen einzulassen, welche so manchen jungen Mann seines Alters und seiner Stellung an sich und andern zum Verbrecher machen. Weder Liebe noch Leidenschaft hatten ihn bisher aus seinem Geleise bringen können, ebenso tüchtig, wie er arbeitete, ebenso tüchtig aß er und schlief er, und Wochen konnten vergehen, ohne daß er an einem Tage mehr dachte und tat als an einem andern – er war die Gelassenheit, die Gewöhnlichkeit selbst.

Da entwickelte sich bei ihm nach und nach jene Unzufriedenheit mit seiner ganzen Umgebung, jener Überdruß, jener Abscheu vor dem unwürdigen industriellen Treiben, zu dem er vom Schicksal verdammt zu sein schien, und der Frieden seiner Seele war entschieden gestört. Je mehr er über sein bisheriges Leben nachdachte, desto erbärmlicher kam es ihm vor; vom Morgen bis zum Abend an eine Beschäftigung geschmiedet, welche einzig und allein darauf gerichtet war, den Schweiß seiner Arbeiter in bares Geld zu verwandeln – es war ihm schrecklich, er hätte davonlaufen mögen, und er war auch wirklich mehrere Male im Begriff, seinem Vater »aufzukündigen«, als er plötzlich in jene soziale Richtung geriet und den Entschluß faßte, an Ort und Stelle zu bleiben, der Gegenwart zu trotzen, sie herauszufordern, den Kampf mit ihr zu beginnen, statt durch ein feiges Davonlaufen sich vor ihr zu retten – sie im Gegenteil fest ins Auge zu fassen und das Seinige dazu beizutragen, sie zu ändern, umzugestalten und zu bessern. Er fühlte, daß ihm dies auf einem größeren Felde im allgemeinen Sinne des Wortes unmöglich sei, er hoffte aber, in seiner nächsten Umgebung schon genug Gelegenheit dazu zu finden.

Diese Idee hatte sein ganzes Wesen verändert; äußerlich noch immer rauh und ernst, kochte es doch in seinem Innern und tobte und brauste, daß es ihm bald schwer wurde, seine Bewegungen zu verbergen. Er sehnte sich daher nach einem Wesen, dem er frei und offen entgegentreten konnte, dem er an die Brust sinken, dem er mitteilen konnte, was in seinem Innern vorging, was er dachte, was er hoffte, was er wollte. Aber wem sollte er dies erschließen? Er kannte niemand,
dem er sich hätte anvertrauen mögen. Sein Vater würde ihn mit Grobheiten abgespeist haben, seine Brüder würden ihn auslachen, andere Freunde verstanden ihn vielleicht gar nicht. Traurig verschloß er seine Pläne wieder in der Tiefe seines Herzens.

In einer solchen Stimmung saß er einst an einem Samstagabend auf seinem kleinen Comptoir – ein Zimmer, in dem er allein arbeitete; er hatte den Befehl gegeben, daß man die Maschine stillsetzte und daß die Arbeiter zu ihm hereinträten, um ihren Wochenlohn in Empfang zu nehmen.

Auf zwei großen Tischen, welche die vordere Seite des Raumes einnahmen, lag das Geld bereits abgezählt. Der Buchhalter Weber, ein Comptoirist und ein Contremaître der Fabrik kamen nacheinander herein, um ihn im Berichtigen der einzelnen Zahlungen zu unterstützen.

Das Auszahlen der Löhne ist in den Fabriken stets ein feierlicher Moment. Hinter den Zahltischen stehen die Fabrikherren und die Fabrikaufseher. Finster und gravitätisch, ihrer Würde bewußt, mit einer gewissen Verachtung auf die bleichen, zerlumpten Gestalten hinunterschauend, die nach und nach vor den Tisch treten, um sich für die Arbeit der Woche durch eine Bagatelle belohnen zu lassen, und die noch wohl gar dafür danken, daß man sie so schlecht wie möglich bezahlt. Nur in England, wo wir dem Akt des Lohnauszahlens oft beiwohnten, hat die ganze Geschichte einen für den Arbeiter günstigern Anstrich: das englische Proletariat ist über seine Stellung der Bourgeoisie gegenüber schon viel klarer wie das aller andern Länder. Sie wissen, daß die Herren nicht ohne die Arbeiter fertig werden können und daß nächstens eine Stunde schlägt, wo es zwischen diesen beiden Klassen einmal zu einer genaueren Abrechnung kommt. Die meisten englischen Arbeiter treten daher barsch und stolz vor ihren Herrn, ohne zu grüßen, ohne eine Miene zu verziehen, steif und ernst. Sie lassen sich das Geld Stück für Stück vorzählen, sehen es nach, schieben es langsam und bedächtig in die Hand, drehen sich um, ohne zu danken, ohne zu grüßen, und verlassen das Zimmer geradeso steif, so ernst, so stolz, wie sie eben hereintraten.

In Deutschland ist die Sache natürlich bei weitem anders, die ganze Szene trägt noch ihren mittelalterlichen Charakter; der Arbeiter lebt bei uns noch in der Furcht des Herrn – selten ist es, daß ein armer Teufel vergißt, für seine wohlverdienten paar Dreier herzlichst zu danken.

In der Fabrik des Herrn Preiss kannte man nun namentlich gar keine ungeschliffenen Gesellen, dort standen die Arbeiter zu ihrem Herrn noch im schönsten leibeigenschaftlichsten Verhältnis.

Im Vordergrunde stand August, um den Arbeitern das Geld zu überreichen, neben ihm der Comptoirist, um darauf zu achten, daß sein Herr nicht aus Versehen oder aus übel angebrachtem Großmut eine Münze zuviel in die Hände der Leute steckte. Rechts der Contremaître, um jedem Arbeiter, der im Laufe der Woche einer Sünde teilhaftig geworden, einen derben Rüffel zu erteilen oder das bei Heller und Pfennig am Lohne abzuziehen, was der Unglückliche vielleicht an der Ware geschädigt hatte.

Links an dem Schreibtische seines Herrn lehnte der Buchhalter Weber, prisend und grinsend, die grüne, geputzte Brille auf der kupferroten Kartoffelnase, die Hände in den Hosentaschen, im grauen Comptoirrock, aus dessen durchlöcherten Ärmeln die spitzen Ellenbogen nach allen Seiten im Schmuck des gelblichweißen Baumwollhemdes ins Weite starrten. Der Buchhalter Weber war eigentlich bei dem ganzen Akt sehr überflüssig, er hielt es aber für seine Pflicht, die Feier der Szene durch seine werte Persönlichkeit noch zu vergrößern, und außerdem war es ihm nicht unwillkommen, das ganze Fabrikpersonal gelegentlich Revue passieren zu lassen, um stille Betrachtungen über die Physiognomien der einzelnen Individuen anzustellen und sich zu merken, was irgend an weiblich Erfreulichem vorhanden war. Ein etwas aufmerksamer Beobachter würde die geheimen Gedanken dieses verworfenen Sujets leicht an jenen verdächtigen Bewegungen erraten haben, zu welchen sich die Hand des christlichen Mannes beim Hereintreten irgendeiner halb verblichenen Schönheit bisweilen verleiten ließ. Die hündisch widrige Erscheinung dieses Menschen, die Strenge des Contremaîtres, die Dienstbeflissenheit des jungen Kommis und die halb verbissene Scham des jungen Fabrikherrn, der der ganzen Jämmerlichkeit seiner Umgebung und seiner eignen unglücklichen Stellung bewußt war – das machte ein sonderbares Tableau.

Die Arbeiter der Färberei traten zuerst herein, ein kräftiger Menschenschlag, mit Leuten, die sich fast den ganzen Tag in der freien Luft bewegen und die daher das gesunde Aussehen behalten, was sie mit vom Lande bringen. In ihrer Jugend gewöhnlich mit andrer Arbeit beschäftigt, treten sie erst als Fabrikarbeiter ein, wenn ihr Körper sich schon hinlänglich entwickelt hat und dem meisten schädlichen Einfluß in ihrer Arbeit trotzen kann. Die Färber erhalten auch bessern Lohn als die meisten andern Arbeiter der Kattun-Manufakturen und sind daher in jeder Weise günstiger gestellt als ihre Kollegen.

Den Färbern folgten die Drucker, an derem etwas weniger frischem Äußeren gleich zu bemerken war, daß sie in geschlossenen Räumen beschäftigt sind. Da ihre Arbeit indes noch zu der feineren gehört, so sind die Lokale, in denen sie sich aufhalten, gewöhnlich ausnahmsweise gut, wodurch ihre Gesundheit besser aufrechterhalten wird. Abwechselndes Stehen, Gehen und Sitzen ermüdet sie natürlich nicht so sehr wie diejenigen Arbeiter, welche durch den Gang ihrer Maschine stets zu derselben Stellung und Bewegung gezwungen sind. Die Drucker erfreuen sich mit den Färbern noch eines leidlichen Saläres.

Auf die Drucker kommen die Weber, jene unglücklichen Menschen, deren traurige Beschäftigung sich nur zu sehr in ihrer ganzen Erscheinung widerspiegelt. Bleich, gebückt, hustend und langsam daherschleichend, ein frühes Grab vor den trüben, stieren Augen, Trümmer von Menschen, mit denen die Schwindsucht immer rascher dem Ende entgegengaloppiert.

Färber, Drucker und Weber hatten sich entfernt, nicht ohne daß der Contremaître mit eiserner Strenge seinen Tadel über diesen und jenen ausgesprochen, daß er Abzüge an den Löhnen gemacht und gedroht hatte, bei dem nächsten Versehen den armen Sünder fortjagen zu wollen. Da nahte mit den Meistern an der Spitze die Bevölkerung der Spinnerei. Frauen, im neunten Monate der Schwangerschaft, im dreißigsten Jahre mit grauen, ja mit weißen Haaren, wenn die Hand des armen Weibes den Staub der Baumwolle nicht vorher aus einem Rest von Eitelkeit vom Kopfe hinuntergestrichen hatte. Mütter, denen die Brüste zu springen drohten, weil daheim ein kleines Kind in den Windeln lag, was seit der Mittagszeit vergebens die Händchen der sehnlich Erwarteten entgegenstreckte. Alte Megären, die der Zauberstab der Industrie schon vor dem Tode in Skelette verwandelte. Mädchen, bleich und verkommen, die gelben Schultern kaum bedeckt von zerrissenen Kleidern, die gelösten Haare in schmutzigen Zöpfen im Rücken, die gelenken Finger verborgen unter der zerrissenen Schürze, die Augen stier und gläsern, die Wimpern voll Staub, einen Gassenhauer auf den Lippen, die Venerie in den Knochen. Und nun die Kinder: Knaben mit verrenkten Beinen, mit Buckeln und skrofulös zum Entsetzen, kleine Mädchen, zur Arbeit abgerichtet wie Wiesel und Pudel, an die schnurrende Spindel, an die rasselnde Maschine geschmiedet, ehe noch die Knospe ihrer Jugend sich erschlossen, ehe noch das erste Rot in dämmernder Pracht ihre Wangen überflogen, ehe sie noch wußten, daß sie Kinder, daß sie Menschen waren, ehe sie den ersten Fluch vergessen und das erste Gebet gelernt, ehe sie sich dreimal gefreut, ehe sie dreimal geküßt, ehe sie einmal ihr Leben genossen hatten. Entnervt schon und zerfoltert von der Arbeit, ohne Fleisch auf den Lippen, ohne Blut in den Adern, ohne Gehirn im Kopfe – wie Gespenster, eben dem Grabe entstiegen, oder wie welke Blumen, die morgen sterben müssen.

Sieh, alter Preiss, das ist deine Welt. Was hast du getan!

Die Leidensmienen dieser Unglücklichen, der stumme Schmerz ihrer Züge, der lauter um Rache schrie als der tobende Haufen einer Revolte, die Freude des einen, der mit unverkürztem Lohn nach Hause eilte, das Schluchzen des andern, der sich plötzlich um die Hälfte seines Erwerbes betrogen sah, die schnarrende Stimme des Contremaîtres, der mit dem Stocke drohte, wenn ein Widersetziger wie ein getretener Wurm sich empört in die Höhe richtete, das Fluchen des Kommis, der um Ruhe und Stille bat, damit er sich nicht um einen Groschen verzähle, das Grinsen des Buchhalters, der voll Bestialität und Geilheit sich an der ganzen Szene höchlichst gaudierte, und endlich das Klappern des Geldes, des schmierigen Metalls, um das sich ja dieser ganze Spektakel drehte – – fürwahr, das Zahlcomptoir der Fabrik bot heute wie an jedem Samstagabend einen Anblick dar, den man in Hurenhäusern, in Diebswinkeln, in Spielhöllen nicht krasser, nicht gemeiner, nicht scheußlicher finden konnte.

Und was sagte August dazu, August, der Sozialist, der Mann, der doch hier die Hauptperson war, der Mann, der die Welt verbessern wollte, der für die Menschheit schwärmte, der ein zu gutes Herz hatte, wie sein Vater sich ausdrückte? Ging dieser Auftritt ohne Wirkung an ihm vorüber? Hatte ihn die Gewohnheit schon so sehr abgehärtet, daß ihn dies Elend nicht mehr rühren konnte? Gehörte er zu jenen Menschen, die sich über den Jammer in London und über die Not in Paris wie rasend anstellen, die für Dickens schwärmen und für Eugène Sue und sehr gut wissen, wie es in der ganzen Welt aussieht, und nur das nicht wissen, was gerade unter ihrer Nase passiert, die nur das nicht lesen wollen, was in dem Gesichte eines jeden Unglücklichen zu lesen ist, der am hellen Tage vor ihren Türen zusammenstürzt, die nur das nicht hören, was ihnen in Seufzern und Flüchen Nacht für Nacht aus den Gassen der Unterstadt entgegentönt? Oder war er ein Heuchler, der zwar anerkannte, daß seine Umgebung wert war, in Fetzen geschlagen zu werden, der aber doch scheute, die Hand dazu anzulegen, sobald sein eigenes Interesse dadurch gefährdet wurde; oder war er endlich nur ein Gourmand, der seine Seele mit philanthropischen Gelüsten kitzelte, einer anderen Gemütsbewegung wegen, zur Abwechslung, aus Laune, zum Vergnügen?

Zur Ehre unseres jungen Helden sei es gesagt: beim Anblick dieser scheußlichen Szene war er nahe daran, den Verstand zu verlieren. Er hatte Hunderte von solchen Auftritten erlebt, er hatte oft die Augen geschlossen, um nur nicht zu sehen, was um ihn vorging, er hatte aber auch nie den Versuch gemacht, mit aller Gewalt dagegen aufzutreten, denn die Gleichgültigkeit anderer und das ewige Versichern, daß solche Zustände die notwendigen Übel der Industrie seien, und, ach ja, auch die Gewohnheit hatten ihn zuletzt kalt und unempfindlich gemacht. Jetzt aber, wo sein Ekel vor der ganzen Wirtschaft seines Vaters mit jedem Tage wuchs, wo er wußte, daß die halbe Welt solcher Zustände wegen in Aufruhr war, wo die edelsten Geister der Menschheit von ihren Thronen niederstiegen, um die düstern Gassen, die feuchten Winkel, die stinkenden Keller unserer Dörfer und Städte zu durchwandern, um das Leid und die Schmach unseres Jahrhunderts heraufzuzerren vor das Auge entsetzter Nationen, da gesellte sich zu seinem Abscheu, den er im geheimen doch stets vor der Niederträchtigkeit seiner Umgebung gehabt hatte und der jetzt aufs neue entschieden bei ihm hervorbrach, noch jene Wut einer indignierten Seele, jene Entschlossenheit und jener feste Vorsatz, einer solchen Schändlichkeit ein Ende zu machen, koste es, was es wolle. Sein Herz blutete, seine Stimme zitterte, krampfhaft ballte sich seine Faust, und als der letzte 232 Groschen auf die Tafel des Zahltisches klirrte, als der letzte Arbeiter sich entfernt hatte und nur das Trio des Contremaîtres, des Kommis und des Buchhalters als das widerlichste Personal des ganzen Schauspiels zurückblieb und, als hätten sie nach vollbrachter Arbeit ein Recht dazu, ihren schlaffen Geistern in ekelhaftem Geschwätz, in widerlichen Anspielungen und Zoten anfingen, Luft zu machen, da konnte es August nicht mehr länger aushalten, er warf die Tische rechts und links zur Seite und stürzte hinaus, sein Gesicht mit den Händen bedeckend, mit klopfendem Herzen – bitterlich weinend.

Es war Abend geworden. Der Rauch der Fabrik war verweht, die Blumen des Gartens verbreiteten rings ihren würzigen Duft. August jagte wie ein gehetztes Wild durch den Schatten der Obstbaumalleen. ›Sollst du vor deinen Vater treten und ihm den Zustand seiner Arbeiter in seiner ganzen Wahrheit schildern, sollst du ihn fragen, ob es nicht besser wäre, lieber dies ganze Geschäft an den Nagel zu hängen, als es mit solchen Menschenopfern fortzusetzen? Sollst du ihm drohen, die kleinsten Details seines industriellen Treibens veröffentlichen zu wollen und ihn der Verachtung der Welt preiszugeben, sofern solche Scheußlichkeiten nicht ein Ende nehmen? Ja sollst du ihm nicht das Pistol auf die Brust setzen als das letzte Argument oder eine Fackel in die Magazine werfen, um die ganze Wirtschaft zu verbrennen mit Stumpf und Stiel?‹

August konnte wohl auf solche Gedanken kommen – er wußte, wie schwer es fiel, seinen Vater in irgendeiner Sache, die das bestehende System seiner Fabrik betraf, zu einer Änderung zu veranlassen; hatte er nicht schon seit Jahren, weniger aus Rücksicht für die Arbeiter, sondern nur, um überhaupt ein besser eingerichtetes Etablissement 233 zu haben, alles mögliche aufgeboten, um ihn zum Ausbau verschiedener Räume, zur Entfernung alter und Anschaffung neuer Maschinen zu bestimmen? Er hatte dies oft genug zur Sprache gebracht, aber vergebens. Der Alte wollte sich nun einmal nicht darauf einlassen. Eine schönere Fabrik zu besitzen als seine Kollegen, daran lag ihm nichts; das Schicksal der Arbeiter, die eben durch sein schlecht eingerichtetes Etablissement so erschrecklich litten, das war ihm sehr gleichgültig; die schlechte Ware, die er auf den Markt brachte, konnte gut genug nach dem alten Schlendrian produziert werden, und das war ja alles, was der ergraute Fabrikant wünschte. Zudem hatte er bei der allenfallsigen Einführung des Schutzzollsystems nicht im geringsten an große Änderungen zu denken. Wenn sich diese Aussichten verwirklichten, da konnte er auch mit den schlechtesten Maschinen noch Geld genug verdienen; weshalb also voreilig sein, weshalb nicht lieber den Erfolg der Agitation abwarten, ehe man kostspielige Anstrengungen machte? Der Herr Preiss war so sehr von der Richtigkeit dieser seiner Ansichten durchdrungen, daß er laut lachte, wenn ihm jemand von Änderungen, Verbesserungen oder dergleichen sprach.

August verzweifelte daher auch an allen gewöhnlichen Mitteln, um seinen Vater zum Verstande zu bringen; wild flatterten ihm tausend Pläne und Entwürfe durch den Kopf, an die er noch vor wenigen Tagen nicht im Traume gedacht, vor denen er entsetzt zurückgefahren wäre, wenn sie ein anderer ausgesprochen hätte. In fieberhafter Aufregung durcheilte er den Garten, wie ein Alp lag die Not anderer auf seiner Brust, wie ein Gespenst, wie eine Furie verfolgte ihn die Erinnerung an das, was er eben gesehen und gehört hatte; er sah noch die stieren Augen, die fahlen Wangen, die entfleischten Glieder jener Unglücklichen, die vor ihm um Barmherzigkeit winselten, und mit Schaudern dachte er an die wüste Freude jener andern, die nach einer Woche voll Mühe und Qual den geringen Lohn in toller Bestialität zu vertilgen eilen. ›Dazu haben wir die Menschen gebracht! So weit haben wir sie entwürdigt. Aus frohen, schlanken Knaben machten wir Krüppel und Bestien, aus blühenden Mädchen machten wir Diebinnen und Dirnen, junge, liebreiche Mütter verwandelten wir in fluchende Metzen und stattliche Männer in untüchtige Greise.‹

Das Eis, was lange Zeit um Augusts Herz lag, es war geschmolzen, die Blindheit, mit der er jahrelang geschlagen, sie war gewichen, sein Blut, das dick und trüb im Schmutze der Gewohnheit floß, es rauschte jugendlich durch alle Adern – er erhob sein Haupt, seine Stirne ward licht, und die Begeisterung zog ein in eine freie Seele. Mochte sie ihn plagen und peinigen, die Erinnerung an das Vergangene, mochte es ihn zu Tränen rühren, wenn er an der Gegenwart sah, welche Früchte ihm geblieben, mochte der Gedanke seine Brust zusammenpressen, daß vielleicht noch nach vielen Jahren die Spuren eines Elends nicht verwischt sein würden, das mit ihm aufgewachsen war in derselben Wohnung, an demselben Orte – gewiß, es war entsetzlich, es mußte ihn niederschmettern für einen Augenblick, aber es konnte ihn nicht hindern, sich auch gleich wieder zu erheben und vorwärts zu stürmen auf der neu betretenen Bahn, denn er hatte ja mit der Vergangenheit gebrochen; mit zornigem Fußtritt schleuderte er alle früheren Verhältnisse hinter sich. Er war entschlossen, das Äußerste zu wagen, unbekümmert um sich, seinen Vater, seine Brüder, seine Freunde, er war entschlossen, alles zu opfern, seinen Namen, seinen Stand, seinen Rang, sein Vermögen, um wenigstens gutzumachen, was noch zu ändern war, um sich auszusöhnen mit sich selbst und einer richtenden Zukunft, um wenigstens etwas zu einer Richtung beizutragen, welche er für die höchste hielt, von der er erwartete, daß sie zur Glückseligkeit der Menschen führe. 235

Mit diesem Vorsatze, in dieser Stimmung erwachte August aus jener Raserei, die noch eben seinen Sinn gefangen hielt. Er machte sich auf, um den Garten zu verlassen und noch einen Spaziergang ins Freie zu machen.

Es war in der Fabrik des Herrn Preiss Regel, daß am Samstagabend verschiedene Säle der Spinnerei gereinigt wurden – die Türen der Fabrik blieben daher heute etwas länger geöffnet als an anderen Tagen, und August fand, als er aus dem Garten trat und quer über den Hof nach der Straße zuschritt, daß die jungen Mädchen, denen das Reinigen der Säle übertragen war, erst eben damit fertig geworden waren und sich anschickten, als die Letztbeschäftigten das Etablissement zu verlassen. Der Portier harrte ungeduldig an der Tür, rasselte mit seinen Schlüsseln und trieb die Gehenden an, rasch zu machen, wozu diese auch schon von selbst gern bereit waren.

»Da hat auch noch jemand nach Ihnen gefragt, Herr August!« rief der Portier, als er den jungen Fabrikanten herankommen sah. »Eins von den Mädchen hat die ganze Zeit auf Sie gewartet; ich glaube aber, daß es ihr zu lange geworden ist und daß sie sich auch schon gedrückt hat.«

»Nein, das habe ich eben nicht!« antwortete jemand, und eine schlanke Mädchengestalt schritt wieder von der Straße in den Hof hinein. Es war Marie, die Tochter jener alten Witwe, die wir in ihrer 236 Wohnung kennenlernten. Sie hatte sich fest vorgenommen, heute noch mit dem jungen Herrn zu sprechen, sie war daher auch nicht mit den andern Mädchen in das Zahlcomptoir geschritten, sondern hatte gewartet, bis alle übrigen fort waren, um als die Letztkommende am besten Gelegenheit zu einer Unterredung zu finden. Das plötzliche Davoneilen Augusts und sein langes Verweilen im Garten hatte dem jungen Mädchen indes schon alle Hoffnung genommen, heute noch zu ihrem Zweck zu gelangen – sie trat daher mit einer freudigen Hast wieder in das Innere des Hofes, als sie das Nahen Augusts vernahm.

Der Portier ärgerte sich nicht wenig über dieses Zusammentreffen, was ihn noch länger an seinem Posten festzuhalten drohte, und da der geplagte Mann eine gewisse Ungeduld selbst vor seinem Herrn nicht verbergen konnte, so nahm ihm August das Bund Schlüssel mit der Versicherung aus der Hand, daß er das Tor schon verschließen werde und daß er sich nach seinem Zimmer begeben könne, worauf der Portier auch sofort einging, indem er bedeutsam lächelnd noch einmal nach dem jungen Paare zurückschaute, das allein im Hofe zurückblieb.

Marie war schon seit vielen Jahren in der Fabrik des alten Preiss beschäftigt, und August wußte, daß sie eine der besten Arbeiterinnen war. Er hatte sie nie mehr beobachtet als jedes andere dienstbare Wesen und vielleicht noch viel seltener, weil er eben davon überzeugt war, daß Marie ihre Schuldigkeit tat und keiner Aufsicht bedürfe. Aus diesem Grunde, und weil der junge Fabrikant überhaupt, sobald er die Schwelle der Fabrik überschritten hatte, weniger die beschäftigten Personen als das, was sie dem Geschäft an Arbeit lieferten, im Auge hatte, konnte es ihm unmöglich aufgefallen sein, daß Marie sich neben einer gewissen Aufmerksamkeit und Tätigkeit auch noch in mancher anderen Beziehung vor ihren Mitarbeiterinnen auszeichnete. Die entschiedene Umwandlung, die mit August in den letzten Wochen vorgefallen war, die Engherzigkeit, aus der er herausgetreten, und das weite unendliche Feld, was sich plötzlich seiner Geistestätigkeit eröffnet hatte, alles dies machte, daß er indes mit einem Male manche Dinge in ganz anderm Lichte als früher erblickte, daß er plötzlich auf die bei der Industrie Beschäftigten mehr achtgab als auf die Industrie selbst, daß er die Fabrizierenden mehr ins Auge faßte als das Fabrikat, daß ihm die Menschen teurer wurden als die Maschinen. Zu jeder andern Zeit würde diese neue Richtung seiner Seele schon deutlich genug hervorgetreten sein. Die große Aufregung, in der er eben gewesen, jene gewaltige Bewegung, die noch wild seine Nerven durchzitterte und für jedes Ereignis empfänglicher machte, dazu der Umstand, daß eines jener Individuen, denen gerade eben all sein Enthusiasmus galt, daß ein weibliches Wesen, welches gerade am allermeisten zu berücksichtigen war, daß ein Mädchen, ein schönes Mädchen, daß eine seiner schönsten Sklavinnen ihm allein gegenüberstand und ihn allein zu sprechen wünschte – es konnte nicht ausbleiben, daß ihn ein solcher Moment gerade jetzt mehr fesseln mußte als tausend Ereignisse seines frühern Lebens.

Als Marie daher aus dem Schatten des Torwegs zu ihm in den erleuchteten Hofraum getreten war, als er diese schlanke Gestalt vor sich sah, dieses bleiche, arme Antlitz, so schön umgeben von dem vollen, dunklen Haare, als ihm jene Augen entgegenstrahlten, deren wildes lohendes Feuer so reizend durch einen stillen, kaum bemerkbaren Zug der Wehmut, der Traurigkeit gemildert wurde, als es ihm unwillkürlich auffiel, wie das arme Mädchen ihren ganzen kleinen Putz, ihr weißestes Linnen, ihre saubersten Kleider aufgeboten hatte, um für diese Unterredung so hübsch geschmückt zu erscheinen, wie es sich nur für sie paßte, ach ja, als sie in ihrer ganzen Reinheit und Natürlichkeit anmutig schüchtern vor ihm stand und ihm dann mit leiser, melodischer Stimme das »Guten Abend, Herr August!« entgegenflüsterte – da stand der junge Mann betroffen, erstaunt da, er konnte nichts erwidern, sein Atem stockte, sein Herz klopfte.

Marie bat um Entschuldigung, daß sie den jungen Herrn noch so spät am Abend aufhalte. Sie erzählte ihm, daß der Bruder Eduard aus England zurückgekommen sei und daß er viel gesehen und viel gelernt habe, daß er jetzt gern in der Nähe seiner alten Mutter bleiben wolle und daß er sehnlichst wünsche, in der Fabrik als Mechanikus Beschäftigung zu finden. »Eduard sollte eigentlich selbst deswegen herkommen«, bemerkte Marie, »und er ist auch gar nicht so blöde, daß er nicht wohl ein Wort sprechen könnte, aber Eduard ist ein sonderbarer Junge, er mag nicht gern bitten, und wenn er es einmal tut und man schlägt ihm sein Verlangen ab, dann ärgert er sich so schrecklich, daß man für eine Woche lang nicht mit ihm umgehen kann.«

»Nicht wahr, und da hast du seine Rolle übernommen?« bemerkte August. Er nannte alle Fabrikarbeiterinnen du. Es fehlte indes nicht viel daran, und er hätte Marie heute Sie genannt.

»Gewiß!« erwiderte das Mädchen. »Und ich habe es gern getan, denn ich weiß, daß mein Bruder ein tüchtiger und geschickter Arbeiter ist; er ist zwar immer noch etwas rauh und barsch, aber er meint es gut. Er will die Mutter ganz unterhalten, und unser kleines Gretchen soll künftig in die Schule gehen.«

»Sag deinem Bruder, daß dies recht schön von ihm ist und daß er sich gar nicht zu scheuen hat, einmal zu mir zu kommen oder mit meinem Vater zu sprechen.«

»Nein, da will ich ihm lieber sagen, daß er die Sache mit Ihnen abmacht, Herr August!« Marie erwiderte das so rasch und betonte die letzten Worte so sehr, daß August unwillkürlich lächeln mußte. Dem jungen Mädchen konnte dies nicht entgehen, sie glaubte etwas Unhöfliches oder Unpassendes gesagt zu haben, indem sie Augusts Vater zu sehr aus dem Spiele ließ, sie mußte August ja für einen sehr guten, folgsamen Sohn halten. Etwas verschämt setzte sie daher noch hinzu: »Oder Eduard kann auch zu Ihrem Vater gehen, wenn Sie das wollen.« Die Art und Weise, wie Marie diesen Nachsatz hervorbrachte, war so komisch, zeigte aber zugleich so deutlich, wie sie und wahrscheinlich auch ihre Kolleginnen über den Vater Preiss dachten, daß August sich gern dazu verleiten ließ, etwas länger auf diesem Punkte zu verweilen. Außerdem sehnte er sich danach, Marien ein wenig außer Fassung zu bringen, um hinter ihrer Verlegenheit die seinige zu verbergen.

»Mit meinem Vater möchte Eduard also nicht so gern reden wie mit mir?« erwiderte er und sah das junge Mädchen etwas schärfer an.

»Das habe ich nicht gesagt; aber Sie wissen wohl, Herr August, wenn jemand jung ist, dann spricht er lieber mit jungen als mit alten Leuten.« »Wenn es Eduard aber mehr helfen könnte, daß er sich an meinen Vater wendete?«

»Ach, Herr August, das ist aber ja gar nicht möglich – der Sohn ist ja geradesogut wie der Vater.«

August hätte sich beinahe für dieses Kompliment bedankt. »Nun, ich sehe schon, was gemeint ist«, versetzte er, um das schüchterne Mädchen nicht aufs neue in Verlegenheit zu bringen, »dein Bruder muß mich in den nächsten Tagen einmal besuchen, da wollen wir schon eins miteinander werden. Also, Gretchen soll künftig in die Schule gehen?«

»Jawohl, Herr August, und lesen lernen und stricken und nähen.«

»Und deine Mutter bleibt dann zu Haus?«

»Ach ja, Herr August, die Mutter ist so krank und schwach.«

»Du, Marie, willst aber noch bei uns bleiben?«

Ein kaum hörbares »Ja« und ein Seufzer waren Mariens Antwort. Es ging dem jungen Mann wie ein Stich durchs Herz – er sah, wie Marie ihre schwarzen Augen niederschlug, er hörte, wie dieser Seufzer sich aus gepreßtem Busen losrang, wie dieses »Ja« sich mit Gewalt Bahn aus ihren Lippen brach; er fühlte, daß er eins jener unglücklichen Wesen vor sich hatte, das, von der Not gezwungen, still und resigniert den Nacken biegt.

Jagte ihn der Teufel mit allen seinen Schrecken, verfolgte ihn das Schicksal mit allen seinen Furien? Wohin er sah, wohin er lauschte, überall nur das Knirschen empörter Sklaven, das Röcheln verwundeter Seelen, der Angstschrei entwürdigter Menschen. Die Wunden unserer Zeit, die Schmach unserer Gesellschaft, die Laster des Jahrhunderts grinsten ihn an aus jeder Ecke, aus jedem Winkel, aus jeder Miene 241 seiner Umgebung. War es nicht derselbe Jammer, der ihm aus den bleichen Mienen jener zerpeitschten Kinder, aus den fahlen Wangen jener unglücklichen Mütter anschaute, der ihm aus den Flüchen ruinierter Männer, aus den Gassenliedern ihrer verwahrlosten Knaben entgegentönte und der hier wieder das Herz eines Mädchens zu Seufzern zwang, die fast wie Gift und Feuer in die Brust seiner Feinde drangen?

›Du hast sie gut fragen, ob sie ferner deines Vaters Leibeigene sein will‹, dachte August. ›Elender! der du noch mit dem Gram deiner Sklaven spotten kannst! Fragen, ob sie ihre arme Seele, ihren schönen Körper noch länger hergeben will, wenn du doch weißt, daß sie von der Not dazu gezwungen wird.‹

Scham und Wut röteten Augusts Stirn, wild schoß das Blut durch seine Brust, seine Augen blitzten, die Stimme versagte ihm den Dienst, und als er aufs neue in das wehmütig-ernste Antlitz Mariens schaute, als er daran dachte, daß trotz des großen Raumes, der zwischen seiner und ihrer Stellung lag, sein Schicksal doch am Ende nur dasselbe sei, daß er nicht weniger wie sie der Sklave seiner Zeit, seiner Gesellschaft, seiner nächsten Umgebung, seines eigenen Vaters sei, daß der einzige Unterschied zwischen ihnen vielleicht nur der wäre, daß sie noch viel unglücklicher als er selbst sei, da war sein letzter Stolz besiegt, da sank sein letzter Dünkel. »Vergib mir, armes Mädchen«, rief er und drückte Mariens Hand warm in der seinen.

Sie sah ihn verwundert an, sie stutzte, sie schrak zurück und eilte mit flüchtigem Gruße hinaus auf die Gasse.

Als August nachts einsam auf seinem Zimmer saß, fragte er sich, ob es wohl möglich sei, daß man noch glücklich werde.

Noch wußte er sich keine Antwort zu geben.

Jeden Morgen, Punkt 6 Uhr, tönt von dem kleinen Turm, der die Spinnerei des Herrn Preiss schmückt, das Läuten jener Glocke, welche den Arbeitern weit und breit das Signal gibt, daß sie ihr Tagewerk zu beginnen haben. Das große Tor, welches nach der Straße führt, wird dann geöffnet, und Weiber, Kinder und Männer, die sich schon einige Augenblicke vorher gesammelt haben, verfügen sich an ihren Posten. Die meisten tragen in irdenen Töpfen ihr kleines Frühstück mit sich, zu dessen Genuß ihnen um 9 Uhr einige Minuten freigegeben sind. Um 12 Uhr macht man Mittag. Die Arbeiter aus der Stadt können dann für eine Stunde nach Hause gehen, um sich zu Tisch zu setzen; die, welche vom Lande kommen und abends erst auf die Dörfer zurückkehren, setzen sich gewöhnlich in den Hof, um ihr Mahl zu verspeisen. Um 1 Uhr beginnt die Arbeit aufs neue und dauert fort bis 8. In gewöhnlichen Zeiten arbeitet man also dreizehn Stunden, ist indes viel zu fabrizieren, so müssen sich die Arbeiter auch dazu bequemen, noch länger auszuhalten.

Wir treten zur Mittagszeit in das Innere des Hofraumes. Auf kleinen Bänken, die an den Seiten der Fabrik angebracht sind, bemerken wir eine Arbeitergruppe neben der andern. Manche haben sich gegenüber auf einige Leitern und Holzstöße gesetzt, einige sogar auf die bloße Erde. Alle Arbeiter, die wir hier sehen, sind am Morgen vom Lande herübergekommen; in Tüchern und Töpfen führten sie ihr Mittagsmahl bei sich, zu dessen Erwärmung ihnen die Seiten des siedenden Dampfkessels die beste Gelegenheit gaben. Jeder hat sich dazu seine Stelle ausgewählt – wenige Augenblicke sind hinreichend, um diesen genügsamen Menschen ein spärliches Mahl schmackhaft und erquicklich zu machen, denn sie bringen ja ihren besten Appetit dazu mit. Wir sehen, wie einer nach dem andern sein Töpfchen von dem Rande des Kessels herunterlangt, wie er es in den Schoß oder zwischen die Knie stellt und mit dem Löffel in seine Suppe fährt, indem er zuerst das Dünne oben abschöpft, um zu guter Letzt auf den substantiellen Teil seines Mahles zu kommen.

Hin und wieder haben sich auch zwei Brüder oder Bruder und Schwester oder die Personen einer ganzen Familie bei einem Gefäße niedergelassen und geraten nicht selten in einen kleinen liebenswürdigen Zank, wenn der eine dem andern eine Kartoffel oder eine halbzerkochte Rübe in aller Eile fortstibitzen will.

»Du hast schon wieder eine Kartoffel zuviel genommen«, sagt Mariechen zu ihrem Bruder.

»Das ist nicht wahr!« erwidert Jan.

»Ich habe es aber gesehen!«

»Du hast dich aber geirrt.«

»Du bist ganz schrecklich gefräßig!«

»Ich esse fast gar nichts.«

»Es wundert mich, daß du den Löffel nicht mit hinunterschluckst.«

»Kein Mensch in der Welt ißt weniger wie ich.«

»Du wirst den ganzen Topf noch mitessen.«

»Laß mich zufrieden, Mariechen, oder ich haue dich auf den Kopf!«
Jan macht ein zorniges Gesicht – Mariechen wird noch viel böser – beide erheben die Löffel, um aufeinander loszuschlagen – da müssen 244
sie laut auflachen und fahren einträchtig in ihrer Mahlzeit fort.

»Das ist heute wieder ein schlechter Fraß!« sagt ein langer Bursche zu seiner Mutter.

»Danke Gott, wenn du immer etwas so Gutes hast!« erwidert sie ihm.

»Immer Kappes und Rüben!«

»Freu dich, daß uns die noch gewachsen sind!«

»Nicht ein einziges Mal einen Fetzen Fleisch!«

»Schäm dich, du hast am Sonntag noch Fleisch bekommen!«

»Der Teufel mag deine Suppen essen!«

»Gotteslästerer«, ruft die Mutter und zieht ihrem Sohn den Topf vor der Nase fort, »hat dich das der Pastor gelehrt?« – »Der Pastor hat gut lehren!«

»Nun, dann iß!« erwidert die Mutter. »Der Pastor ißt freilich etwas Besseres.«

»Viel besser!« bemerkt der Sohn und beruhigt sich sofort, indem er aufs neue mit dem Löffel niederfährt.

»Das Brot wird dies Jahr sehr teuer«, murmelt ein alter Arbeiter.

»Ich kann es nicht begreifen«, antwortet ihm seine Tochter.

»Die Zeiten sind so schlecht.«

»Es ist aber doch bei uns genug Korn gewachsen!«

»Hin und wieder, das ist wahr! Aber das kaufen die Spekulanten auf.«

»Was ist das, ein Spekulant?«

»Das ist ein reicher Mann.«

245 »Also die reichen Leute kaufen uns das Brot fort?«

»Jawohl, mein Kind.«

»Die reichen Leute essen ja aber fast gar kein Brot.«

»Aber sie legen das Korn in ihre Speicher.«

»Wozu?«

»Um uns zu zwingen, daß wir es höher bezahlen.«

»Ist das aber recht?«

»Nein, mein Kind, es ist aber erlaubt!«

»Ach so!« – Und beide setzen ihre Kinnladen wieder in Bewegung.

»Was meinst du, was heute der Herr Preiss ißt?« fragt ein Junge den andern.

»Verdamm mich, wenn ich es weiß.«

»Junge Hahnen ißt er, mit Erbsen.«

»Wer hat dir das gesagt?«

»Ich habe es in der Küche gesehen, und Schinken und Petersilie.«

»Mir einerlei!«

»Und Tauben mit Apfelmus.«

»Schweig still.«

»Und Rehbraten mit brauner Soße.«

»Halt dein Maul!«

»Und Apfelsinen und Korinthen.«

»Hol ihn der Henker!«

»Und Wein trinkt er dazu, daß es rappelt.«

»Gott verdamm ihn!«

Am Tore, etwas entfernt von den übrigen, liegen noch zwei Knaben – sie sind mit ihrer Suppe fertig.

»Ich weiß etwas von dir!« sagt der eine.

»Und ich etwas von dir!« erwidert ihm der andere.

246 »Du hast dem Herrn Preiss Kirschen gestohlen.«

»Und du seinen Pferden den Hafer.«

»Du hast das Stärkemehl aus der Färberei gefressen!«

»Und du hast das Blei von den Fenstern verkauft!«

»Du hast zwei Pfund altes Eisen beiseite geschafft.«

»Und du bist ein Lump! Du willst mich anzeigen.«

»Und du bist ein Dieb! Du willst mich verraten!«

»Ach Gott, sag kein Wort – ich war so hungrig.«

»Sei still – mir ging es gerade so.«

»Nichts angezeigt!«

»Nichts verraten!«

»Alles still!«

»Ganz still!« – Und beide erheben sich, um den Rest der Feierstunde zu verspielen.

So unterhalten sich die Arbeiter während ihrer Mahlzeit. Die meisten unter ihnen sehen noch ziemlich wohl aus; man sollte fast glauben, daß sich die Arbeiter des Herrn Preiss vor allen andern durch ihre Gesundheit unterscheiden.

Die armen Leute, welche hier im Hofe speisen, sind aber alle vom Lande. Manche werden nur einen Teil des Jahres in der Fabrik beschäftigt und können sich durch abwechselndes Arbeiten im Felde immer wieder von den Strapazen innerhalb der Fabrikmauern erholen. Alle bewegen sich auch mehr in der freien Luft als die Arbeiter der Stadt. Morgens und abends haben sie eine volle halbe Stunde zu gehen, ihr Weg führt durch Wiesen und Gärten den Rhein entlang, wo sie die frischeste, herrlichste Luft einatmen.

An den Arbeitern der Stadt haben wir den besten Kontrast. Nach und nach treten sie in den Hof – die Mittagsfeierzeit ist bald verstrichen –, schon wirbelt der Dampf aus dem riesigen Schlot, gleich wird die Maschine ihr altes Spiel beginnen. Alles muß zur rechten Zeit wieder an Ort und Stelle sein. Töpfe und Schüsseln sind schnell beiseite geschafft, die Arbeiter der Stadt mischen sich mit denen vom Lande, und wir erschrecken über den Unterschied, der zwischen beiden ist. Unter den letztern finden sich noch einige frische Gesichter, man sieht, ihr Körper widersteht noch tausend schädlichen Einflüssen, denen die andern längst unterlagen. Je mehr von den Stadtbewohnern hereintreten, desto unheimlicher und stiller wird der ganze Haufen. Bald sehen wir nichts mehr als jene bleichen, elendigen Gestalten, deren Anblick uns schon entsetzte; alle Ecken und Winkel der Stadt, alle schlechten Gassen haben ihre Unglücklichen wiedergegeben, das eigentliche Fabrikproletariat ist wieder beieinander.

Im Vordergrunde des Raumes haben sich verschiedene Arbeiter um einen alten Mann gesammelt.

»Wißt ihr was Neues?« ruft er. »Und was denn?« fragt man ihn von allen Seiten.

»Der Eduard ist wieder da.«

»Welcher Eduard?«

»Nun, der Frau Martin ihr Junge.«

Ein Ruf der Freude und Verwunderung dringt aus jeder Kehle.

»Der Eduard ist ein prächtiger Junge«, bemerkt der eine, und: »Ich muß ihn gleich sehen«, ruft der andere. »Wie sieht er aus? Ist er noch größer geworden? Was hat er zu erzählen? Wo ist er doch gewesen?«

»Ich glaube in Indien.«

»Nein, in Ägypten!«

»Nein, in England!« – Ein lautes Rufen der Kinder, die noch in der Nähe des Tores stehen, unterbricht hier die Redenden. »Da ist er selbst!« klingt es von mehreren Seiten.

Eduard war langsam von der Straße her in den Hof hinübergeschritten. Die meisten Arbeiter kannten ihn noch von früher her und beeilten sich, ihn willkommen zu heißen.

»Wie ordentlich und nett er gekleidet ist!«

»Und wie schön und stark er geworden ist!«

»Welch einen fürchterlichen Bart trägt er!«

»Und sieh nur seine verwegenen Augen!«

So flüsterten sich rechts und links die Frauen und Mädchen zu. Eduard hatte indes seine alten Bekanntschaften erneuert.

»Ich soll euch grüßen von den englischen Arbeitern! Es geht ihnen nicht viel besser wie euch, und sie sind daher eure guten Freunde.«

»Das ist sonderbar«, erwiderte einer aus der Gruppe, »ich dachte, in England müßte es viel besser als hier aussehen. Ich habe immer gemeint, daß alle Engländer reich wären.«

»Nicht so ganz. Es sterben ihrer genug vor Hunger, und sie sind sehr unzufrieden mit ihrem Schicksal.«

»Aber wie geht das zu?«

»Sehr einfach! Sie machen es gerade wie ihr und eure Kollegen – sie arbeiten für einige große Herren und werden von diesen kujoniert bis aufs Blut.«

»Aber das sollten sie sich nicht gefallen lassen!«

»Sie ließen es sich bisher geradeso gefallen, wie ihr es euch noch jetzt gefallen laßt. Von allen Seiten strengt man sich aber an, die Sache zu ändern.«

»Und auf welche Weise?« »Indem man sich untereinander verbindet, um den Herren zu widerstehen.«

»Indem man also geradezu einen kleinen Krieg anfängt?«

»Allerdings einen Krieg ohne Gewehr und Säbel, einen Widerstand, der einzig und allein darin besteht, daß man nicht mehr arbeitet.«

»Aber das ist ja nicht möglich! Wenn die Leute nicht mehr arbeiten, dann verdienen sie ja auch nichts mehr.«

»Ganz recht – für einige Zeit müssen sie sich so gut forthelfen, wie sie können, aber ihr versteht wohl, je länger sie ihre Arbeit auszusetzen vermögen, desto mehr zwingen sie die Fabrikherren, auf ihre Propositionen einzugehen.«

»Das ist doch aber noch nicht ganz deutlich.«

»Nun wartet, ich will euch die Sache an einem Beispiel erläutern. Die Wollkämmer z.B., deren es an einem Orte in England 30.000 Mann gibt, haben seit langer Zeit unverdrossen für ihre Herren gearbeitet. In frühern Tagen gab man ihnen einen guten Lohn, sie konnten prächtig davon leben, sie verheirateten sich, wurden Familienväter und meinten nicht anders, als daß es ihnen immer möglich sein würde, für Weib und Kinder ehrlich zu sorgen. Sie hatten sich indessen verrechnet. Die Fabrikanten, denen es stets darum zu tun ist, billig zu fabrizieren, von denen der eine immer weniger kostspielig als der andere produzieren will, um durch die wohlfeilste Ware alle seine Kollegen im Handel ausstechen zu können, gingen allmählich, indem sie ihre Produktionskosten auf jede Weise zu verringern suchten, zu dem System über, auch die Löhne ihrer Arbeiter herabzudrücken. Sobald man dies gewahr wurde, verfehlte man natürlich nicht, in aller Güte die dringendsten Vorstellungen zu machen. Das half aber nichts – die Herren lachten ihre Arbeiter aus und erklärten, daß der Handel mit jedem Tage schlechter werde, daß sie, die Fabrikanten, darunter litten und daß auch die Arbeiter ein Teil dieses Kreuzes auf sich nehmen müßten. Die Arbeiter ließen sich betören, die Löhne wurden herabgesetzt, und man mußte sich in sein Schicksal fügen. Da solche Geschichten aber immer aufs neue vorfielen, da die Löhne stets niedriger wurden und zuletzt zu einem solchen Minimum herabsanken, daß ein armer Kämmer unmöglich mehr dabei bestehen konnte, so faßten viele unter ihnen den Entschluß, ihre undankbare Beschäftigung ganz aufzugeben und sich auf einen anderen Erwerbszweig zu legen. Das ging aber nicht mehr. Einesteils waren sie schon zu alt bei ihrer ursprünglichen Beschäftigung geworden, um etwas Neues mit Erfolg erlernen zu können, und dann fand sich auch bald, daß die Arbeiter in den meisten andern Fächern nicht glücklicher waren als die in dem des Wollkämmens. Überall hatte ein anfangs erträglicher Lohn die Menschen dazu verleitet, sich zu verheiraten und die Population zu vergrößern. Es gab genug Menschen für alle Arten der Beschäftigung, und alle hatten sich geradeso betören lassen wie die Wollkämmer, sie hatten sich alle nach und nach einer Lohnerniedrigung der habsüchtigen Fabrikanten gefügt, und weder durch Spinnen noch Weben noch Kohlengraben oder sonst etwas war ferner mehr zu verdienen als durch das Kämmen der Wolle.

Die unglücklichen Leute mußten sich daher bei ihrer alten Beschäftigung beruhigen. Mit den Löhnen, die sie für ihre Arbeit erhielten, konnten sie aber keineswegs zufrieden sein, denn sie wären dabei verhungert. Als sich daher alle freundlichen Verhandlungen mit den Fabrikanten als nutzlos erwiesen, dachten sie endlich, Not bricht Eisen, und wählten die erfahrensten Leute aus ihrer Mitte, ließen sie an einem Sonntagmorgen auf dem nächsten Hügel unter freiem Himmel zusammenkommen und befahlen ihnen, auf Mittel zu sinnen, wie der Not abzuhelfen sei.

Diesem Arbeiter-›Meeting‹, wie sie solche Versammlungen nennen, leuchtete es nach kurzem Besprechen ihrer Angelègenheit nur zu sehr ein, daß mit entschiedenen Gewaltschritten wenig bei der Sache zu ändern sei. Außer daß ein Aufstehen gegen die Gesellschaft mit den Waffen in der Hand nur die blutigsten Folgen und noch viel größeres Unheil auf allen Seiten herbeiführen mußte, schien es ihnen auch, daß sie in diesem Kampfe nur erliegen würden, da sie zwar in großer Masse, aber im Vergleich mit der ganzen Bevölkerung des Landes, die sie keineswegs bei ihrem Kampf unterstützen würde, doch nur sehr vereinzelt daständen. Das war also nichts. ›Wie wäre es indes‹, hieß es mit einem Male, ›wenn wir, statt uns wild zu erheben, plötzlich alle 30.000 Mann unsere Arme in den Schoß legten und, statt ungemein viel zu tun, in der nächsten Zeit gar nichts mehr täten? Wenn wir weder Waffen schliffen noch Wolle kämmten, wenn wir, mit einem

Worte, die Edelleute spielten und einmal mehrere Wochen lang spazierengingen? Sollte das unsere Herren nicht ebensogut zu Verstande bringen wie der blutigste Angriff? Die Fabrikanten haben ihr Vermögen in große, gewaltige Etablissements gesteckt, welche stets beschäftigt sein wollen, wenn ihre Besitzer nicht enorm dabei verlieren wollen. Wenn wir jetzt die Arbeit niederlegen, da steht ihnen plötzlich die ganze Geschichte still – wir Kämmer kämmen keine Wolle mehr, der Spinner hat keine Wolle mehr zum Spinnen, der Weber hat kein Garn mehr zu verweben, der Färber keine Stücke mehr zu färben, der Drucker nichts mehr zu drucken, der Krämer nichts mehr zu verschachern, und so geht dies bis ins unendliche fort, die ganze Wollenindustrie kommt ins Stocken. Durch das Einstellen unserer Arbeit zwingen wir alle übrigen Arbeiter der Wollenmanufaktur dazu, ebenfalls ihre Arme sinken zu lassen, und da sie meist ebenso unglücklich sind wie wir und nur wünschen können, daß sich ihr Verhältnis zu den Fabrikherren in irgendeiner Weise ändert, so werden sie auch keine Schwierigkeiten machen und halb freiwillig, halb gezwungen auf unsere Seite treten und unsere Partei vergrößern.

Je mehr unser Mut durch diesen Erfolg steigt, desto mehr wird den Fabrikanten das Herz in die Hosen fallen.

Sie selbst können ihre Fabriken nicht mehr betreiben, alles steht ihnen still. Ihr Kapital bringt keine Zinsen mehr, ihre Kunden, welche kein Stück Ware mehr von ihnen haben können, werden ihnen untreu, ihre Furcht, daß wir bei so großer Anzahl doch noch zu Gewalttaten übergehen, steigt mit jedem Tage, und es ist kein Zweifel mehr, sie müssen zuletzt kapitulieren und sich auf Gnade und Ungnade ergeben – die Löhne werden festgestellt, zu denen wir wieder die Arbeit beginnen wollen, und der Sieg ist unser.‹

Gesagt, getan! Der Beschluß des Meetings wird allen Arbeitern mitgeteilt, und eines schönen Morgens legen alle 30.000 Wollkämmer die Hände in den Schoß, spazieren auf den Straßen umher, spielen draußen auf den Feldern und freuen sich ihres Lebens. In der Nacht wird hin und wieder eine Warnung an den Straßenecken angeschlagen, in der man allen Menschen aus andern Industriezweigen oder einigen Trotzköpfen unter den Kämmern selbst, die sich dem Beschluß des Meetings widersetzen und die Arbeit ihrer müßigen Kameraden übernehmen wollen, geradezu droht, daß man sie in diesem Falle durchprügeln, ihre Häuser demolieren oder ihnen sonst ein Leid antun werde.

Hat dieser ruhige Kampf mit den Fabrikherren einige Zeit gedauert, da schickt man an die Hauptleute eine Deputation ab und läßt sie fragen, ob man den Arbeitern nachgeben wolle. Wird dies verweigert, da entstehen nicht selten einige Zusammenrottungen vor den Palästen der Übermütigen. Ein wildes Geschrei schreckt sie nachts von ihrem Lager auf, Steine fliegen ihnen bisweilen in die Zimmer, und so setzt man unverdrossen die Agitation fort, indem man alle Mittel anwendet, die erlaubt sind, und die verbotenen so gut gebraucht, wie das in der Nähe der Polizei möglich ist.«

»Und haben die englischen Arbeiter ihre Pläne wirklich wohl einmal durchgesetzt, haben sie die Fabrikanten wirklich je zum Nachgeben gezwungen?«

»In vielen Fällen ja.«

»Aber wovon leben sie denn, wenn sie außer Arbeit sind und nichts mehr verdienen?«

»Sie verzehren ihre kleinen Ersparnisse, sie verkaufen oder verpfänden ihre Betten, Möbel und Gerätschaften und helfen sich einander ohne Unterschied – wie wahre Helden.«

»Wenn nun aber das Letzte verzehrt ist?«

»Da ziehen sie in ganzen Haufen an den Türen der Häuser vorüber und zwingen die Bewohner gewissermaßen zu Almosen.«

»Und ist auch das durch die Maßregeln der Polizei unmöglich gemacht und wollen die Fabrikanten noch immer nicht nachgeben?«

»Nun, dann sind die Arbeiter freilich besiegt.«

»Also dann geradeso weit wie vorher?«

»Allerdings, und bisweilen noch viel unglücklicher, denn nicht allein, daß es für die nächste Zeit unmöglich wird, den Fabrikanten zu imponieren, und daß man sich auf Gnade oder Ungnade ergeben muß – nein, in vielen Fällen ist es den Fabrikherren auch gelungen, in der Zwischenzeit irgendeine neue Erfindung in der Maschinerie zu machen, welche die Beschäftigung der Hände ersetzt, so daß die Arbeiter, wenn sie wirklich zu den früheren oder sogar noch zu niedrigeren Löhnen als bisher arbeiten wollten, gänzlich zurückgewiesen wurden und im tiefsten Elende umkamen.«

»Es liegt also auf der Hand, daß die Fabrikanten einen solchen Kampf immer besser als ihre Arbeiter aushalten können.«

»Das versteht sich von selbst.«

»Und die meisten solcher Kämpfe nutzen also zu nichts?«

»Pardon! Sie nutzen sehr viel, selbst wenn sie noch so unglücklich ausfielen, und die englischen Arbeiter, obgleich sie schon seit einer Reihe von Jahren die bittersten Erfahrungen machten, haben doch bis auf diesen Tag noch nicht nachgelassen, ihre Anstrengungen zu erneuern, denn einesteils werden sie durch die Brutalität ihrer Herren zu sehr dazu herausgefordert, die Veranlassung zu einem solchen Kampfe liegt ihnen zu nahe, und andernteils wissen sie, und das ist die Hauptsache, daß sich nach und nach alle Arbeiter, welche mehr oder weniger übel dran sind und der Reihe nach zu Arbeitseinstellungen gezwungen werden, sich allmählich an die Art des Kriegführens gewöhnen, daß eine gleiche Lage und gleiche Schicksale einig untereinander machen und daß einst, wenn der Druck der Fabrikanten durch einen schlimmen Geschäftsgang, durch Überproduktion aller Artikel, durch schlechte Ernten und andere in demselben Augenblick eintreffende Dinge noch unerträglicher gemacht wurde, ein solcher Aufstand in solcher Masse mit so ungeheurer Energie beginnen muß, daß nicht allein dem Treiben der Fabrikanten ein Ende gemacht und jeder Widerstand vor dem Volke unmöglich wird, sondern eine allgemeine Umwälzung beginnt, daß von den Institutionen der Gegenwart auch kein Stein mehr auf dem andern bleibt und unter neuen Gesetzen und Einrichtungen eine ganze Bevölkerung den ersten Schritt zu ihrer Glückseligkeit tun wird.«

Eduards Auge leuchtete vor Begeisterung, während er sprach. Es schien, als wenn er im Laufe seiner Rede immer größer und schöner geworden wäre, seine riesigen Glieder überragten seine ganze Umgebung, und mit stummem Erstaunen hing die Versammlung an seinen beredten Lippen.

Vor seiner Reise nach England wäre es ihm unmöglich gewesen, auch nur drei, vier Sätze in richtiger Folge auszusprechen. Jetzt war seine Zunge gelöst, und die Erfahrungen zweier Jahre ließen ihn nicht davor zurückschrecken, den Arbeitern seiner Heimat in entschiedener Weise gegenüberzutreten. Er hatte die Meetings der Arbeiter in England fleißig besucht – Manchester war der rechte Ort für ihn, und schon nach kurzer Zeit konnte er die Reden seiner Genossen verstehen, seine Meinungen in fremder Sprache ausdrücken und an allen Bewegungen jenes gewaltigen Volkes teilnehmen. Spielend hatte er gelernt, was unsre Zeit bewegt; Industrie, Handel, Politik – alles war ihm gegenwärtig, er wußte besser, wie es mit dem freien Kommerz, mit der freien Konkurrenz, mit dem Überproduzieren, mit dem Proletariat und ähnlichen Punkten aussah wie mancher Professor seiner Vaterstadt, denn das Leben, die unmittelbare Anschauung bildete ihn heran, ein natürliches Interesse hatte seine freien Sinne empfänglicher für jeden richtigen Eindruck gemacht, als es jenen durch das eifrigste Studieren aller Quellenschriftsteller der Welt vielleicht möglich war.

Die meisten Arbeiter, welche Eduard umgaben, verstanden ihn nicht im geringsten, als er jetzt im Hofe der Fabrik zuerst wieder auftrat. Aber sie fühlten, daß ein Mensch in ihrer Nähe sei, der sie alle überrage, und wenn sie schon einen hinlänglichen Respekt vor seiner körperlichen Schönheit hatten, so überkam sie jetzt noch ein weit größerer vor dem Fluß seiner Rede, vor den lebendigen Bewegungen, mit denen er jedes Wort begleitete, vor seinem ganzen Auftreten, das in jedem Moment nur Kraft und Ernst und Entschiedenheit und einen warmen Anteil an allen Interessen der Arbeiter verriet.

Während Eduard sprach, hatte die Glocke das Signal gegeben, daß die Arbeit aufs neue zu beginnen sei. Weiber und Kinder waren schon in die Fabrik geeilt.

»Wie kommt es nur, daß Eduard hübscher ist als alle andern Leute?« fragte ein junges Mädchen das andere.

»Das kommt, weil er in der Fremde gewesen ist.«

»Also in der Fremde wird man schöner?«

»Allerdings, und gescheiter dazu.«

»Ich muß dir gestehn, es gefällt mir bei dem alten Preiss nicht länger, wie wäre es, wenn wir mit Eduard in die Fremde zurückkehrten?«

»Wenn wir auswanderten, meinst du?«

»Das ist es; ich bin dabei!«

»Ich auch!«

»Ich tue alles, was Eduard will!«

»Ich noch viel mehr!« Da jagte sie der Contremaître an den Spinnhebel.

Die Männer verteilten sich ebenfalls nach allen Seiten hin. »Eduard ist ein kluger Junge«, bemerkte ein alter Arbeiter.

»Und was er von den englischen Arbeitern sagt, ist gewiß ganz richtig«, versetzte ein andrer.

»Das mag wohl sein, aber es paßt nicht für unser Land.«

»Weshalb nicht? Wir können ebensogut aus der Arbeit treten wie die Leute jenseits der See.«

»Es würde uns aber nichts helfen, der Herr Preiss würde sich wenig daran stören.«

»Aber die Welt sähe doch einmal, daß wir mit ihm unzufrieden sind.«

»Das ist wahr!«

»Jetzt meint jeder, der Herr Preiss behandle uns so gut wie seine eignen Kinder.«

»Das ist leider der Fall.«

»Wenn wir aber einmal gegen ihn aufstehen, da kommt seine Schande an den Tag.«

»Das sollte mich sehr freuen.«

258

»Ich bin jeden Tag dazu bereit, einen Spektakel anzufangen.«

»Nimm dich in acht!«

»Und da Eduard die Sache am besten kennt, so werde ich tun, was er befiehlt.«

»Ich bitte dich, fange keine Geschichten an.«

»Wenn Eduard Lust hat, so wollen wir es einmal mit dem alten Preiss aufnehmen.«

Da hatte der letzte Arbeiter den Hof verlassen. Im Innern des Gebäudes schwirrten und summten die Räder der Maschinen, die Dampfkessel brausten, und der Gesang der Kinder klang wie das Lied von Gefangenen dumpf und traurig in den stillen Nachmittag hinaus. –

Der Herr Preiss aber, im grünen Rock, die Mütze mit breitem Schirm auf dem Kopfe und die brennende Zigarre im Munde, sonnte sich da draußen im Garten auf der duftigen Rasenbank.

Es war ihm so wohl zumute nach dem flotten Diner, er ruhte so sanft nach den Strapazen des Lebens. Das Grunzen der Dampfmaschine, das Rasseln der Räder und das Singen der Kinder tönte durch das Laub der Bäume vernehmlich zu ihm herüber. O süße Musik seinem Ohre! Sie wiegte ihn ein in selige Träumereien.

In dem Schlosse des Baron d'Eyncourt sah es seit einigen Tagen sonderbar genug aus. Die wenigen Menschen, die dasselbe bewohnten, schienen sich gar nicht mehr zu kennen. Vor kurzem noch unglücklich darüber, wenn irgend jemand aus ihrer Mitte sich auch nur für wenige

Stunden entfernte, war ihnen jetzt jedes Zusammensein so gleichgültig, daß kaum der eine den andern bemerkte. Kein Wort wurde gesprochen, tiefe Stille herrschte in dem ganzen Hause, und unwillkürlich ging jeder auf den Zehen, als wenn irgendein Kranker in der Nähe wäre, den man durch das geringste Geräusch zu stören fürchtete. Das Merkwürdigste aber an der Sache war, daß keiner von allen dieser plötzlichen Umwandlung bewußt war; jeder war so in Gedanken versunken, daß er weder auf sich noch auf andere achtgab, man ging aneinander vorüber, als hätte man sich nie gesehen, wie Menschen einer großen Stadt, die, nur mit sich selbst beschäftigt, gleichgültig die Menge durchirren und kaum einen einzigen von den vielen tausend betrachten, die rechts und links an ihnen vorübereilen. War es ein großes Glück oder ein enormes Unglück, was diesen sonst so geselligen Leuten bevorstand, was mit bangem Vorgefühl ihre Sinne verdunkelte, was sie lähmte, was sie zu Boden schlug, was keine bestimmten Gedanken mehr bei ihnen aufkommen ließ? Es mußte etwas Ungewohntes, Unerhörtes vorgefallen oder am Herannahen sein. Die wenigen Bewohner des Schlosses glichen einer Bevölkerung, die mit einem Male fühlt, daß sie gewaltsam aus ihren bisherigen Geleisen gerissen wird, daß sie am Vorabende irgendeines bisher nie gekannten Ereignisses steht, am Vorabende eines grandiosen Festes, am Vorabende einer blutigen Revolution.

Wir messen die Leiden und Freuden unseres kleinen adligen Familienkreises keineswegs nach so großem Maßstabe; Furcht und Erwartung äußern sich bei dem Tun und Treiben weniger Menschen auf dieselbe Weise wie bei dem Wogen einer zahllosen Masse. Rührend komisch war es, wenn man den alten Baron sah, wie er gesenkten Hauptes im Schlosse umherwandelte, aus einem Gang in den andern, aus einem Zimmer in das andere tretend, dem Anschein nach stets beschäftigt und doch nie etwas tuend, immer etwas suchend, um doch absichtlich nie etwas zu finden. Manchmal lief er ans Fenster, als ob er jemanden das Tal hinaufkommen sähe, den er sehnlich erwartete, dem er mit offenen Armen entgegeneilen müßte – und es regte sich doch kein Mensch in der ganzen Gegend, und unverwandt blickte er dann hinaus über die wogenden Felder. Oft schritt er auch rasch hinauf in sein Kabinett, setzte sich an den Schreibtisch, nahm Papier und Feder und tat alles mit so vieler Hast, als triebe ihn die größeste Eile, als sei er ganz mit sich darüber einig, was er schreiben müsse, als könne alles in einem Augenblick erledigt werden – wollte er aber wirklich das erste Wort auf das Papier werfen, da sank er zurück in den Lehnstuhl, die Feder entsank wieder seiner Hand, und starr blickte er stundenlang hinunter auf die Blumen des Teppichs. Ohne es zu wissen, riß er auch wohl an dem Griff des Schellenzuges, daß der Korridor von wildem Geklingel widertönte. Bestürzt trat der alte Jean Baptiste herein und fragte nach den Befehlen seines Herren; aber der Herr gab gar keine Antwort und tat auch gar nicht, als wenn er den Diener bemerke. Und kopfschüttelnd wanderte Jean Baptiste dann zurück in sein Zimmer; der ehrliche, treue Diener – er war ebenso zerstreut wie sein Herr, und nicht selten passierte es ihm, daß er nach einer solchen Audienz, wieder in seinem Sorgenstuhle angekommen, mit einem Male hurtig aufsprang und sich fest zu erinnern glaubte, daß der Herr Baron dennoch etwas bestellt habe; er wußte nicht mehr, was es war, er lief aber eilig in den Salon, ergriff ein Buch, einen Bleistift oder ein Federmesser, was ihm zuerst in die Hand kam, und trug es hinauf zu seinem Herrn, und der Baron war dann auch jedes-mal zufrieden, und Jean Baptiste freute sich über sein gutes Gedächtnis, was ihn die Befehle des Herrn selbst im Traume nicht vergessen ließ. »Der arme, arme Baron«, murmelte er still vor sich hin, wenn er allein wieder in seiner Ecke saß, »er vergißt alles – wenn ich nicht da wäre, es ginge drunter und drüber, ich bin der einzige, der noch seine fünf Sinne beieinander hat«, und langsam streckte er dann die Hand nach der großen, zerlesenen Bibel aus, um in den Psalmen fortzufahren, und legte gewöhnlich das untere Ende des Buches zuoberst, ohne es in der nächsten halben Stunde zu bemerken.

Die Gemütsstimmung Berthas war nicht weniger toll und verworren wie die ihres Vaters und des alten Dieners. Wie aber bei diesen jede Seelenregung nur noch zur Melancholie überschlug, so loderte bei ihr alles zu jener Heftigkeit, zu jener Leidenschaft empor, die jedem jugendlichen Wesen eigen ist, das zum ersten Male in seiner innersten Tiefe erschüttert wird, das die erste Aventüre seines Daseins erlebt. Was hatte sie erlebt, was störte ihren Frieden? Sie wußte es selbst kaum. Mehr wie hundertmal setzte sie sich hin, um bei dem Lesen irgendeines geliebten Buches alles zu vergessen, was sie plagte; sie gab sich die größte Mühe, dem Faden der Erzählung zu folgen, aber ach, sie kam nie über das erste Kapitel hinaus, stundenlang las sie an einer Seite und warf das Buch unwillig beiseite. Sie stieg hinauf in den oberen Raum des Schlosses, sie lehnte sich aus dem Erker hinaus und blickte hinunter in die Mitte des Gartens; sie stand sonst so gern an diesem Orte, sie konnte sonst halbe Tage lang ruhig hier verweilen, aber jetzt – es trieb sie wieder hinab, wenn sie kaum seit einer Minute die Unterzimmer verlassen hatte – Unruhe folgte ihr auf Schritt und Tritt. Oft sinnend dastehend, schrak sie plötzlich zitternd zusammen, sie meinte, es müsse jemand hinter ihr stehen, der sie belausche. Laut redete sie dann mit sich selbst und merkte es selbst erst, wenn die Saiten einer Harfe, die in der Fensterbrüstung lehnte, mit einem Male, wie von unsichtbarer Hand berührt, bei dem höchsten Ton ihrer Stimme rauschte. Ach, traurige Tage verlebte Bertha, und weinend drückte sie oft ihr Antlitz in die Kissen des Lagers, wenn sie sich müd von aller Qual schon beim Hereinbrechen der Nacht dem Schlummer entgegensehnte. Aber sie konnte ja nicht mehr schlummern, sie zog die schweren Vorhänge zurück, stützte den Kopf auf die kleine Hand und schaute dem efeubehangenen Fenster zu, durch das die Sterne prächtig funkelnd zu ihr hinübersahen. Erst wenn der Morgen purpurn über die Berge stieg, da brach ihre Kraft, und sie sank in einen tiefen, bleiernen Schlaf, aus dem sie nur erwachte, wenn die Sonne wieder hoch und herrlich am Himmel stand. Hätte sie nur den Träumen entgehen können, die stets zwischen Schlaf und Wachen eine wilde Fieberhitze auf ihre Wangen jagten! Aber nein, stets träumte sie von jener unglücklichen Jagd in der Höhe des Gebirges, sie sah das Gewitter schwarz vorüberziehen, sie hörte die Eichenwaldung rauschen, Nero bellte in der Ferne, jetzt bewegten sich die Spitzen des Gebüsches, sie senkte den Lauf des Gewehres – rings dröhnten die Berge von dem Donner des Schusses, und zu ihren Füßen lag, in seinem Blute schwimmend, der schöne Fremdling, und mit einem Schrei des Entsetzens erwachte sie.

So rasch hatte sich alles in dem Kastell des Barons geändert! Wie ein Nachtwandler schritt der Baron aus einem Zimmer in das andere, verstört und zerstreut rannte der alte Jean Baptiste auf und ab, und mit Tränen in den Augen verbrachte Bertha ihren Tag. Nur die gewöhnlichen Dienstboten des Schlosses waren glücklich wie immer, sie saßen unten in der Küche, tändelnd, spielend und schlafend.

Die Ursache dieses ganzen Jammers wird unseren Lesern nicht fremd sein. Der Baron litt an seinen Schulden – Jean Baptiste an dem Mitleid, was er mit seinem Herrn hatte – Bertha litt an der Liebe –

und die Dienstboten an der Langenweile. Schulden, Liebe und Langeweile! Ist das nicht genug des Elends, um allen frühern Freuden ein Ende zu machen?

Die Lage des Barons hatte sich mit jedem Tage verschlimmert. Der Fabrikant Preiss, der einzige, von dem noch Hilfe zu erwarten war, hatte sich nicht allein zu wiederholten Malen darüber ausgesprochen, daß er nur bei einem Verkauf der letzten Besitzungen des Barons mit einer Zahlung bei der Hand sein würde, nein, er hatte jetzt sogar die Forderungen, welche der Baron zu decken gedachte, an sich gekauft und konnte ihn dazu zwingen, das Kastell zu verlassen. Wir kennen den Hergang dieser Sache bereits aus einer Unterredung des Fabrikanten mit dem Notar. Der Baron ahnte natürlich nicht, wie schmählich ihn der Notar verraten hatte; die Bestürzung über das Unheil, was immer gewaltsamer über ihn hereinbrach, raubte ihm die Besinnung, er begriff nur soviel, daß der Fabrikant sein Todfeind sei und daß er sich auf das Schlimmste gefaßt zu machen habe. Von Zeit zu Zeit hoffte er noch, durch irgendeinen seiner früheren Freunde vor dem Untergange gerettet zu werden; wenn er aber die Namen aller der Leute durchging, welche in frühern Jahren bei ihm getanzt und geschwelgt hatten, so fand er leider, daß manche ihm wohl nicht helfen könnten, wenn sie wirklich wollten, und daß andere seiner nur lachen würden, wenn er sich an sie wendete. Nach tagelangem Hin- und Hersinnen gab er daher endlich auch die letzte Hoffnung auf und faßte den Entschluß, jedes Mißgeschick so heroisch wie möglich zu ertragen.

Wir treffen ihn in dem Augenblick, wo er zuerst wieder stolz sein Haupt erhebt, er erinnert sich plötzlich seiner Tochter, er besinnt sich, wann er sie zuletzt gesehen, was er zuletzt mit ihr gesprochen, es ist ihm, als erwachte er plötzlich aus einem langen, wüsten Traume, und rasch verläßt er das Kabinett, um sein Kind seit langer Zeit zum ersten Male wieder an sein Herz zu drücken.

Bertha hatte diesen Tag geradeso verlebt wie alle jene unglückseligen Stunden, die seit ihrem abenteuerlichen Zug ins Gebirge verflossen. Das Herz »voll süßem Gram, voll holder Not«, war sie hinab in den Garten geeilt und hatte sich am äußersten Ende des Raumes auf eine Erhöhung gesetzt, von der man durch die Zweige einiger Nußbäume hindurch auf den Weg hinabsah, der nach dem Dorf und dem Rhein führte.

Wer vermag zu schildern, was in einem verliebten Mädchenkopfe vorgeht? Berthas Wangen glühten, ihre Augen blitzten von Liebe und Sehnsucht –.

So saß sie und zürnte und härmte mit ihrem Schicksal. Während ihr Vater noch den Mann verfluchte, der mit unerbittlicher Strenge seine Pläne verfolgte und vor Freude darüber jubelte, daß er bald dem alten Glanz der d'Eyncourts ein Ende machen könne, liebte sie, die einzige Tochter, den Sohn dieses Tyrannen mit einer Raserei, daß sie längst alles vergessen hatte, was noch bis vor wenigen Tagen ihr Stolz und ihre Freude gewesen.

In den Bergen verglühte indes das Abendrot, und kühl wehte es vom Rhein her dem Schloß zu. Bertha erhob sich, um ins Kastell zurückzukehren,. –. schaute noch einmal dem Dorfe zu, sie lauschte, man läutete die Abendglocke, die ersten Töne klangen hell und deutlich zu ihr herüber. Bläulicher dämmerte die Ferne. Da rauschte es seitwärts in den Feldern, die Ähren zitterten und bogen sich weit voneinander, jetzt kam es näher – es war der Galopp eines Pferdes, es ritt jemand an der Mauer des Gartens hinunter, geradewegs durch die wogende Saat.

Bertha eilte zurück auf die kleine Erhöhung. Die Zweige des Nußbaums wichen vor ihrer Hand, und weit bog sie sich über die Mauer hinaus, um zu sehen, wer so keck das Korn der Landleute niederreite. Hätte sie nicht rasch den Kopf zurückgezogen, so wäre ihr ein Strauß der duftigsten Rosen mitten ins Gesicht geflogen. »Das ist sehr galant, aber doch etwas unhöflich!« rief sie, doch das Wort erstarb ihr fast auf den Lippen –.

»Habe ich dich erschreckt? O vergib mir!« Julius sprang empor, und Bertha erkannte ihren Herzenskönig –.

Da rief jemand vom Schlosse herüber laut den Namen Berthas. Es war der Baron, der sein Kind lange vergebens gesucht hatte. Sie wand sich aus den Armen ihres stürmischen Freundes –.

Es mochte 10 Uhr abends sein, als Bertha bei ihrem Vater wieder im Saale des Schlosses saß. Der Baron hatte sich vorgenommen, seinen Kummer zu überwinden, und hoffte, in seiner Tochter die lustige Gesellschafterin anzutreffen, die doch stets alle seine Verdrießlichkeiten besiegt hatte. Für Bertha war es heute aber unmöglich, noch ein heiteres Wort zu reden. Die unerwartete Erfüllung aller ihrer Wünsche hatte sie niedergeschlagen, und sie würde schon längst ihr einsames

Zimmer gesucht haben, wenn der Vater nicht mehr denn je darauf gedrungen hätte, daß man noch etwas beisammen bliebe. Mit der Unterhaltung wollte es aber gar nicht weiter, und aus Furcht, wieder in den alten Trübsinn zu verfallen, langte der Baron daher nach einem der Bücher, die er in den letzten Tagen mit aus der Stadt gebracht hatte.

Das Werk, was dem Baron in die Hände fiel, war ein eben erschienenes und handelte über englische Zustände. Der Baron beschäftigte sich sehr wenig mit solchen Sachen, der Buchhändler empfahl ihm indes den kleinen Band als ein Werk, was viel Aufsehen (gemacht habe) mache.

»Komm, liebe Bertha, wir wollen einmal sehen, wie es in England aussieht, lies mir etwas vor!« Und aufs Geratewohl aufschlagend, legte er seiner Tochter das Buch hin.

Das arme Mädchen hatte in den letzten Tagen zuviel gelitten und in den letzten Stunden zuviel erlebt, als daß es ihr möglich gewesen wäre, auch nur ein Wort von dem zu verstehen oder zu behalten, was sie las. Sie war aber zu sehr daran gewöhnt, jede Bitte ihres Vaters zu erfüllen, und fuhr daher mit ihrer lieblichen Stimme immer ruhig fort. Je weniger sie indes mit jeder Minute auf das, was sie las, achtete, desto mehr steigerte sich bei jedem Abschnitt die Aufmerksamkeit des Barons. Man berichtete von der Lage der englischen Arbeiter und von ihrer Stellung zur Bourgeoisie – durch die neuliche Unterredung 267 mit dem Fabrikanten war der Baron aufs neue auf diesen Gegenstand allgemein aufmerksam gemacht worden, er hatte indes in den letzten Tagen zuwenig daran denken können, und erst jetzt fiel es ihm ein, daß derartige Verhältnisse in ihrer vollen Entwicklung doch wohl nur in England zu suchen seien. Dieser Gedanke bestätigte sich ihm natürlich nur, je weiter Bertha im Lesen fortfuhr, und unwillkürlich freute er sich, hier seine unausgesprochene Idee wiederzufinden, daß nämlich bei der Industrie, wie sie heute betrieben wird, nur die entsetzlichsten Resultate zum Vorschein kommen können.

(Hier eine Stelle aus Engels' Buch über die Leiden der Arbeiter.)

»Halt ein, liebe Bertha, es würde uns zu weit führen, wenn wir alle diese Leiden der Arbeiter verfolgen würden – aber halt, hier ist noch das Resümee, das der Verfasser über die Bourgeoisie gibt, das wollen wir doch noch hören. Wer so gut über die Arbeiter Bescheid weiß, wird uns auch gewiß sagen können, wie es mit den Fabrikherren aussieht.«

Bertha las daher weiter:

»Mir ist nie eine so tief demoralisierte, eine so unheilbar durch den Eigennutz verderbte Klasse vorgekommen wie die englische Bourgeoisie. Für sie existiert nichts in der Welt, was nicht nur um des Geldes willen da wäre, sie selbst nicht ausgenommen, denn sie lebt für nichts, als um Geld zu verdienen, sie kennt keine Seligkeit als die des schnellen Erwerbs, keinen Schmerz außer dem Geldverlieren. Bei dieser Habsucht und Geldgier ist es nicht möglich, daß eine einzige menschliche Anschauung unbefleckt bleibe. Es ist dem englischen Bourgeois durchaus gleichgültig, ob seine Arbeiter verhungern oder nicht, wenn er nur Geld verdient. Alle Lebensverhältnisse werden nach dem Gelderwerb gemessen, und was kein Geld abwirft, das ist dummes Zeug, unpraktisch, idealistisch. Selbst das Band zwischen dem Bourgeois und seiner Frau ist in 99 Fällen aus 100 nur ›bare Zahlung‹.« (Diese Stelle noch weiter durchzuführen.)

Der Baron sprang von seinem Sitz auf.

»Sieh, liebe Bertha, das ist das Geschmeiß, was sich nach der Weltherrschaft drängt in diesen Zeiten. Pfui über diese niedrigen Gesellen, und leider besitzt die England nicht allein, auch hier im Lande hat sich dies Gesindel angenistet.« (Weitere Ekstase des Barons. Bertha erschrickt. Da erwähnt der Baron den Fabrikanten Preiss.)

Die Augen des Barons funkelten vor Zorn und Entrüstung. Bertha dachte an den Sohn dieses Herrn Preiss und wurde bleich wie der Tod.

[Hier fehlen im Manuskript mehrere Seiten.]

»Auf keinen Menschen kann ich mich verlassen!« rief Herr Preiss in höchstem Unwillen und schob die grüne Mütze rechts und links auf dem Kopfe umher. »Sehen Sie mal hier, Herr Weber!« Da trat der Buchhalter an das Pult heran und schaute hinab auf ein dicht beschriebenes Heft, welches die Kalkulationen des Geschäftes enthielt. »Sehen Sie mal, Herr Weber! Fünf in die siebenundzwanzighundert, wievielmal geht das?«

»Geht fünfhundertvierzigmal.«

»Aber hier steht ja fünfhundertzwanzigmal.«

»Dann ist ein Fehler passiert!«

»Das ist aber schrecklich!«

»Allerdings, Herr Preiss – sehr traurig!«

»Aber wie können Sie sich irren?«

»Irren ist menschlich!«

»Aber ich meinte, Sie wären unfehlbar.«

»Vielleicht nicht immer.«

»Aber ich dachte, Sie wären ein wahrer Papst.«

»Verzeihen Sie, Herr Preiss, ich bin Protestant. Aber erlauben Sie, wir irren uns beide«, die Augen des Buchhalters blitzten vor Freude, »ich sehe es deutlich, ein Fehler ist zwar passiert, aber es ist ja nicht meine Schuld, das ist ja nicht meine Schrift, das sind ja nicht meine Zahlen – ich wußte es wohl, es ist nicht möglich, daß ich einen Bock schieße, unmöglich, unmöglich!« Und zu dem größten Ärger des alten Fabrikanten stellte es sich heraus, daß der teure Sohn August die Sünde eines Rechnungsfehlers begangen hatte.

Einige Minuten nachher stand der alte Herr in dem Magazine des Geschäfts. Er war heute gerade in der Laune, alles zu kontrollieren, und suchte mit einer wahren Emsigkeit danach, irgendeinen Fehler aufzufinden, den er seinen Untergebenen vorwerfen könne. Der Magazinier war gerade damit beschäftigt, einige Zeugstücke übereinanderzulegen, welche eben von den Webern geliefert waren. Aufmerksam beschaute der Fabrikant seine Ware und schien sich fast darüber zu ärgern, daß alles in Ordnung war, daß er nichts daran auszusetzen fände, da wollte es das Unglück, daß zu guter Letzt noch ein Stück zum Vorschein kam, dessen große Ölflecken nur zu deutlich bewiesen, daß die Lampe des Webers eine zu nahe Bekanntschaft damit gemacht hatte.

Wie ein Panther seine Beute, so ergriff der Fabrikant das beschädigte Stück.

»Jesus, Maria! Hier haben wir einen Ölfleck!«

»Lieber Gott, das ist wahr!« flüsterte der Magazinier.

»Und wie könnt Ihr ein solches Stück annehmen?«

»Ich nehme ja keine Stücke an!«

»Aber wer ist dann schuld an diesem Versehen?«

»Ich glaube, der Herr August hat die Ware empfangen.«

»Und hat mein Sohn dem Weber keine Abzüge an dem Lohn gemacht?«

»Wahrscheinlich nicht.«

»Aber weshalb habt Ihr ihn nicht daran erinnert?«

»Ich habe ihn daran erinnert!«

»Und der Weber wurde dennoch nicht bestraft?«

»Ach, Herr Preiss – der Weber ist ein so armer Kerl!«

»Heil'ger Himmel, was gehen mich die armen Weber an! Nein, das ist aber zum Tollwerden! Ware anzunehmen mit Ölflecken, ohne den Weber zu strafen!« – und im größten Verdruß verließ der Fabrikant das Magazin, um weiteren Fehlern nachzuspüren.

Er trat in das kleine Comptoir, in welchem am Samstagabend die Löhne ausgezahlt wurden, und langte ohne weiteres nach einem Buche, dessen verschiedene Konti die Namen der einzelnen Arbeiter an ihrer Spitze trugen. Dieses Buch der »eingehaltenen Gelder« spielt in den Fabriken eine zu große Rolle, als daß wir seine Bestimmung nicht näher erläutern sollten. Die meisten Fabrikanten haben nämlich das schöne System, den Arbeitern an ihrem Lohne stets einige Groschen zu kürzen und diese den Leuten gutzuschreiben. Als Grund eines solchen Verfahrens gibt man gewöhnlich an, daß die Arbeiter zu liederlich mit ihrem Geld umgingen, wenn man ihnen gleich den ganzen Lohn in die Finger gäbe, und daß es eine reine Fürsorge für ihr Wohlergehen sei, wenn man ihnen einen Teil des Saläres aufbewahre.

»Wir sind die gute Vorsehung unsrer Arbeiter!« hatte der Herr Preiss gesagt, als er den Befehl gab, dies Buch der »eingehaltenen Gelder« zu beginnen.

Wie in den meisten andern Fabriken, so verhielt es sich indes auch in der des würdigen Herrn Preiss ganz anders damit. Man suchte nämlich durch diese eingehaltenen Gelder die Arbeiter stets in der Hand zu behalten; man konnte an diesen kleinen Ersparnissen seinen Regreß nehmen, wenn dem Eigentümer derselben irgendein Unglück passierte, was dem Interesse des Fabrikanten Schaden zufügte, und es geschah nicht selten, daß der Arbeiter nie wieder etwas davon zu sehen bekam. »Auch in anderer Weise ist dies Verfahren nützlich!« bemerkte der Herr Preiss zuzeiten. »Solange die Arbeiter gesund sind, da können sie sich schon durchschlagen, werden sie aber krank, da ist gleich der Teufel los, und man soll sie unterstützen. Um nun nicht in den unangenehmen Fall dieser Mildtätigkeiten zu geraten, halte man ihnen einige Gelder zurück, die werden ihnen dann herrlich zustatten kommen, und wir sind der Unterstützungen überhoben.«

›Genug, es geschieht zu der Arbeiter Bestem!‹ dachte auch jetzt der Herr Preiss, als er das verhängnisvolle Buch aufschlug, um sich davon zu überzeugen, ob man seinem Befehle auch wöchentliche Folge leiste. Wie groß war daher sein Erstaunen, als er nur zu bald bemerkte, daß ganz das Gegenteil geschehen.

»Aber das ist doch infam!« rief er und schlug mit der Faust auf den Tisch, daß der nicht weit entfernt sitzende junge Comptoirist erschrocken zusammenfuhr.

»In voriger Woche hat man wieder keine Gelder zurückgehalten!«

»Die Arbeiter widersetzten sich zu sehr.«

»Das ist aber gar kein Grund! Die Arbeiter sollen sich nicht widersetzen!«

»Sie erklärten fast alle, daß sie mit dem verkürzten Lohne nicht auskommen könnten.«

»Und wenn sie das auch zehnmal erklären, so sollen Sie doch nicht nachgeben!«

»Verzeihen Sie, Herr Preiss, ich habe nichts mit der Sache zu tun!«

»Und wer hat sie denn besorgt?«

»Das hat der Herr August getan!«

»Wieder der Herr August, immer der Herr August!« murmelte der Alte und verließ das Comptoir, um durch die Fabrik zu wandeln. In den Türen der verschiedenen Arbeitssäle waren kleine Fenster angebracht, die von außen durch einen kleinen Schieber geöffnet und verschlossen werden konnten. Der tätige Fabrikant hatte schon seit geraumer Zeit diese Vorrichtung anbringen lassen, damit er vom Gange her, und ohne von den Arbeitern bemerkt zu werden, gelegentlich einen Blick auf seine Sklaven werfen konnte. Wenn alles in guter Ordnung und in vollkommener Tätigkeit war, so verschloß der Alte natürlich das Fenster ebenso schnell, wie er es geöffnet hatte. Wollte indes der Zufall, daß gerade einige Kinder des Spinnsaales für einen Augenblick die Hände sinken ließen und die abgebrochenen Fäden nicht so rasch wieder anknüpften, wie sie gesollt hätten, da vernahm man plötzlich von der Tür her ein entsetzliches Murmeln, das, nach und nach zu einem wahren Gebrüll ausartend, endlich den Lärm der Maschinen übertönte und die Sorglosen daran erinnerte, daß das Medusenhaupt des Alten vor der Öffnung des Fensters stehe. Rasch wie der Blitz fuhren die erschreckten Kinder dann zurück an ihre

Arbeit und atmeten erst wieder auf, wenn die Stimme des Fabrikanten gleich einem fernen Donner langsam und feierlich verhallte.

Als der Alte das kleine Zahlcomptoir verlassen hatte, schritt er der Reihe nach an den Türen der Säle vorüber, drückte den Schieber eines jeden Fensters behutsam zurück und schaute hinein in seine Arbeiterwelt. Alles war vollauf beschäftigt. Mädchen und Knaben übertrafen sich an Emsigkeit, und wenn dennoch hin und wieder einmal jemand nicht recht mehr vorwärts wollte, da klang auch gleich die mahnende Stimme des Meisters, der den Saumseligen antrieb. »Brave Leute, brave Leute!« murmelte der Alte und gelangte bald zu dem letzten Saale, in welchem mehrere erwachsene Arbeiter beschäftigt waren. Eben wollte er den kleinen Schieber wieder zudrücken, da sah er zu seinem Schrecken, daß sich unter den Arbeitern ein Mensch bewegte, den er erst vor wenigen Tagen eigenhändig zum Hause hinausgeworfen hatte.

»Schon wieder eine Mordgeschichte, schon wieder eine Tragödie!« rief der erzürnte Alte. »Wer hat Euch wieder hierhergeschleift?« donnerte er dem Unglücklichen entgegen.

»Ach, Herr Preiss, haben Sie Mitleid mit mir!«

»Ich Mitleid mit Euch haben? Alle Wetter, habt Ihr nicht zwei Dutzend Nägel aus der Schmiede gestohlen?«

»Ach, Herr Preiss, vergeben Sie mir noch einmal!«

»Ich Euch vergeben? Freut Euch, daß ich Euch nicht auf die Polizei gebracht habe.«

»Meine Frau war so krank, da habe ich die Nägel verkaufen müssen.«

274 »Was geht mich Eure Frau an? Wenn sie stirbt, dann seid Ihr sie los – ich will Euch aber nicht mehr in meiner Fabrik haben! Wie könnt Ihr Euch unterstehen, mir wieder über die Schwelle zu kommen, wer hat Euch erlaubt, wieder bei mir einzutreten?«

»Der Herr August!« flüsterte der erschrockene Mann und schlug die Augen nieder.

Ärgerlich warf der Alte den Schieber des Fensters wieder zu. »Immer der Herr August, ewig der Herr August! Rechenfehler macht er, Zeugstücke nimmt er an, die voll Ölflecken sind, und läßt sich von dem Weber den Schaden nicht ersetzen, von den Löhnen zieht er am Samstag nichts ab, Arbeiter engagiert er, die ich zur Tür hinausgeworfen – alles geht drunter und drüber – fahre der Henker in die ganze

Butike!« Zornig rannte der würdige Alte aus der Fabrik hinaus ins Freie.

Hundert ähnliche Vorfälle, so klein und erbärmlich sie auch waren, hatten den alten Fabrikanten schon seit mehreren Tagen in eine sehr reizbare Stimmung versetzt. Das einzige, was ein freundliches Verhältnis zwischen Vater und Sohn bisher noch aufrechterhalten hatte, war Augusts Pünktlichkeit und sein unendlicher Eifer für das Wohlergehen des Geschäftes. Es konnte aber nicht fehlen, daß die vielen Verstöße der letzten Tage den Alten im höchsten Maße aufbrachten. August hatte dies kaum bemerkt. Die vielen andern Dinge, die gerade in seinem Kopf vorgingen, ließen ihn an vieles nicht mehr denken. Es war ihm zumute wie jemandem, der eine Stadt verläßt, in der er viele Jahre verweilte, deren ganzes Leben und Treiben ihn bisher im höchsten Grade interessierte, an dem er den regesten Anteil nahm; da steht er in den letzten Augenblicken des Verweilens, und seine ganze Umgebung wird ihm plötzlich gleichgültig, seine Seele ist schon mit dem beschäftigt, was er in der nächsten Zukunft hören, sehen und erfahren wird. Mit der steigenden Erwartung des Kommenden erlischt sein Anteil an dem, was noch in seiner Nähe vorgeht, und hastig sucht er zu ordnen, was ihn an frühere Verhältnisse knüpft, die er jetzt für immer aufzugeben denkt.

August hatte nun freilich keineswegs vor, seinen jetzigen Wirkungskreis zu verlassen. Nur von den Dingen, die bisher seiner Tätigkeit zugrunde lagen, sagte er sich los und gab sie um so rascher auf, je mehr er sich fester und entschiedener in seinen neuen Ansichten fühlte. Mechanisch betrieb er daher nur noch seine gewöhnlichen Arbeiten und war nur dann mit ganzer Seele dabei, wenn sich eine Gelegenheit darbot, seine bessere Einsicht darauf anzuwenden und auf diese Weise seine geänderten Gesinnungen praktisch erscheinen zu lassen. Seine Stellung den Arbeitern gegenüber führte solche Gelegenheiten natürlich häufig herbei, und wenn er sich früher vielleicht nur aus einem Rest von Menschlichkeit dazu verleiten ließ, hin und wieder durch die Finger zu sehen, die Arbeiter zu schonen und die Vorschriften seines Vaters außer acht zu lassen, so tat er dies jetzt freiwillig, mit vollem Bewußtsein, er suchte die Gelegenheit auf, wo es ihm möglich war, gegen das Herkömmliche zu verstoßen.

Während daher der Alte wie von Taranteln gestochen die Fabrik durchrannte und sich über die Anordnungen seines Sohnes schwarz ärgerte, folgte ihm August auf dem Fuße nach, um die Sache nur jedesmal nur noch schlimmer zu machen und das, was der Alte vielleicht wieder umgestoßen hatte, durch abermalige Neuerungen zu ersetzen.

Wie Nacht und Tag liefen Vater und Sohn hintereinander her – der eine immer des andern Werk verschlingend. Wenn die finstere Miene des Alten kaum den Sieg davongetragen hatte, dann nahte schon von der andern Seite das strahlende Antlitz des Sohnes, um sich nicht weniger geltend zu machen. Enthusiasmus und Erbitterung jagten sich im Kreise, und, wie toll ihre Bahn durcheilend, dachten weder Sohn noch Vater daran, plötzlich einmal stillzustehen, den Gegner zu erwarten und die Sache zu einer Entscheidung zu bringen, denn beide fürchteten sich noch voreinander, beide wußten noch nicht, wie sie einander gegenübertreten sollten – der Vater hatte seinen Sohn noch zu sehr nötig, um ihn entfernen zu wollen, und der Sohn konnte den Vater nicht verlassen, weil er in seiner Nähe ja eben seine Pläne am besten zu entwickeln dachte.

Mehrere Wochen waren so vergangen, da wurde der alte Herr der ewigen Anordnungen überdrüssig und zog eines Abends den Buchhalter Weber zu sich in das Geheimkabinett, um wenigstens jemanden zu haben, vor dem er seinem Zorn einmal in Worten Luft machen könne. Der Buchhalter hatte sehr häufig das Glück, zu solchen Konferenzen unter vier Augen eingeladen zu werden, und war nicht wenig darüber erfreut, wenn man ihm Gelegenheit gab, seine guten Ratschläge an den Mann zu bringen. Geradeso rücksichtslos und frei, wie der alte Fabrikant sich bisweilen in solchen Augenblicken zeigte, ebenso vorsichtig war indes der Herr Weber in allem, was er darauf erwiderte. Er wußte es, daß es immer eine peinliche Sache ist, sich zwischen Vater und Sohn zu stellen, und einige bittere Erfahrungen reichten hin, um ihn noch mehr hierin zu bestärken. ›Tobt der Alte

gegen seinen Sohn‹, sagte der Herr Weber, ›da sollte es freilich politisch erscheinen, daß man ein Gleiches täte, um dem Vater dadurch zu schmeicheln, daß man ihm recht gibt; und umgekehrt: schimpft der Sohn auf seinen Vater, da sollte man dem Sohne recht geben, um es wieder mit diesem nicht zu verderben. Es bleibt aber immer ein mißliches Ding, den Mantel nach dem Winde zu hängen, denn sobald sich Vater und Sohn wieder einigen, da kommen nur zu leicht die Sünden des Mittelmannes an den Tag, und für alle Gefälligkeiten erntet man nur lauter Undank.

Was ist also zu tun? Man muß ganz auf entgegengesetzte Weise agieren. Wenn der Vater auf den Sohn schimpft, dann muß man den Sohn in Schutz nehmen, und schimpft der Sohn auf den Vater, da verteidigt man den letztern. Auf diese Weise erscheint man nicht allein seinem Gegenmanne als ein Mensch, welcher ehrlich genug ist, auch unter den schwierigsten Verhältnissen seine Herzensmeinung auszusprechen, sondern man sichert sich auch hintereinander vor dem Unfalle, daß man später von dem einen bei dem andern als Verleumder denunziert wird.‹ Dieses System hatte sich als so probat erwiesen, daß der Buchhalter Weber auch nicht mehr davon abging. Ohne es zu wissen, war er auch deswegen noch doppelt glücklich dadurch geworden, weil der schlaue Fabrikant nicht selten, wenn er wirklich im besten Einverständnis mit seinen Söhnen war, dennoch auf diese im geheimen zürnte, um dadurch andern Veranlassung zu geben, sich über dies und jenes auszulassen, was dem schlauen Fabrikanten vielleicht bisher entgangen war. Hätte nun der Buchhalter in solchen Augenblicken die Söhne hinterrücks ebenso entschieden getadelt, wie es der Fabrikant nur scheinbar tat, so würde er sich schwerlich sehr beliebt gemacht haben; sein System, den Angegriffenen zu verteidigen, konnte ihm daher auch in diesem Punkte nur nützlich sein, und unwillkürlich hatte sich die ganze Familie Preiss daran gewöhnt, in dem Herrn Buchhalter einen aufrichtigen und treuen Vermittler aller Streitigkeiten zu erblicken.

Komisch war es, wenn diese beiden alten Füchse nun einander gegenüberstanden, um ihre Herzen auszuschütten, das heißt, sich gegenseitig zu belügen und fast stets das Gegenteil von dem zu sagen, was sie dachten. Die Unterredung wurde dadurch nicht selten so verwickelt, daß oft der eine den andern gar nicht mehr verstand und der Fabrikant endlich mit einer grotesken Phrase das Zimmer verließ, indem er sich aufs neue davon überzeugt zu haben glaubte, daß der Buchhalter zwar ein guter Mensch, aber auch ein sehr konfuses Geschöpf sei.

Der Fabrikant irrte sich gewiß sehr – der Buchhalter war weder das eine noch das andere; unbekümmert um das, was den Familienstreitigkeiten seines Herrn eigentlich zugrunde lag, benutzte er die Unterredungen mit dem Vater oder mit dem Sohne nur dazu, um sich stets als aufrichtigen Freund und erleuchteten Ratgeber herauszubeißen, und so vortrefflich gelangen ihm seine Schliche, daß ihn beide Parteien, wenn auch nicht gerade für sehr geistreich, doch gewiß für sehr ehrlich hielten: eine Meinung, die dem Buchhalter auf die Dauer nur von zu hohem Werte sein mußte.

Als der Fabrikant den Buchhalter in das Kabinett des Geschäftes zog, um ihm seine Klagen über den unglücklichen Sohn August vorzutragen, hatte der Herr Weber nicht anders gehofft, als daß die ganze Sache wieder durch einige Vermittlungen beigelegt werden könnte. Er täuschte sich diesmal. Der Alte machte sich zuerst daran, das ganze Treiben seines Sohnes von unten bis oben zu verdammen, und ohne auf die Einwürfe zu hören, welche sich der Buchhalter erlaubte, trug er diesem dann auf, sofort eine Zusammenkunft mit August zu halten und ihm im Namen des Vaters zu erklären, daß er mit seinen Neuerungen und Verbesserungen aufhören müsse, widrigenfalls er in Zeit von vierzehn Tagen das elterliche Haus zu verlassen habe.

Der Alte hatte sich zu deutlich ausgesprochen, und der Herr Weber sah ein, daß nichts anderes zu tun sei, als den Befehl seines Herrn pünktlich und gewissenhaft zu vollstrecken. Er überbrachte daher seine inhaltsschwere Depesche, nicht ohne eine salbungsvolle Einleitung vorhergehen zu lassen, in der er seinen Kummer über das hereinbrechende Unheil in den lebhaftesten Farben zu schildern suchte.

Ruhig und gelassen hatte August die ganze Predigt angehört und den Buchhalter dann ebenso trocken wieder abgefertigt. Es freute ihn, daß der Alte endlich Anstalt machte, die ganze Sache einmal zur Entscheidung kommen zu lassen. Oder sogar hatte er sich nach einer solchen Entscheidung gesehnt und nur immer gescheut, selbst den unmittelbaren Anstoß dazu zu geben.

Während er sich daher im stillen schon darauf besann, welche Einwürfe und Erläuterungen dem Vater bei diesem ihm jetzt unvermeidlich scheinenden Bruche zu machen wären, fuhr er nur desto entschiedener in seiner bisherigen Handlungsweise fort, indem er in der Fabrik des Vaters ganz nach eigenem Ermessen regierte und Tag für Tag durch eigene Anordnungen die Wünsche des Vaters vereitelte.

August hatte nie gedacht, daß es ihm möglich sein würde, so energisch aufzutreten, wie er es wirklich jetzt tat. Zu dem Überdruß, den er an seiner bisherigen industriellen Tätigkeit empfand, und zu dem Mitleid, welches den Arbeitern gegenüber bei ihm erwachte, hatte sich indes noch ein anderer Umstand gesellt, der ihn mehr und mehr aus seiner bisherigen Lage herauszureißen drohte und ihn unwillkürlich an neue Verhältnisse fesselte.

Der Eindruck, den Marie an jenem Abend auf ihn machte, als sie ihres Bruders wegen mit dem jungen Fabrikanten sprach, war nämlich tiefer gewesen, als es August sich selbst gestehen mochte. Das junge Mädchen war ihm nicht mehr gleichgültig, und mehr als früher wanderte er jetzt durch das Zimmer, in welchem sie beschäftigt war. Hatte er sie indes wirklich gesehen, und wollte es der Zufall, daß auch Marie von ihrer Arbeit aufsah und den Gruß des jungen Herrn erwiderte, dann ärgerte er sich fast darüber, daß es geschehen war. Er wußte nicht, wie es kam, es verdroß ihn plötzlich, daß dies Mädchen in der Fabrik beschäftigt war, daß Marie unter seinen Augen des lieben Brotes wegen arbeiten mußte, und wenn es ihm auch ein stilles Vergnügen machte, einen Blick auf ihren schönen Kopf, auf ihre schlanke Gestalt zu werfen, so gab es ihm doch wieder einen Stich durchs Herz, wenn er daran dachte, daß es dem armen Mädchen vielleicht unlieb sein mochte, bei ihrer Arbeit begafft und beobachtet zu werden. Manchmal glaubte er, dies sogar deutlich zu bemerken. Zweimal hatte sie schon leis gezittert, und einmal flog eine zarte Röte über ihre bleichen Wangen, als er länger als gewöhnlich nach ihr hinüberschaute. Es ging August wie einem Gärtner, der unverhofft in einer Ecke seiner Besitzung, versteckt hinter Dornen und Gesträuch, die schönste Rose findet, schöner als alle die andern, die sich in besserem Boden und begünstigter durch Luft und Licht entwickelt hatten. Erstaunt bleibt er stehen; es verdrießt ihn, daß eine so herrliche Blume an so häßlichem Ort schimmert, so weit entfernt von jedem Menschenauge, das sich an der lieblichen Pflanze erquicken und erfreuen könnte, und unwillkürlich kommt es ihm vor, als wenn auch die Rose wohl nur aus Zorn oder aus Scham über den undankbaren Gärtner so doppelt hochrot glühen könnte –.

In den letzten Tagen hatte August sogar einmal das Unglück, Marie in dem Gange der Fabrik anzutreffen, wie sie, die Arme voll von gedruckten Kattunen, aus ihrem Zimmer in einen anderen Arbeitssaal schritt, um dort ihre Last niederzulegen. Er stutzte, es war ihm nicht möglich, weiter zu gehen – viel hätte er darum gegeben, wenn seitwärts eine Tür zum Entspringen dagewesen wäre, aber das war leider nicht der Fall, und der Gang war sehr schmal, man mußte hart aneinander vorüber, und Marie kam immer näher. August wandte sich schon, um den Gang zurückzulaufen, da sah sie empor, ihre Blicke begegneten sich, und er biß sich die Lippen, und Marie errötete, und zornig mußte August mit dem Fuße stampfen, als sie vorüber war, und er wußte doch selbst nicht warum.

Dieser Umstand, ein Wesen, das er mit jedem Tage lieber gewann, fortwährend als geplagte Arbeiterin vor sich zu sehen, konnte nicht verfehlen, ihn noch heftiger gegen seine ganze Umgebung, die ja eben solche Zustände möglich, ja notwendig machte, aufzubringen und ihm dieselbe immer mehr zu verleiden. Es hat schon etwas Empörendes, wenn man schwächere Frauen oder Kinder, die vielleicht äußerlich ohne allen Reiz sind und daher nicht das geringste Interesse einflößen können, über ihre Kräfte arbeiten sieht. Der starke Unglückliche, mag er auch noch so hart sein, er fühlt dann doch bisweilen eine gewisse Wehmut durch seine Seele gehen, und nur Bestien, wie sie die heutige Gesellschaft hervorbringt, sind imstande, von solchen Zuständen wohl gar noch in doppelter Weise zu profitieren. Ist aber eins dieser unterdrückten Wesen dann noch schön, zeichnet es sich noch durch geniale Züge, durch eine edle Haltung, durch graziöse Bewegung oder durch andere Vorteile vor seinesgleichen aus, dann ist es ja natürlich, daß nicht das Herz einer Bestie, daß aber wohl das Herz eines Menschen doppelt dadurch getroffen wird.

In einem solchen Falle war unser junger Held. Die gesellschaftlichen Zustände im allgemeinen und ein einzelnes Individuum seiner nächsten Umgebung wirkten gleich mächtig auf ihn ein. Je mehr sein Ekel vor dem erstern stieg, desto mehr steigerte sich die Anteilnahme an dem Schicksal des letztern, und wie er umgekehrt das eine lieber gewann, so wuchs auch sein Haß für das andere, so daß die Bewegung seines Innern, mit den äußern Eindrücken gleichen Schritt haltend, sich von Tag zu Tag vergrößerte.

Eduard, der Bruder Mariens, hatte sich schon vor einigen Wochen bei August gemeldet und war bald darauf selbst vor ihm erschienen. Schon aus kaufmännischen Rücksichten würde August den Antrag des jungen Arbeiters keineswegs zurückgewiesen haben, denn Eduard war ein geschickterer Mechanikus, als vielleicht sonst einer weit und breit aufzutreiben war, und die Fabrik des Herrn Preiss war nur zu häufig in dem Falle, eine tüchtige Hand für ihre alten Maschinen gebrauchen zu können. Man hatte sich daher auch schnell geeinigt, und August freute sich jetzt um so mehr darüber, wenn er Eduards Hammer in der Werkstatt dröhnen hörte, da das Interesse, welches er für die Schwester Marie fühlte, auch unwillkürlich auf den Bruder überging.

Eduard hatte indes selbst keineswegs Veranlassung gegeben, daß der junge Fabrikant ihm geneigter wurde wie jedem andern geschickten Arbeiter. Seiner rauhen, wilden Natur getreu war er sehr barsch aufgetreten.

»Sie sind in England gewesen?« hatte ihn August freundlich angeredet.

»Ich bin in England gewesen«, erwiderte Eduard mit der größesten Kälte.

»Ich habe oft gewünscht, dies gewaltige Land einmal zu sehen, die Industrie hat dort einen ganz anderen Umfang erlangt als hierzulande.«

»Aber sie hat auch schon ganz andere Wunden geschlagen wie anderswo.«

Es konnte nicht fehlen, daß August diese Bemerkung aus dem Munde eines Arbeiters weit mehr auffiel, als wenn sie durch jeden andern gemacht worden wäre. In Deutschland ist man nicht daran gewöhnt, daß der Arbeiter in Gegenwart seines Herrn ein Wort fallen läßt, was diesen geradezu in Verlegenheit bringen könnte.

»Nun, man beschäftigt sich überall damit, die üblen Seiten der Industrie weniger fühlbar zu machen!« hatte August erwidert.

»Das wird aber schwerlich gelingen!« »Weshalb nicht? Die üblen 284 Seiten der Industrie – –«

»Sind die Leiden der Arbeiter«, bemerkte Eduard.

»Allerdings! Aber die will man ja gerade aufheben. In England und hierzulande gibt es genug Menschen, deren ernster Wille dies ist, und wenn die Arbeiter ihren Herren nur vertrauen, da werden sie sich über kurz oder lang vielleicht auch nicht in ihren Hoffnungen betrogen sehen.«

Ein ironisches Lächeln zuckte um Eduards Lippen.

»Ich weiß nicht, wie es hierzulande jetzt aussieht – ich bin zu lange abwesend gewesen –, in England haben die Arbeiter durch vertrauensvolles Warten noch nicht viel erlangt, und sie versprechen sich auch sehr wenig von den vielen schönen Reden, die man zu ihrem Besten vorbringt.«

»Ich glaube, daß Sie sich in mancher Weise irren; aus den schönen Reden können ja auch schöne Taten werden.«

»Schwerlich große Taten – die englischen Arbeiter erwarten sehr wenig von ihren Herren, sie vertrauen weniger auf diese als auf sich selbst.«

»Das ist nicht recht. Was wollen die Arbeiter machen, wenn ihnen die Herren nicht zur Seite stehen?«

August dachte bei seinen zwar aufrichtigen, aber natürlich sehr vagen sozialistischen Gesinnungen an das Assoziieren verschiedener Kapitalisten, die sich mit einer Arbeitermasse zusammentun (und mit einiger Rührung und Salbung in etwas anderer Form so ziemlich dasselbe schaffen wollen, was heute schon bei gänzlicher) und eine neue Welt für diesen Kreis zu schaffen gedenken, die aber trotz aller Rührung und Salbung und trotz dem, daß sie manches vielleicht in neuer Form betreiben würden, zuletzt doch wohl wieder in den alten Jammer zurückfallen müßten. »Was wollen die Arbeiter anfangen, wenn sie von ihren früheren Herren nicht mit den Kapitalien und Kenntnissen unterstützt werden, welche ihnen selbst abgehen?«

»Die Arbeiter brauchen nicht unterstützt zu werden!« erwiderte Eduard. »Sie werden sich schon Kapitalien und Kenntnisse zu verschaffen wissen, wie sie dergleichen einst nötig haben!« – und mit einem höflichen, aber sehr kalten Gruße hatte Eduard das Zimmer verlassen.

Eine solche Antwort würde hinreichend gewesen sein, um den alten Herrn Preiss in eine sehr lustige Stimmung zu versetzen. Er würde dem jungen Mann entweder gleich wieder seine Entlassung gegeben oder doch wenigstens ein besonderes Auge auf ihn gehabt haben, wenn er ihn trotzdem in seinem Dienste hielt. August wurde nun insoweit durch die Bemerkung unangenehm berührt, als er sich darüber ärgerte, hier wieder von einem Arbeiter, mit dem sich doch übrigens schon gut reden ließ, seine besten Absichten ganz verkannt zu sehen.

Unglücklicher Mensch! Der Vater lachte ihn aus, wenn er von seinen philanthropischen Gelüsten etwas vorbrachte, die Brüder hörten ihn gar nicht an, wenn er davon reden wollte, seine Freunde verstanden ihn nicht, ein junges Mädchen, dem er gern sein ganzes Herz erschlossen hätte, zitterte vor ihm, weil sie vielleicht hinter seiner Artigkeit eine unredliche Absicht vermutete, und ein Arbeiter, dem er sich mit Freuden attachiert hätte, behandelte ihn rauh und barsch und wandte den Rücken.

August war oft so weit, daß er fast allen Mut verloren hätte. Er war in einer traurigen Position, weder Fisch noch Fleisch, weder Herr noch Knecht, weder Kapitalist noch Proletarier, das Herz voll von christlichen Plänen, die ganze Seele ein einziger Wunsch nach etwas Schönem und Vollkommenem – genug, ein aufrichtig schwärmender Sozialist, aber noch ohne alle innere Kraft, um etwas Entscheidendes zu wagen, ohne jede Festigkeit, um seinen Gedanken Rundung und Ausdruck zu verleihen.

Die Studenten haben einen trefflichen Namen für jene jungen Leute, die das Gymnasium verließen, aber noch nicht bis zur Universität fortgeschritten sind, sie nennen solche armen Jungen »Maultiere«. August war vielleicht ein philanthropisches Maultier.

»Herr Weber!«

»Was ist gefällig, Herr Preiss?«

»Machen Sie sich fort, gehen Sie nach Haus, Herr Weber!«

»Wie Sie befehlen, Herr Preiss!« – und der Buchhalter Weber drehte sofort den großen Schlüssel der Geldkiste herum, steckte ihn in die tiefe Tasche seines abgetragenen schwarzen Frackrocks, griff dann nach dem sehr antiken Filzhut, nahm im Fluge noch eine Prise aus der großen Tombakdose und wollte eben mit der gleichgültigsten Miene von der Welt dem Wunsche seines Gebieters Folge leisten und das Comptoir verlassen, als ihm mit einem Male ein so beunruhigender Gedanke durch den Kopf fuhr, daß er unwillkürlich innehielt und wie festgewurzelt mitten auf der Türschwelle stehenblieb.

»Machen Sie sich fort, gehen Sie nach Hause!« hatte der Herr Preiss gesagt. Unerhört! Wie – der Herr Preiss seine Leute nach Hause schicken? Ei, das hat der Herr Preiss noch nie getan! Nein, so dumm ist der Herr Preiss noch nie gewesen! Nein, das ist ein Mißverständnis! Der Herr Preiss schickt seine Leute so leicht nicht nach Hause. Nein, bei Gott, er hält sie fest, solange wie möglich, nein, das geht nicht mit rechten Dingen zu, ich habe mich geirrt, ich habe mich verhört – – und ohne seinem erleuchteten Haupte ein weiteres Bedenken über die ganz ungewohnte, durchaus unerwartete Bemerkung seines Herrn zu erlauben, zog der gewissenhafte Buchhalter rasch seine Füße wieder in das Comptoir zurück:

»Also hätten Sie wirklich nichts mehr zu befehlen?«

»Nichts in Dreiteufelsnamen –«

»Amen!« sagte der Buchhalter.

»Aber rufen Sie mir meinen Jungen herein.«

287

»Mit Vergnügen!« – und ein selbstzufriedenes Lächeln zuckte über das Antlitz des dienstfertigsten aller Arbeiter. »Da haben wir's«, murmelte er, »ich wußte, daß der Herr Preiss noch etwas zu befehlen hatten, ach, ich kenne den Herrn Preiss!«

»Und welchen ihrer Herren Söhne befehlen Sie?« fuhr der Buchhalter laut fort, indem er sich höflich vor dem finster schauenden Gebieter verneigte.

»Den ersten besten! Der eine ist wie der andere, bringen Sie mir den ersten, der ihnen in den Wurf kommt – es ist alles einerlei – es liegt mir gar nichts dran – Schufte sind sie alle drei – Erzschufte, sage ich Ihnen – kein Haar ist gut an diesen Burschen – holen Sie mir den ersten, den sie treffen, sagen Sie ihm, er solle hier hereinkommen, ich wolle ihm den Pelz waschen, doppelt und dreifach, für die beiden andern mit, prügeln will ich ihn, und sagen Sie ihm, daß er rasch kommt, denn ich bin gerade in der rechten Laune – voll von Vaterliebe bin ich – Schufte sind sie, alle drei –«

»Aber, Herr Preiss!«

»Aber, Herr Weber! Gehen Sie auf der Stelle – Sie haben keine Kinder – Sie wissen nicht, wie einem ehrlichen Mann zumute ist, wenn er Kinder hat, das kennen Sie nicht, Sie sind ein Junggeselle, freuen Sie sich, aber nun entfernen Sie sich, denn Sie verstehen diese Sache nicht, eben weil Sie keine Kinder zeugten – gehen Sie – leben Sie wohl, Herr Weber – adieu! – aber halt, rufen Sie mir meinen Sohn Julius zuerst, ja, den Julius – rufen Sie mir den Julius!«

Und wagenweit öffnete der Herr Preiss die Tür des Comptoirs, aus dem der Buchhalter etwas erschrocken hinaussprang, um eiligst das Weite zu suchen.

Es schien auf der Hand zu liegen, daß der Herr Preiss etwas Außerordentliches im Sinne hatte; er scheute sich sonst nie, seinen Söhnen in Gegenwart des ganzen Comptoirpersonals Vorwürfe zu machen, aber daß er heute, wo niemand als der in alles eingeweihte Buchhalter zugegen war, mit dem Losbrechen seines Unwillens zögerte, daß er seine Kinder sozusagen hinter verschlossenen Türen, unter vier Augen angreifen wollte, nein, das schien auf etwas ganz Besonderes zu deuten, und der Herr Weber hätte viel darum gegeben, wenn er der Sitzung hätte beiwohnen dürfen.

Sehr nachdenkend schritt er daher durch den Garten, der das Fabrikgebäude von der Straße trennte, und wandte sich dann, als er keinen der Söhne des Herrn Preiss erblickte, rechts nach der größeren Wohnung, in deren Salon er durch die offenstehende Glastür etwas schüchtern und gebückt eintrat.

»Ach, da sind Sie ja, Herr Julius!« – und der Buchhalter verneigte sich vor dem jüngsten Sohne des Fabrikanten, der sich beim Eintreten 289 des alten Dieners langsam von einer Ottomane emporrichtete, auf der er die besten Stunden des Tages verträumt zu haben schien. Julius war kaum 22 Jahre alt und von dem liebenswürdigsten Äußern. Das kohlschwarze, etwas gelockte Haar umgab einen hübschen Kopf, in dessen Haltung eine gewisse Vornehmheit, etwas Adliges lag. Die Statur des jungen Mannes war eher unter mittlerer Größe, man hätte ihn sogar klein und winzig nennen können, namentlich wenn man die außerordentlich zierlichen Füße und Hände betrachtete, welche übrigens zu dem ganzen Körper im richtigsten Verhältnis standen. Die Gesichtsfarbe des jugendlichen Schönen war brauner wie man es gewöhnlich am Rheine findet, Wangen, Stirn hatten fast eine südfranzösische Färbung, nur die Augen waren ganz deutsch, mochten sie auch noch so tiefdunkel sein, wehmütig verliebt schauten sie aus den großen, langen Augenwimpern hervor.

Während der alte Herr unermüdlich seinem Geschäft vorstand, die Fabrik auf- und niederrennend lobte und tadelte, Befehle erteilte, Briefe diktierte und seine Kunden so zuvorkommend wie möglich behandelte – lag der zweiundzwanzigjährige Sohn träumerisch auf dem rotsamtenen Diwan. An seinen Füßen hingen noch von der Morgenstunde her die gelb- und schwarzgestreiften türkischen Pantoffeln, nachlässig flatterte um den schneeweißen Hemdkragen das rote seidene Halstuch, an dem linken Arme ruhte ein glänzendes Jagdgewehr, welches mehr zur Spielerei als zum Ernste oft sogar tagelang an der Schulter des jungen, leidenschaftlichen Jägers hing, mit der Rechten hielt er einen in grün und gold gebundenen Roman, ebenfalls mehr der Spielerei als des Lesens wegen, denn Julius hatte ja auch 290 nicht die Zeit und die Lust, den Abenteuern irgendeines andern Verliebten aufmerksam Seite für Seite, Blatt für Blatt zu folgen, er war ja selbst verliebt, er erlebte ja selbst genug Abenteuer, sein ganzes Leben war ja schon der beste Roman, ohne daß er es freilich selbst wußte; denn wie wäre er selbst je über sich klug geworden? Wie hätte er dazu kommen sollen, sich selbst jemals Rechenschaft über sein Tun und Treiben abzulegen? Mit dem Buch in der einen Hand, mit dem Gewehr in der andern lag er auf dem Diwan, ohne zu lesen, ohne zu schießen, und schaute bald hinauf zu den großen, gewaltigen Ölgemälden, die aus kolossalen goldenen Rahmen von den Wänden herableuchteten, bald hinunter in die großen Augen seines treuen Jagdhundes, der seinen Kopf traulich auf das Knie seines Herrn legte und ihn unverwandt und verwundert anblickte.

»Ach, da sind Sie ja!« rief der Buchhalter, als er zu der Ottomane trat. »Ich habe Sie überall gesucht, Herr Julius!«

»Große Ehre für mich! Und was wünschen Sie, Herr Weber?«

»Ich? Ich für meinen Teil wünsche sehr wenig, ich wünschte nur, daß Ihr Herr Vater keine weiteren Wünsche hätte, nämlich daß er Sie nicht zu sehen wünschte – aber das ist unglücklicherweise trotzdem der Fall; Ihr Vater wünscht nämlich etwas, nämlich Sie zu sehen, Herr Julius, und zwar augenblicklich wünscht er Sie zu sehen, wenn es Ihnen gefällig ist, dort im Comptoir!«

»So?«

»Ja!« »Jawohl!«

»Und Sie werden sich gleich erheben?«

»Gewiß!«

»Und werden Ihren Vater nicht lange warten lassen?«

»Keineswegs.«

»Nun, dann wünsch ich Ihnen viel Vergnügen!« – und mit einem grinsenden Lächeln schickte der Buchhalter sich an, den Salon wieder zu verlassen.

»Ich danke Ihnen von ganzem Herzen«, rief ihm Julius nach, »aber was will mein Vater von mir? Das ist sehr selten, daß er mich rufen läßt.«

»Gewiß!« fuhr der Buchhalter fort. »Und er sollte überhaupt auch niemals nötig haben, Sie rufen zu lassen, Sie sollten da sein – da sein sollten Sie, jawohl, da sein -nehmen Sie mir das nicht übel!«

»Nicht im geringsten!«

»Auf dem Comptoir sollten Sie sein, in der Fabrik, um das Geschäft sollten Sie sich kümmern. Sie schreiben eine leidliche Hand – die Korrespondenz sollten Sie führen, das wäre Ihrer würdiger als Romane zu lesen – heiliger Gott – Romane zu lesen, morgens zwischen 11 und 12 – ich sehe, Sie haben da einen Roman in der Hand – himmlischer Vater – bei hellem Tage Romane zu lesen! Entsetzlich, Romane zu lesen, wenn andere Leute sich plagen müssen um ihr tägliches Brot,

Romane zu lesen, wenn die Sonne noch voll am Himmel steht. Sind Sie toll geworden – mit Erlaubnis – Romane zu lesen, zu dieser Stunde, nein, das übertrifft das Erschrecklichste, Romane zu lesen – überhaupt schon etwas Verderbliches – aber Romane liest man ja nur abends und im Winter oder lieber gar nicht, wehe! wehe! es steht schlimm um das Haus Preiss, da seine Söhne nur Romane lesen morgens zwischen 11 und 12! Jüngling, erwachen Sie, kehren Sie um, 292 Sie wandeln auf verderbter Straßen!«

Der Buchhalter schien wirklich durch den Anblick des grün und gold geschmückten Romans in eine gelinde Entrüstung zu geraten, er hatte eine steife, imposante Haltung angenommen, das Blut war ihm nicht gerade in den Kopf, aber doch in die Nase gestiegen, und die Nase schimmerte gefährlicher als sonst. »Machen Sie sich auf«, fuhr er fort, »machen Sie sich auf, junger Mann, ein bekümmerter Vater harret Ihrer; nahen Sie ihm bittend, um Verzeihung bittend, versprechen Sie ihm Besserung, versprechen Sie, Ihrem bisherigen Lebenswandel entsagen zu wollen, und entsagen Sie ihm wirklich, dann kann noch alles gut werden, denn Sie sind noch jung -und nun erscheinen Sie vor Ihrem Vater, wie es einem gehorsamen Sohne geziemt.«

»Mein Vater will mir also die Leviten lesen?« fragte der schöne Sohn des Herrn Preiss in höchstem Grade verwundert und richtete sich langsam empor, so daß seine beiden Füße endlich vom Diwan hinabglitten und den Teppich berührten. »Also eine Szene soll es geben?«

»Und das merken Sie erst jetzt?« erwiderte der Buchhalter und trat einige Schritte zurück, indem er die langen Hände höchst ausdrucksvoll übereinander schlug. »Aber ich zitiere Sie ja eben vor den Zorn ihres Vaters, vor Ihren Vater zitiere ich Sie, der voller Entrüstung Ihrem Erscheinen entgegenharrt, der Ihnen Gott weiß was zu sagen hat, der aber mit mir darüber übereinstimmt, daß Sie den Weg des Verderbens wandeln, und der die bittersten Tränen vergießen würde, wenn er Sie, wie ich jetzt, zwischen 11 und 12 Uhr morgens, ja es ist entsetzlich zu sagen, wenn er Sie beim Lesen eines – –« 293

Der Buchhalter hatte seinen Sermon noch nicht beendet, als Julius plötzlich ganz aus seiner Lethargie zu erwachen schien, rasch vom Diwan emporfuhr und mit einem leichten Satz quer über einen Marmortisch hinweg mitten ins Zimmer sprang. Wenn dieses wilde Emporfliegen nun schon hinreichend war, den steifen Buchhalter in einen ziemlichen Schrecken zu versetzen, so mußten die Umstände, welche das plötzliche Erwachen des jungen Mannes begleiteten, den armen Herrn Weber vollends außer sich bringen.

Das Jagdgewehr, welches dem Träumenden bisher im Arme ruhte, schlug nämlich in so unglücklicher Weise auf den Boden des Zimmers, daß der Schuß mit dem hellsten Geknall plötzlich dem Rohre entfuhr und eine gute Portion Schrot, von dem gußeisernen Gesims zurückprallend, lustig an den Wänden umherprasselte. Der große Hühnerhund, der bei Eintreten des Buchhalters gleich seinen früheren Platz verlassen und den Fremdling dann in der verdächtigsten Weise beknurrt und berochen hatte, meinte bei dem Emporspringen seines Herrn und dem gleich darauf folgenden Schuß nicht anders, als daß der ganze Spektakel nur dem erschrockenen Weber gelte, und zögerte keinen Augenblick, den treuesten Diener des Hauses Preiss als den feindlichsten Unhold seines jungen Herrn mit so wütendem Gebell anzugreifen, daß der unglückliche Buchhalter nur in der schleunigsten Retirade sein Heil sah und dergestalt seine langen Beine in Bewegung setzte, daß er in einem Nu den Salon verlassen hatte und erst nach einigen verzweifelten Sprüngen über die Rasen- und Kohlpflanzungen des Gartens hinter den Gittern des Torwegs Schutz und Rettung fand. Murrend folgte auch endlich der Hund dem Rufe seines Herrn und verkroch sich in seinem Stall. Julius versicherte den halbtoten Buchhalter seiner unwandelbaren Freundschaft und machte sich dann auf den Weg nach dem Comptoir.

Das Unerhörte, was darin lag, daß der Herr Preiss einen seiner Söhne ganz ausdrücklich zu sich berief, stimmte den übrigens sehr unbefangenen Julius doch etwas ernst. Der tätige Fabrikant hatte sonst die Gewohnheit gar nicht, irgendeine Sache mit vieler Peinlichkeit zu behandeln, selbst die wichtigsten Angelegenheiten suchte er kurz und ohne viel Umstände abzumachen, und nur bei ganz außerordentlichen Familienangelegenheiten berief er zu bestimmter Stunde eine Versammlung, bei der er dann freilich durchaus die Mienen eines Imperators annahm. Daß er sich aber die Mühe geben sollte, einen seiner Söhne ganz direkt zu sich kommen zu lassen, bloß um ihn dieser oder jener Geschichte wegen zur Rede zu stellen, das war noch nicht vorgekommen.

Nein, der Herr Preiss war gar nicht so delikat in dieser Beziehung; wenn er etwas mit seinen Söhnen auszumachen hatte, so nahm er keineswegs den Delinquenten schon lange vorher aufs Korn, sondern benutzte nur irgendeine ganz gewöhnliche Gelegenheit, um ihn zu erwischen und die Geschichte zur Sprache zu bringen. Mitten im Ausgang aus dem Comptoir, in Gegenwart aller Arbeiter, oder mittags zwischen der Suppe und dem Rindfleisch entlud er oft seine schrecklichsten Donnerwetter. Natürlich fruchteten unter solchen Umständen alle ernsten Ermahnungen, ja selbst die schrecklichsten Drohungen nur sehr wenig. Der Herr Preiss sah sich daher auch genötigt, sie desto häufiger zu wiederholen, und tat dies mit einer solchen Hartnäckigkeit, daß man zuletzt in der ganzen Familie darüber einig war, es sei dem 295 verehrten Vater zum Bedürfnis geworden, wenigstens jeden Tag einmal eine Szene zu haben, das Essen schmecke ihm nicht, wenn er sich nicht vorher, auch ohne alle Ursache, einmal recht vom Grund der Seele aus geärgert habe.

Wie dem auch nun sein mochte, so viel schien unserem Julius gewiß, daß dieser feierlichen Berufung auch ein ganz feierliches Gewitter folgen werde. Und daß nichts anderes als ein Gewitter folgen und daß sich das Gewitter ganz gewiß über seinem Haupte entladen werde, das war ja nach den Worten des Buchhalters nur zu deutlich.

Der unglückselige Angeklagte vergaß daher für den Augenblick sein Gewehr, seinen Jagdhund, sein Rennpferd, ja er vergaß, was ihm Tag und Nacht vor Augen schwebte, er vergaß für einen Augenblick selbst die schönsten Augen, welche je von Köln bis Mainz am Rheine geleuchtet, ach, welche ihn noch vor wenigen Tagen, er wußte es selbst nicht ob zürnend, ob unendlich verliebt, angeschaut hatten. Je näher er dem Zimmer kam, in dem ihn der gefürchtete Vater erwartete, desto langsamer und schüchterner wurde sein Tritt; eine leichte Röte flog über seine braunen Wangen, und verlegen fuhr er mit der rechten Hand in das schwarze, lockige Haar, während die linke sich vergeblich abmühte, den knappen Sommerrock bis oben hinauf zuzuknöpfen. Auch das rote Halstuch saß nicht recht – er wand es in eine neue Schleife, räusperte sich dann, blickte zwei-, dreimal hinter sich, ob ihm auch niemand folge, auf den Zehen schlich er dann bis vor die Tür, horchend und sehr ernst. Es war kein Zweifel, innen im Zimmer lief der strenge Vater rasch auf und ab, als sei er namenlos aufgebracht, mit heftigen, großen Tritten den Boden stampfend – und jetzt? – er 296 hielt inne – einen Augenblick – nein, er schritt auf die Türe zu, vielleicht, um sie zu öffnen, vielleicht hatte er bemerkt, daß sein Sohn am Herannahen war. Es war keine Zeit mehr zu verlieren. ›Entweder davongelaufen – dann war die Geschichte wenigstens für den Augenblick zu Ende, oder eingetreten, keck und munter, als sei gar nichts passiert – das konnte den gefährlichen Alten vielleicht außer Fassung bringen.‹ Rasch fuhren diese Gedanken durch den Kopf des schüchternen Sohnes, und schon wollte er sich umdrehen und im schnellsten Galopp das Weite suchen, als es ihm plötzlich doch zu lächerlich vorkam, vor seinem eigenen Vater davonzulaufen, vor einem Vater, der trotz seines vielen Polterns denn doch zuletzt das Glück seiner Kinder wollte, wenn auch in seiner Manier, in einer absonderlichen Weise. Julius warf daher den Kopf keck in den Nacken, daß die schwarzen Locken rechts und links über die Stirn flatterten, jetzt schlug er mit kräftiger Faust auf den Griff der Türe, und hinein sprang er, frisch und verwegen, und: »Guten Tag, lieber Vater!« klang es mit heller und freudiger Stimme.

Hätte Julius seinen Vater in der höchsten Lustigkeit anzutreffen gehofft und ihn zürnend und verstimmt gefunden, so würde er gewiß nicht halb so erstaunt gewesen sein als jetzt, da er ihn voll vor Wut und Zorn erwartete und ihn wunderbarerweise ganz in der rosigsten Laune vor sich sah. Der Sohn war mit dem festen Vorsatz hereingetreten, seinen Vater durch die größeste Unbefangenheit, durch den heitersten Gruß außer Fassung zu bringen, und jetzt warf ihn der Vater selbst durch einen nämlichen Empfang, durch die freundlichste Bewillkommnung so sehr aus dem Sattel, daß der verwunderte Sohn für die ersten Augenblicke auch seinem Gruße kein Wort mehr folgen zu lassen wußte und plötzlich in die peinlichste Verlegenheit geriet.

Hatte nicht der fatale Buchhalter ausdrücklich von dem Zorn und den Tränen eines entrüsteten Vaters gesprochen? Sollte es nicht eine Szene geben, in der ein bis aufs höchste gereizter alter Mann seinem leichtsinnigen Sohne das schrecklichste Bild seines törichten, unsinnigen Lebenswandels entwerfen wollte? Hatte man ihn nicht auf Ermahnungen, auf den härtesten Tadel, ja fast auf die schmetterndsten Verwünschungen gefaßt gemacht? Und nun dieser liebevolle Empfang? Es konnte nicht anders sein, der unglückselige Buchhalter mußte entsetzlich gelogen haben, und unwillkürlich freute sich jetzt der treffliche Sohn des Herrn Preiss, daß der Herr Weber bereits durch den lustigen Angriff des erzürnten Jagdhundes auf dero lange und verwitterte Waden die Hälfte einer wohlverdienten Strafe davongetragen hatte. Doch schwur er im stillen, ihm auch noch den Rest in guter Münze entrichten zu wollen.

O armer Weber, unglücklicher Buchhalter, wie sehr wurdest du verkannt. Du hattest dem Sohne deines Gebieters die reine Wahrheit verkündet, wenigstens hattest du dich deiner Botschaft mit der Gewissenhaftigkeit entledigt, die deiner folgsamen Seele von Anbeginn eigen war, und wenn du in deinem gerechten Schmerze über die Verworfenheit eines Jünglings, der Romane liest zwischen 11 und 12 Uhr morgens, deiner Phantasie auch etwas freieren Lauf ließest, und zu der Entrüstung, die dir von den Lippen deines Herrn überliefert wurde, auch noch die deine gabest und, ein zürnender Prophet, den nahen Untergang des Hauses Preiss weissagtest – geschah dies nicht aus wahrem Anteil an dem Geschlecht deines Brotherrn, aus inniger, tiefer Überzeugung, aus jener echten Pietät eines ergrauten Buchhalters? 298

Gewiß, du hattest recht,.–., treuer Weber! Aber eins muß dir dennoch vorgeworfen werden, und mit Recht wird dir das vorgeworfen! Sieh, zwanzig lange Jahre stehst du nun schon an der Seite deines unvergleichlichen Gebieters, du hattest Gelegenheit, ihn zu beobachten in allen Lagen des Lebens, zu allen Zeiten, im blühenden Mai wie im stürmischen Dezember, und deshalb solltest du ihn kennen, kennen solltest du deinen Herrn. Aber ach, du kennst ihn nicht! Wissen solltest du, daß der Herr Preiss ja sagt, wenn er gerade das Gegenteil meint, wissen solltest du, daß er dich segnet, wenn er dir fluchen möchte, daß er dich umarmt, wenn er dich gern und voller Freude zerrisse, wissen solltest du, daß er, dein unerforschlicher Gebieter, sich von jeher gehütet hat, das Schwarze schwarz zu nennen und das Weiße weiß. Und doppelt zu tadeln bist du dieser deiner Unwissenheit wegen, weil dieser Zug in dem Charakter deines Herrn gerade der hervorstechendste ist, weil es gerade die seiner Tugenden ist, die ihn gleich jenem ränkevollen Odysseus, wenn auch oft erst spät, doch zuletzt stets wieder in den Hafen des Glücks bringt.

Hat er nicht, spinnend des Luges zarte Gewebe, stets den Profit in die goldenen Maschen gelockt, und nimmt er nicht oft auch die Maske, die er so trefflich im Handel benutzt, mit hinüber in die patriarchalische Privatwelt des Daseins, trügend und betörend, wie es geziemt dem Jahrhundert und den Sitten einer gesitteten Gesellschaft? Gewiß! Drum gestehe, daß du dich irrtest, wenn du dem Befehle deines Gebieters in wirksamer Weise zu folgen gedachtest. Ach, könntest du 299 jetzt neben Vater und Sohn stehen, sähest du, wie liebevoll sie einander entgegenkommen, du würdest auch auf der Stelle einsehen, daß es nur das entschiedenste Wohlwollen war, welches dein Gebieter dadurch vor dir verbergen wollte, daß er unerbittlich auf seinen Sohn tobte, einsehen würdest du, daß der Vater stolz ist auf seinen Julius, auf diesen seinen Sohn, den er gerade in diesem Augenblick unter dem Siegel der tiefsten Verschwiegenheit zur Ausführung seiner weitesten Pläne, seiner trefflichsten Unternehmungen benutzen will.

»Guten Tag, lieber Vater!« rief Julius, als er ins Zimmer sprang.

»Guten Tag, Julius!« erwiderte der Alte, indem er sein Auf- und Abgehen unterbrach, mitten im Zimmer stehenblieb, die Hände auf den Rücken legte und seinen Sohn mit der freundlichsten Miene von oben bis unten betrachtete.

»Du hast mich rufen lassen, lieber Vater –«

»Ich? Dich rufen lassen? Ach, jawohl, ich wollte dich nur fragen, ob du heute schon im Pferdestalle gewesen wärst.«

»Im Pferdestalle, lieber Vater? Nein, im Pferdestall bin ich noch nicht gewesen – im Pferdestall – –«

»So? Also nicht?«

»Nein, lieber Vater!«

»Ich war auch noch nicht da, lieber Sohn!« – und da wandelte der Herr Preiss seinem Pulte zu, setzte sich auf den Dreifuß, nahm die Zeitung in die Hand und fing an zu lesen, als ob niemand sonst im Zimmer wäre.

Julius starrte einen Augenblick die vier Wände an; nach den Eröffnungen des Buchhalters hatte er eine stürmische Sitzung erwartet, nach dem freundlichen Empfang des Vaters eine ganz artige Konversation – und nun noch einmal der Pferdestall und dann die Zeitung – – Julius kannte schon in etwa die Launen seines Vaters; heute fand er sich indes doch zu rasch nacheinander in seinen Erwartungen betrogen, als daß er sich gleich bei dem sonderbaren Benehmen seines Vaters beruhigt hätte. Es dauerte daher einige Augenblicke, ehe er seine ganze Fassung wiedererhielt. Den Vater gleich wieder zu verlassen, das ging nicht, er schritt daher an die andere Seite des Pultes, setzte sich ebenfalls auf einen Dreifuß und nahm sich vor, das Weitere abzuwarten.

»Die Amerikaner sind doch verwegene Kerle«, murmelte der Alte bald, indem er emsig im Lesen der Zeitung fortfuhr, »einen Krieg mit

England anzufangen, das scheint mir doch etwas zu gewagt. – Also im Pferdestall bist du heute noch nicht gewesen, Julius?«

»Nein, lieber Vater, wie ich dir bereits sagte!«

»So? Das ist schade, ich habe einen neuen Gaul gekauft, einen Hengst – einen Fuchs, kostet mich 120 Louisdor, so wahr ich lebe!«

Julius sprang rasch vom Stuhle auf. »Hei, den muß ich sehen!«

»Warte, mein Kind! Wenn dieser Krieg mit den Amerikanern losgeht, dann bekommen wir einen Mordsspektakel mit der Baumwolle – das sollst du sehen!«

»Aber der Hengst, lieber Vater?«

»Kostet mich 120 Louisdor – ein Fuchs. – Die Amerikaner können indes nichts gegen die Engländer machen, aber es freut mich, die verfluchten Engländer – ich wollte, daß die Geschichte schon losginge.«

»Nicht wahr, ein Reitpferd, lieber Vater?«

»Natürlich! Geht wie ein Uhrwerk – wie die Glocke – kein schönerer Gaul am ganzen Rhein – – und das ist gewiß, wenn die Amerikaner ankommen, da stehen die Irländer ebenfalls auf – ein wahrer Spaß – die verfluchten Engländer – das freut mich!«

»Soll ich ihn reiten, lieber Vater?«

»Meinetwegen, und brich den Hals dazu! – Jetzt wird sich der dicke O'Connell freuen – ach, der O'Connell – ich wollte, ich wäre O'Connell – 30.000 Pfund Rente im Jahr für ein wenig Geschrei und Patriotismus – der O'Connell ist ein gescheiter Mann – – und was den Hengst anbetrifft –«

»Jawohl, der Hengst?«

»Der Hengst – ich meine, der O'Connell muß doch trotz alledem ein rechter Schuft sein – zieht die Irländer an der Nase herum, jahraus, jahrein, ohne es je zu etwas Ordentlichem kommen zu lassen – und nur der Rente wegen – – ja, den Hengst – den Hengst mach ich dir zum Präsent, Julius!«

»Lieber Vater!«

»So geht's in der Welt, mein Sohn – und Schulden hast du auch wieder gemacht?«

Hier folgte eine lange Pause.

Julius war wirklich in diesem Augenblick in einer verzweifelten Lage. Die erfreuliche Nachricht, daß ihm sein Vater einen Hengst zum Geschenk mache, war so blitzesschnell von jener höchst verfänglichen Schuldenfrage gefolgt, daß Freude und Schreck fast zu gleicher Zeit in der Seele des jungen Mannes zusammentrafen und ihn unfähig machten, für den Augenblick irgend etwas zu erwidern.

»Schulden, meinst du?« erwiderte er endlich in einem langsamen, sehr tragischen Tone und schlug die Augen nieder.

»Jawohl, Schulden meine ich – wie steht es mit den Schulden?«

Julius besann sich aufs neue.

Da kam ihm plötzlich ein trefflicher Gedanke. Keck sah er vom Pult empor und erwiderte im entschiedensten Tone:

»An einen Krieg mit Amerika glaube ich nimmer, lieber Vater!«

»So? Aber die Amerikaner sind wilde, verwegene Teufel, und was sie wollen, das setzen sie durch. Das versichere ich dir, und die Engländer sollen noch an die Amerikaner glauben, das sollst du sehen – und deine Schulden?«

»Kleinigkeit – aber die Amerikaner haben ja keine Schiffe, keine Flotte, und wenn heute die Kriegserklärung erfolgt ist, da gehen morgen ein paar Dutzend Linienschiffe aus den englischen Häfen, und die ganze amerikanische Küste wird blockiert, der amerikanische Handel ist ruiniert –«

»Wohl möglich, aber das ist noch immer keine Antwort auf meine Frage – ich fragte dich –«

»Verzeih, lieber Vater – von den Irländern erwarte ich auch wenig – wie du eben selbst erwähnst, und zwar sehr richtig, ist es dem alten O'Connell gar nicht darum zu tun, daß die Geschichte entschieden zum Klappen kommt, er will nur eine friedliche Agitation fortführen, seiner Rente wegen, die natürlich aufhört, sobald die Irländer frei sind – darin bin ich ganz mit dir einverstanden –, und England hat also auch von dieser Seite wenig zu befürchten, wenigstens nichts, solange O'Connell noch am Ruder der Agitation sitzt.«

»Du bist ein dummer Junge! Ich sage dir, daß England wohl etwas zu fürchten hat. Das ganze England ist durch und durch faul, aus lauter Widersprüchen zusammengesetzt, und wenn der geringste Spektakel in der Welt losgeht, da gerät ihnen die ganze Maschine in Unordnung, und der Teufel holt den ganzen Bettel – und das soll mich freuen – ich hasse die Engländer – ich hasse sie von hinten bis vorn, von oben bis unten – sie verderben einem das ganze Geschäft – – und was deine Schulden anbetrifft, so will ich, daß diese Geschichte jetzt zur Sprache kommt, und ich will nicht, daß du Schulden hast, und ich befehle dir, sämtliche Rechnungen herbeizuschaffen und sie dem Buchhalter Weber zu geben, damit die Geschichten bezahlt werden, denn du sollst keine Schulden haben – und damit Punktum –«

Durch diese neue Artigkeit seines Vaters wurde Julius so sehr gerührt, daß ihm abermals die Stimme den Dienst versagte und die Unterredung zwischen Vater und Sohn nochmals für einen Augenblick ins Stocken kam.

Julius hatte wirklich heute das Schicksal, aus einer Überraschung in die andere zu fallen. Er wußte sich das Benehmen seines Vaters nicht zu erklären. Er, der seit Monaten gefaulenzt und alles getan hatte, was dem sonst so strengen Vater in jeder Weise mißfallen mußte, wurde heute mit Wohltaten von ihm überschüttet. Und in welcher Manier! Nur ganz beiläufig erwähnte der Alte das Geschenk des Hengstes und die Bezahlung der keineswegs unbedeutenden Schulden; er sprach davon, als verstände sich das von selbst, ohne einen Tadel, eine Ermahnung hinzuzufügen, die der schöne Sohn des 304 Herrn Preiss vielleicht, streng genommen, wohl verdient hätte.

Wenn man indes während dieser ganzen Unterredung nur für einen Augenblick in das Herz des schlauen Fabrikanten hätte schauen können, so würde man auf der Stelle bemerkt haben, daß ihm die große Liebenswürdigkeit, mit der er den teuern Sohn behandelte, doch einige Anstrengungen kostete und daß die anscheinend leichte und gleichgültige Manier dieser Konversation sehr wohl berechnet war.

In der Tat, der Herr Preiss schämte sich eigentlich, daß er diesen seinen Sohn, den er von rechts wegen als Herr Preiss hätte durchprügeln sollen, so wahrhaft zuvorkommend behandelte, und nur um sein liebes Gewissen wegen dieser seiner unverzeihlichen Sanftmut zu beschwichtigen, andernteils aber auch, um bei dem Sohne nicht den geringsten Verdacht zu erwecken, daß hinter so vieler väterlicher Zuneigung auch noch andere Zwecke verborgen seien, fuhr er fort, seinem Sohne jede erfreuliche Nachricht mit einer Nonchalance zu eröffnen, als sei ihm selbst nicht im geringsten etwas daran gelegen, als sei die unwillkürliche Liebe eines Vaters zu seinem Sohne einzig und allein Schuld an so vielen Freundlichkeiten, an so entzückender Nachsicht. Mit einem Wort, es war dem schlauen Fabrikanten nur darum zu tun, das Herz seines Sohnes durch namenlose Güte ganz zu gewinnen und ihn zu jedem fernern Plane weich und willig zu machen, ohne daß der junge Mann selbst darüber zum Bewußtsein käme.

Nachdem daher die Unterredung einige Augenblicke gestoppt hatte, fuhr der Alte, als wenn ihm plötzlich ganz andere Gedanken durch den Kopf gingen, in einem glücklich improvisierten, höchst ärgerlichen Tone fort: »Übrigens ist es eine wahre Schande, was du jetzt für ein Leben führst. Ich habe dich doch lernen lassen, alles, was ein Vater seinen Sohn nur lernen lassen kann, und da ich nun endlich hoffen darf, daß du mir wieder von Nutzen bist, daß du dich des Geschäftes etwas annimmst und das Gelernte auch etwas anwendest – da liegst du den ganzen Tag auf der faulen Haut, du bekümmerst dich um nichts, drehst die Hände in den Haaren herum, läßt dir einen Schnurrbart wachsen, wirfst die Flinte auf den Nacken, ißt und trinkst und spazierst und flanierst und kommst abends nicht nach Hause – und Gott strafe dich und mich, Bengel – –«

›Jetzt geht es los‹, dachte Julius, ›jetzt kommt die Katastrophe, vielleicht hat der Buchhalter doch nicht ganz unrecht gehabt‹, und fester griff der junge Mann in das Riet seines Dreifußes, als wenn er gefürchtet hätte, daß der herannahende Sturm ihn von seinem Sitz herunterschleudern würde.

»Nein, es ist auch nicht länger mehr zum Aushalten«, rief der Alte, »ich kann das Faulenzen nicht länger mehr mit ansehen – du sollst – du sollst eine Reise machen – eine Reise in die Schweiz – dann kommst du mir aus den Augen!«

›Eine neue Überraschung, eine Reise in die Schweiz!‹ Nach den einleitenden Bemerkungen hatte Julius nichts anderes erwartet, als daß jetzt der kategorische Befehl kommen würde: ›Du sollst mir aber jetzt arbeiten! Arbeiten sollst du mir – zwölf Stunden per Tag, auf dem Comptoir, auf dem Lager, im Magazin; du sollst dem Geschäft in Zukunft dienen, unermüdlich, wie es dein Vater getan, fünfzig Jahre lang. Du sollst dich plagen in Zukunft, arbeiten, arbeiten, oder ich lasse dich hängen, oder ich jage dich zum Hause hinaus usw.‹, wie der Vater schon oft zu seinem Sohne gesprochen. ›Und statt dessen eine Reise in die Schweiz. Vielleicht auf dem neuen Hengst, auf dem Fuchs zu 120 Louisdor, nachdem alle Schulden bezahlt, mit dem Beutel voll Geld, mit einem Kreditbrief vielleicht an einen Baseler Bankier für den Notfall; eine Reise in die Schweiz, in der schönsten Zeit des Jahres, den Rhein hinauf in die Berge, in die Alpen‹ – verwundert sah Julius seinen Vater an. ›Verlassen mußt du freilich den Ort deiner Liebe‹, dachte er weiter, ›verlassen für 14 Tage, für 4 Wochen vielleicht den Garten und das Haus, das dir teuer ist über alles, wo *sie* wohnt, die dir das Liebste auf Erden –‹

»Bist du verrückt geworden, Junge?« rief der Alte und schlug mit der Faust auf das große Schreibpult. »Ich sagte dir, daß du eine Reise in die Schweiz machen sollst, und du erwiderst kein Wort, sperrst den Mund auf, stierst an die Stubendecke?«

»Ach verzeih, lieber Vater, ich dachte –«

»Du denkst nichts – das ist bekannt – ich verbitte mir diese Possen – nächste Woche reist du ab – ich bin es müde, deine Faulenzerei länger anzusehen, und nun mach, daß deine Sachen in Ordnung kommen, und nun entferne dich – wir werden noch weiter miteinander sprechen – doch halt, noch eins!«

Hier faltete der Herr Preiss die Zeitung, welche bisher ausgebreitet vor ihm lag, sorgfältig zusammen, warf sie beiseite und legte dann die beiden Arme kreuzweis übereinander auf das Pult, indem er den Kopf mit der grünen Kappe etwas zurückbog, so daß die kleinen, stechenden Augen unter dem grünen Schirm weg gerade scharf auf die seines Sohnes gerichtet waren. Julius, der schon im Begriff gewesen war, das Zimmer zu verlassen, hatte seinen frühern Sitz wieder eingenommen, doch so, daß er seinen Vater nur von der Seite anblickte. Die vielen Freundlichkeiten des Alten hatten ihn gerührt, es fehlte nicht viel, und er hätte ihm herzlich die Hand gedrückt, ihm gedankt mit der ganzen Wärme eines glücklichen Sohnes, aber eine unwillkürliche Scheu hielt ihn zurück, auch wußte er sehr wohl, daß dem Alten nichts unausstehlicher war als Herzensergüsse, als sentimentale und gefühlvolle Szenen. Freudig-schüchtern blickte der Sohn daher seinen Vater an, als dieser soeben noch mit entschiedenem Tone das »Halt, noch eins!« ausrief.

»Sage mir, Julius – und sei aufrichtig – bist du verliebt?«

Ein kalter Schauder fuhr bei diesen Worten dem jungen Manne über Kopf und Rücken. »Bist du verliebt?« fragte der Alte in nachdrücklichstem Tone. – Der Sohn war nicht fähig, eine Silbe zu erwidern. Seine Augen senkten sich vor dem durchbohrenden Blick des Vaters.

»Ich seh es, du bist's!« fuhr der Alte fort. »Da haben wir die ganze Pastete! Ich wußte es wohl, ich habe es mir lange gedacht. Ach, du machst mir nur Kummer, das sei Gott geklagt. Und was bist du schon für ein Lump geworden durch diese Liebe! Ein wahrer Jammerkerl, unwillig, untüchtig, faul – du machst Schulden, läßt dir einen Schnurrbart wachsen« – und zornig ballte der Herr Preiss seine gewaltige Faust – die grüne Kappe mit dem großen Schirm sank ihm tief ins Gesicht – rasch sprang er dann vom Stuhl empor, lief einigemal im Zimmer auf und ab und blieb endlich verschränkten Armes vor seinem Sohne stehen.

»Und undankbar bist du«, fuhr er mit weicherer Stimme fort, »undankbar bist du, mein Junge! Habe ich dir nicht alles zu Gefallen getan, habe ich dir nicht neulich ein Gewehr gekauft, schenkte ich dir nicht noch eben einen Hengst, einen Gaul, der gar nicht zu bezahlen ist – o du trauriger Schlingel – und jetzt verliebst du dich!« Der Alte schwieg und warf sich wieder auf den ledernen Sessel, ganz seinem Schmerz überlassen.

Julius hatte sich indes etwas gesammelt und erwiderte plötzlich, indem er den Kopf ganz emporhob und seinen Vater mit einer halb freundlichen, halb vorwurfsvollen Miene ansah: »Aber lieber Vater, ist es denn ein so großes Verbrechen, sich zu verlieben?«

»Nein, keineswegs, mein Sohn, nein, gewiß nicht. Die Zeit, wo man sich verliebt, das ist die schönste unsres ganzen Lebens. Ach Gott! Sichverlieben – ich weiß recht gut, wie es darum steht – ich habe mich auch einst verliebt – jawohl! Da war ich ein glücklicher Mensch, und damals war deine selige Mutter ein achtzehnjähriges Mädchen – ach, das ist alles vorüber – ich bin alt, aber nimmer vergesse ich den Augenblick, wo ich sie zuerst sah –«

Der Alte fuhr unwillkürlich mit seiner großen Hand nach den Augen und zerdrückte eine schwere Träne.

»Nun wohl, lieber Vater!« rief Julius, indem er triumphierend emporsprang. »Ebensogut wie du dich damals verliebtest, ebensogut habe ich heute das Recht –«

»Ach, das ist ja ganz etwas anderes!« unterbrach ihn der Vater. »Deine Mutter hatte ein Vermögen von 84.000 holländischen Gulden, bares Geld, da konnte ich mich schon in sie verlieben, da konnte ich schon etwas sentimental werden – jawohl, es war der gescheiteste Streich, den ich je im Leben machte, daß ich damals vor lauter Liebe fast den Kopf verlor. Aber –«

»Aber?«

»Aber mit dir ist es etwas ganz anderes! So gewiß ich weiß, daß dort oben am Himmel die Sonne steht, so fest bin ich davon überzeugt, daß du mit deiner Liebe auf eine Person gefallen bist, welche vielleicht auch gar nicht übel ist –«

»Nein, ich versichere dir, sie ist wunderschön!«

»Nun, das will ich glauben. Ich glaube, daß sie weder bucklig noch schief ist, ich gebe zu, daß sie erträglich sein kann, wie man ja Tausende von Jungfern hat – warum nicht? Aber –«, und hier blickte der Herr Preiss seinen Sohn wieder mit jenen kleinen, stechenden Augen an, aus denen seine ganze Energie hervorsprühte, »aber, davon bin ich schon im voraus überzeugt, daß dieses Frauenzimmer deiner hochweisen Wahl nie und nimmer den Anforderungen entsprechen wird, welche ich, Friedrich Preiss, mit vollem Recht an die Braut meines Sohnes stellen kann! Mit einem Wort, ich fürchte, daß du eine Wahl getroffen hast, die ich ewig verdammen und verfluchen muß, ich fürchte, daß du dich an eine Familie gehängt hast, welche nicht auf jener soliden Grundlage steht, die die Garantie alles Glückes ist, ich fürchte, daß du mit einem Gedanken umgehst, dessen Ausführung dich, mich und unser ganzes Haus auf ewige Zeiten kompromittieren wird! Oh, könnte ich es dir begreiflich machen, daß das Gepräge eines Dukaten noch nach einem Jahrhundert lustig lachen und blitzen wird, wenn flatternde Locken und rote Lippen längst verweht, vermodert und vergessen sind! – Und nun mach schnell und gestehe, was du vorhast! Ich habe das Deklamieren satt. Nicht wahr, du liebst die Tochter irgendeines Doktors oder Professors, irgendeines armen Teufels, wo man mit der einen Tochter noch sechs andere dazuheiratet, wo man die ganze Familie an den Hals bekommt – eh bien?«

310

Eine Flut von Tränen, welche aus den Augen des unglücklichen Sohnes brach, war die einzigste Antwort.

»O Herr des Himmels und der Erde, nun fängt der Junge an zu flennen! Eine Antwort will ich haben, und da gibt es Regenwasser. Ich bitte dich, lieber Junge, spiele mir keine Komödie, du weißt, daß ich nicht gerne Tränen sehe, gib das Heulen auf, sei vernünftig, ich fange sonst mit an zu flennen, und da heulen wir alle beide – und das fehlt noch! Siehst du denn nicht ein, daß ich es gut mit dir vorhabe, daß ich nur dein Bestes will? Ich habe dir schon gesagt, daß ich es für ganz natürlich halte, wenn du dich verliebst – ich wünsche dies sogar, nur sollst du dadurch nicht ins Pech geraten! Vor kurzem sprach ich von der Reise in die Schweiz – diese ganze Reise soll aber nur eine

Verlobungsreise sein – jawohl, mein Sohn, du sollst dort eine reiche junge Frau erobern, freue dich!«

So traurig und niedergeschlagen unser Julius auch war, so konnte es doch nicht fehlen, daß diese Nachricht ihn wieder ins Leben rief und, wenn auch nur augenblicklich, von dem Gegenstande seines Kummers ablenkte. In der verflossenen Sekunde dachte er noch an seine Bertha mit dem ganzen Feuer eines jungen, leidenschaftlichen Herzens, er dachte an sie, deren Name er gerade in diesem Momente seinem Vater mehr als je zu verbergen suchte, da dieser noch eben den Punkt berührt hatte, in dem die Familie seiner Geliebten trotz allen Adels so schwach war, daß es den guten Herrn Preiss zur Verzweiflung gebracht haben würde, wenn er gerade jetzt erfahren hätte, daß sein Sohn eben das beabsichtigte, was ihm gewiß am verhaßtesten war, daß sein Sohn damit umgehe, sich der Tochter eines armen Adligen zu verbinden.

Alles dies hatte noch eben seinen Kopf durchzogen, da eröffnete ihm der Vater, worin der Zweck der Reise in die Schweiz bestehe, und er stutzte, die Überraschung siegte plötzlich über die Angst seines Herzens, und einesteils froh darüber, daß die Unterredung eine Wendung bekam, in welcher er seine Pläne besser zu verbergen hoffte, konnte er sich außerdem auch einer gewissen Neugierde nicht erwehren, die wohl jeder junge Mann empfunden haben würde, wenn man ihm in vollem Ernst einen sonst so erfreulichen Vorschlag gemacht hätte.

»Also in die Schweiz, um ein Mädchen zu freien?«

»Allerdings! Ein Mädchen, schön wie die Morgenröte, reich wie das Meer!«

»In der Schweiz? Aber, mein Gott, da kenne ich ja schon eine Dame, da kenne ich ein Mädchen, das ich liebe –«

»Das du liebst?« – und der Herr Preiss wurde sehr aufmerksam. ›Wie, sollte der Junge mit seiner Wahl gerade auf denselben Fleck gefallen sein? Auf dieselbe Stadt, auf dieselbe Familie? Sollte er sie schon kennen, die berühmte Erika, das Wunderkind, so wild, so schön und so reich? Es ist möglich, er hat sie in Ems gesehen das vergangene Jahr‹ – und die tollste Freude zuckte durch die Seele des alten Kaufmanns.

»Die du liebst?« fragte er nochmals.

»Gewiß! Aber wer weiß, ob du dieselbe meinst, ob es in –«

»In Basel?« fragte der unvorsichtige Alte.

»Ja, in Basel ist es!« jauchzte der Sohn, und unwillkürlich dachte er an die reiche Erika, die er wirklich einst geliebt hatte. »Und Erika ist es!« fuhr er fort, und es hätte nicht viel gefehlt, daß der alte Preiss nach diesen Worten seinem Sohne voller Entzücken um den Hals gefallen wäre.

Julius, der sich wirklich in diesem Momente mit vielem Vergnügen jener Tage erinnerte, die er einst mit der Tochter des reichen Baseler Bankiers in Ems verlebt hatte, mußte gestehen, daß sein Vater eben nichts Schlechtes für ihn ausgewählt hatte. Er überließ sich einen Augenblick jener süßen Empfindung, welche er natürlicherweise bei Andenken an ein holdes Wesen verspürte, das er einst mit seligen Augen betrachtet, das er oft an seinem Arm durch die Blumen des Frühlings geführt hatte, entzückt von dem Liebreiz seiner Gefährtin und dem Zauber einer prächtigen Landschaft, die sie umgab. Als er indes gleich daran dachte, daß er bald darauf seine Bertha kennenlernte, da sank vor dieser hohen, gewaltigen Schönheit das Bild jener lieblichen Schweizerin plötzlich in nichts zusammen, und unwillig darüber, daß die wahre Göttin seiner Jugend auch nur einen Augenblick aus seiner Brust hatte verdrängt werden können, schickte er sich an, seinem Vater auf der Stelle reinen Wein einzuschenken und zu erklären, daß er nie und nimmer in die Schweiz reisen werde und daß nie an einen Besuch bei der übrigens so liebenswürdigen Erika zu denken sei.

Er räusperte sich – er stotterte – jetzt fing er an zu sprechen – zwei-, dreimal – aber vergebens – denn immer unterbrach ihn der fröhliche Alte:

»Du machst eine famose Partie, Junge! Es ist gar nicht daran zu zweifeln, daß alles gut geht. Du weißt, daß der Vater der Erika vor einiger Zeit gestorben ist. Das Mädchen steht jetzt ganz unter der Vormundschaft des Onkels, und den kenne ich, er ist ganz mit mir einverstanden und schrieb noch vor kurzem, daß auch Erika selbst gar nicht abgeneigt sei, nächstens zu heiraten, daß sie dir sehr gewogen sei usw. Du sollst sehen, es macht sich alles! Sei nur nicht bange – und erspare dir alle Einwendungen – aber du bist doch ein dummer Junge – warum Geweine und Geheul, wenn du solche Sachen vorhast? Daraus brauchst du kein Geheimnis zu machen, deswegen hast du dich nicht abzuhärmen. Ich meinte, du dächtest an ganz andre Sachen.

313

Wir sind jetzt ganz gute Freunde, und nun mach auch gleich Anstalten zur Reise – für Reisegeld usw. werde ich schon sorgen. Ich sage dir, die Dirne ist schändlich reich! Du wirst einer der reichsten Leute in der ganzen Rheinprovinz, wenn du dich etwas zusammennimmst. Und nun mach dich aus dem Staube.«

Julius wollte noch etwas erwidern, da wurde die Tür des Comptoirs geöffnet, und der Buchhalter Weber, halb außer Atem, eilte ins Zimmer. »Fräulein Erika Thetralix mit ihrem Onkel, soeben aus der Schweiz angekommen, warten im roten Salon im Wohnhaus!«

»Gott sei Dank, da sparen wir die Reisespesen!« rief der Herr Preiss und stürzte hinaus. Julius stand wie vom Donner gerührt.

Der Herr Jammer war ein deutscher Biedermann. Was wollt ihr mehr? Ein Mann, und ein christlicher Mann, der etwas auf sein Vaterland hielt und auf seine Nation, der den Ruhm der Freiheitskriege noch nicht verdaut hatte. Der Herr Jammer war nicht viel größer und nicht viel kleiner wie viele seiner lieben Landsleute, er war fünf Fuß hoch, und er war stark und robust und von einnehmendem Äußern. Seine Stiefel waren blankgeputzt, er trug schwarze Pantalons, eine schneeweiße Weste, ein schneeweißes Halstuch, einen altmodischen Frack und einen Hut mit breitem Rand. In frühern Zeiten, als noch Rechtlichkeit und Ehrbarkeit in der ganzen Welt und also auch im Handel war, da hatte der Herr Jammer prosperiert, er besaß damals viel, und das war genug, um Ansehen zu erlangen, und der Herr Jammer war ein stolzer, feiner Mann damals. Als aber die bösen Tage kamen, wo man nicht länger mit dem alten Eselstrabe durch die Welt kam, wo die Konkurrenz des Auslandes den ehrlichen Herrn Jammer immer mehr in seinen industriellen Unternehmungen störte, da dachte er eines Morgens: ›Diese bösen Tage gefallen mir nicht länger‹ und setzte sich an sein großes Schreibpult, nahm Feder, Tinte und Papier und schrieb an seine geehrten Geschäftsfreunde also: »Meine Herren! Mit dem Gefühl des tiefen Schmerzes, aber mit dem Bewußtsein, daß Sie meine traurige Lage aufrichtig bedauern werden, mache ich Ihnen hierdurch die Mitteilung, daß es mir nicht länger möglich ist, ein Geschäft fortzusetzen, was ich mir schmeicheln darf, seit 25 Jahren mit seltener Umsicht und Ausdauer betrieben zu haben. Unglücksfälle aller Art haben mich erschüttert, und ich lade Sie daher auf Donnerstag, den 24. dieses, zu einer Versammlung in meinem Geschäftslokale ein, wo ich Ihnen beweisen werde, daß mir zwar die Ehre verbietet, länger in bisheriger Weise tätig zu sein, daß indes die Sachen keineswegs schlecht stehn und daß ich hoffen darf, Sie auf den vollen Betrag Ihrer respektiven Forderungen zu bringen. Genehmigen Sie, meine Herren, die hochachtungsvolle Empfehlung Ihres sehr betrübten, aber ergebenen Gottfried Jammer.«

Genug, der Herr Jammer war fallit, die Gläubiger begnügten sich mit 45 in 100 und mit dem Gefühl des tiefen Schmerzes; aber mit dem Bewußtsein, daß man seine traurige Lage allgemein bedauern werde, ging der Herr Jammer dann als Ehrenmann in das Geschäft seines reichen Schwagers, des Bankiers über, der ihm für 800 Taler jährlich ein neues Feld der Tätigkeit eröffnete, indem er ihm den wichtigen Posten des Buchhalters übertrug.

»Sic transit gloria mundi!« hatte der Herr Jammer oft auf das Löschblatt gekritzelt; denn an schönen Sommernachmittagen, wo er sonst als ein Notabler der Stadt mit den Damen aufs Land fuhr, stand er jetzt gewöhnlich auf dem Comptoir seines Schwagers, um die großen Kolonnen des Hauptbuches zu addieren. Die Sonne schien so lieblich durch die Lindenbäume ins Zimmer hinein auf das weiße Papier, es wurde ihm so wehmütig weltschmerzlich zu Sinne, und immer aufs neue ergriff er dann die Feder und schrieb auf das Löschpapier sein ewiges Ach: »Sic transit gloria mundi!«

Doch nur daheim zwischen den engen Mauern plagten den werten Herrn Jammer solch trübe Gedanken. Wenn die Comptoiruhr 7 geschlagen hatte, dann trat er hinaus in die Welt und in die Gesellschaft, und niemand konnte ihm dann verwehren, den alten Gentleman zu spielen, dessen Würde ihm stets noch im Busen thronte. Er zog dann ein Paar frischgewaschene Glacéhandschuhe an, band ein reines Vorhemdchen um und eine höhere Krawatte, und verbindlich höflich war seine Verbeugung, wenn er zu der Blüte der Kaufmannschaft ins Kasino trat. Die Matadore der Stadt wollten natürlich nichts mehr mit dem gefallenen Kollegen zu tun haben, sie wichen ihm aus und taten gewöhnlich, als wenn sie ihn gar nicht sahen; auch die alten Kreditoren des Herrn Jammer, die Männer von 45 Prozent, runzelten oft noch finster die Stirne, wenn der Herr Jammer sich lächelnd über das Billard bog und, mit Bonmots um sich werfend, die Karoline schnitt oder siegte in der Poule, gerade als ob nichts passiert wäre. Ein anderer würde außer Fassung gekommen sein – der Herr Jammer war aber ein zu großer Weltmann, als daß er sich nicht über dergleichen Kleinigkeiten hinweggesetzt hätte. Gewöhnlich begnügte er sich damit, ganz zufällig das Gespräch auf seinen Schwager oder dessen schöne Tochter zu lenken, und wenn er dann das Billardqueue in den Arm legte, sich steif emporrichtete, das halbe Kinn in die Krawatte steckte und im Laufe seiner Rede mit einer gewissen grimassenhaften Ernsthaftigkeit drei- oder viermal »mein Schwager, der Bankier« oder »meine Nichte Erika« ausgerufen hatte, dann verstummte auch plötzlich der Chor der Lästerer, und er brauchte nicht bange zu sein, daß man in den nächsten vierzehn Tagen seiner alten Sünden laut gedachte. Denn einen ebenso großen Respekt, wie die alten Leute vor dem Geldbeutel des Bankiers hatten, bewiesen auch die jungen vor der Schönheit seiner Tochter Erika, und unwillkürlich ging dieser Strahlennimbus auch auf den Herrn Jammer über.

Aber auch auf andere Weise wußte sich unser Freund noch Anerkennung in der Gesellschaft zu sichern, nämlich wenn das Gespräch die politischen Zustände des Vaterlandes berührte. Der Herr Jammer entfaltete dann sein ganzes Rednertalent und zeigte sich stets als ein so entschiedener Konservativer, daß er im Nu die ganze parfümierte Soldateska samt allen Bürokraten und wohlmeinenden Bürgern auf seiner Seite hatte. Es konnte nicht fehlen, daß er auch dann jedesmal das Gespräch auf die ruhmvolle Vergangenheit Deutschlands brachte, in schrecklichen Farben die Tage der Gefahr malte, die Sünden seines »persönlichen« Feindes, des korsischen Usurpators schilderte und seine Stimme bald zu ihrem ganzen Umfange erhebend, bald geheimnisvoll flüsternd das endliche Aufstehen, das Ringen und Siegen unseres Volkes in so kurzen, aber ergreifenden Zügen darstellte, daß ihm nie der gerechteste Beifall versagt wurde und alt und jung gestanden, daß die Meinungen des Herrn Jammer wenigstens auf einer historischen Basis ruhten und deswegen, trotz aller subjektiven Schwächen, Beachtung und Würdigung verdienten.

Wollte sich indes irgendein liberaler Antagonist noch immer nicht zufriedengeben und warf man dem Herrn Jammer ein, daß all dieser zugestandenen ruhmvollen Vergangenheit indes doch am Ende nur eine sehr mühevolle Gegenwart gefolgt sei, eine Gegenwart, unwürdig einer großen Nation, eine Gegenwart, die gerade recht beweise, wie sehr wir noch hinter allen andern Völkern zurück seien – dann kannte die Heftigkeit des Herrn Jammer keine Grenzen. Er sammelte sich einen Augenblick, kreuzte die Arme vor der Brust, erhob stolz sein Haupt, und wenn er aufs neue die verschiedenen Staatsformen zugunsten der Monarchie miteinander verglichen hatte, dann ging er plötzlich mit einer so gewaltigen Geläufigkeit auf die kleinsten Details des deutschen Lebens und Wirkens über, daß es bald für alle Gegner unmöglich wurde, wieder zu Worte zu kommen, und nur noch der Ausspruch des Herrn Jammer zu verstehen war, der ein über das andere Mal versicherte, daß der Deutsche sich kühn mit jedem Briten und Franzen messen könne. »Jedes Volk hat sein Eigentümliches, in dem es sich vor allen anderen auszeichnet«, rief er dann bisweilen. »Ich gebe zu, daß die englische Industrie größer ist als die unsere, daß das französische Theater besser ist als das deutsche – aber, meine Herren, haben wir nicht Eisenbahnen, haben wir nicht Preußischblau, haben wir nicht den Professor Liebig? Ach, der Professor Liebig! Ach, die deutsche Wissenschaft! Die deutsche Wissenschaft ist allein schon hinreichend, um alle Nationen der Welt vor uns erröten zu machen!« Und im Nu hatte sich der Herr Jammer in den gelehrten Leuten seiner Umgebung einen neuen Anhang erworben.

Mit dem Herrn Jammer war es in dieser Beziehung, nämlich die Gegenwart zu loben, anders, wie es gewöhnlich mit den Menschen ist, deren häusliche und Geschäftsverhältnisse zurückgehen und die sich dann nur in Klagen Luft zu machen wissen. Aber ein so kleinlicher Mensch war unser Freund nicht. Kummer über sein eigenes Mißgeschick konnte seine Begeisterung und Freude über die allgemeine Prosperität nicht verdunkeln. Nur in einem Punkt hielt er unsere Zeit für sehr heruntergekommen, und zwar in dem der Moral und der Pietät vor dem Langbestehenden. Die zunehmende Irreligiosität unseres Jahrhunderts stimmte ihn oft trübe und verdrießlich, denn der Herr Jammer war im eigentlichsten Sinne des Wortes fromm – er war religiös wie ein Engländer, er war ein christlicher Kaufmann. Wenn das Gespräch auf solche Dinge kam, da schüttelte er jedesmal mit dem Kopfe und »zu meiner Zeit, da war es so!« und »zu meiner Zeit, da war es anders!« – das war dann jedesmal der Anfang seiner Rede. »Jede Rose hat ihre Dornen«, sagte er auch wohl, »auch die Wissenschaft hat die ihrigen, und daß die Wissenschaft die Philosophie erfunden hat, das vergesse ich nicht bis an meinen Tod!«

Der Bankier kümmerte sich um die Reden und Meinungen seines christlich-patriotischen Schwagers nicht im geringsten; er war damit zufrieden, wenn der Herr Schwager für 800 Taler jährlich auf dem Comptoir seine Schuldigkeit tat. Die Stellung des Herrn Jammer, welche daher lange unbedeutend blieb, änderte sich erst, als der Bankier plötzlich in der vollen Kraft seines Lebens starb und seine einzige Tochter im Besitz eines großen Vermögens, eines blühenden, ausgedehnten Geschäftes zurückließ. Erika hielt ihren Onkel für einen alten Narr; da er aber der einzige war, der das Geschäft ihres Vaters von allen Seiten her kannte, so übertrug sie ihm gern die Regulierung sämtlicher Angelegenheiten. Mit dem Tode des Bankiers erlosch nämlich auch seine Firma, da Erika es vorzog, ihre Fonds in anderer Weise zu plazieren.

Die Abwicklung des Geschäftes hatte der Herr Jammer mit großer Gewissenhaftigkeit besorgt, und als die Ehre, welche ihm ein so glücklicher, prompter Erfolg seiner Bemühungen brachte, noch zu der Achtung kam, welche man schon früher an anderen Orten seinen politischen und religiösen Meinungen zollte, da stand er groß und herrlich in der Gesellschaft da, er fühlte, er war wieder der alte Ehrenmann – niemand erinnerte ihn mehr an das Mißgeschick früherer Jahre, selbst die einflußreichsten Leute neigten sich jetzt wohlwollend zu ihm herüber.

Nichts war daher natürlicher, als daß es der Herr Jammer für passend hielt, unter diesen günstigen Umständen auch für seine Zukunft etwas zu sorgen. Die Auflösung des Geschäftes war geschehen – es mußte etwas erfunden werden, was ihn aufs neue an seine reiche Nichte fesselte. ›Du willst ihr einen christlichen Gatten suchen!‹ sagte er zu sich selbst. ›Heiraten wird sie jedenfalls, geschieht dies aber ohne deinen Einfluß, so ist es leicht möglich, daß du ganz beiseite geschoben wirst. Hast du dagegen deine Hand dabei im Spiele gehabt, so ist nichts leichter, als auch dadurch zu profitieren.‹

Das Räsonnement des Herrn Jammer war sehr vernünftig. Der Herr Jammer war ein christlicher Kaufmann.

Von der Stunde an, wo dieser Entschluß gefaßt war, hörte unser Freund denn auch nicht auf, seiner schönen Nichte die verschiedensten Heiratsvorschläge zu machen. Aber ach, die stolze junge Dame wies alles mit Verachtung zurück. Schon geriet der dienstfertige Alte in einige Verlegenheit, da fiel ihm ein, daß am Niederrhein der Herr Preiss wohne, und sofort hatte er sich hingesetzt und seinem alten Bekannten einige Propositionen gemacht. Wir wissen bereits, in welcher Weise der Herr Preiss diese Vorschläge entgegennahm. Der Onkel hatte endlich seine Nichte überreden können, den Rhein hinunterzufahren – man hatte nicht weit von dem Etablissement des Fabrikanten ein Landhaus gemietet, und eifrig überließen sich die beiden schlauen Herren der süßen Beschäftigung, Sohn und Nichte einander zu nähern, um endlich das Ziel aller Wünsche herbeizuführen.

321

Wir treffen die beiden Alten an, wie sie Arm in Arm den Garten des Fabrikanten durchwandeln. Der Herr Preiss in langem, großem Rock, die kleine grüne Mütze mit breitem Schirm auf dem Kopf; der Herr Jammer im Frack, in feinster Wäsche, mit weißen Handschuhen und den Hut vorn auf der Stirn.

»Es war von jeher mein Wunsch, näher mit Ihnen verbunden zu sein!« sprach der Herr Jammer.

»Und so war der meine!« erwiderte der Herr Preiss.

»Nicht wahr, und es hat sich herrlich gemacht? Wer hätte das vor einigen Jahren gedacht. Ich will nichts über meinen verstorbenen Schwager sagen – er war ein gescheiter, tüchtiger Mann, Friede sei mit seiner Asche –, aber ich kann es ihm noch immer nicht vergeben, daß er stets mit dem Gedanken umging, seine einzige Tochter an einen Mann zu verheiraten, der nicht mit meiner Wahl übereinstimmte, bei dem nicht jene christlichen Grundsätze vorherrschend waren, welche ich für die Basis allen Familienglücks halte.«

Der Herr Preiss lächelte – er mußte immer lächeln, wenn man von christlichen Grundsätzen sprach.

»Da will es der Zufall, daß er in der Blüte seiner Jahre dahinsinkt. Ich hielt es für meine Pflicht, der armen Erika hinfort mit Rat und Tat zur Seite zu stehen, ihr ein zweiter Vater zu sein. Gott ist mein Zeuge, daß alle meine Bemühungen ihrem Interesse gewidmet waren, und um allem die Krone aufzusetzen, dachte ich zuletzt auch an eine Heirat, und ich dachte an Ihren lieben Sohn!«

»Werter Mann!«

»Erika ist natürlich mit allen meinen Plänen noch nicht vertraut, sie ist ein eigensinniges Mädchen, sie will stets ihrem eigenen Kopf folgen, und aus der ganzen Sache würde nichts werden, wenn ich ihr hintereinander alles sagen wollte. Nach und nach werde ich aber ihr Gemüt vorbereiten, und wenn auch Ihr lieber Sohn das Seine tut und nichts von jenen lieblichen Kleinigkeiten vergißt, wodurch man dem

322

schönen Geschlecht angenehm wird, so ist kein Zweifel mehr, daß Erika auf die Dauer zwischen diesen zwei Feuern erliegt.«

»Richtig bemerkt! Ich bin ganz mit Ihnen einverstanden! Ach, werter Freund, wie soll ich Ihnen für so viele Artigkeiten danken!«

Der Herr Preiss sprach diese letzten Worte mit so viel Ausdruck, mit so viel Wärme, daß jeder glauben mußte, es sei ihm recht eigentlich darum zu tun, die Freundlichkeiten des Herrn Jammer in eklatanter Weise zu erwidern. Wie aber allem, was Herr Preiss sagte, noch ein verborgener Sinn zugrunde lag, so war auch die eben gemachte Dankesbemerkung des schlauen Fabrikanten nicht ganz frei von tieferen Bezügen. Gerade so wenig, wie er nämlich auf christliche Grundsätze etwas gab, gerade so gut wußte er, daß heutzutage auch die heiligsten Angelegenheiten mehr oder weniger auf den Kommerz gestützt sind. Er nahm daher auch von vornherein an, daß der edle Freund Jammer für seine vielfachen Negoziationen über kurz oder lang so oder soviel Courtage verlangen werde, ja daß er, wenn es überhaupt in seiner Macht stand, das schließliche Gelingen des ganzen Planes eben von dieser Courtage abhängig machen werde, und unwillkürlich mußte sich das kommerzielle Herz des Fabrikanten danach sehnen, schon jetzt einige Andeutungen über den Preis zu erhalten, um welchen der Biedermann Jammer seine Nichte – verschachern wolle.

323   Unser Freund Jammer war aber alt genug im Handel geworden, um sich nicht so schnell in die Falle locken zu lassen; er kannte auch sehr gut die Anekdote jenes Schotten, der auf die Frage »What would you take?« – was würden Sie nehmen – stets nur »What would you give« – was würden Sie geben – antwortete, um immer seine Forderung nach dem vorher geschehenen Gebote regulieren zu können. Als der Herr Preiss daher in so verbindlichem Tone ausrief: »Ach, werter Freund, wie soll ich Ihnen für so viele Artigkeiten danken?«, blieb er plötzlich stehen und erwiderte:

»Nun wohl, wie würden Sie mir denn danken?«

Diese Antwort hatte der Fabrikant nicht erwartet, sie brachte ihn für einen Augenblick in Verlegenheit; es verdroß ihn, seine verborgensten Gedanken so schnell erraten zu sehen, und unwillkürlich wandte er sich seitwärts, um Zeit für eine Erwiderung zu finden, die keineswegs die Sache beendigen, nur ein zartes Einverständnis herbeiführen und den endlichen Schluß eines Kontraktes noch hinausschieben würde, denn mit der Zeit hoffte der gewandte Fabrikant seinen gefälligen Freund jedenfalls zu überlisten. Nach einem flüchtigen Besinnen faßte er daher den Entschluß, nichts zu antworten; um aber dadurch nicht den geringsten Argwohn bei seinem Gegner aufkommen zu lassen, gebrauchte er rasch eine jener kleinen, nie ohne Wirkung bleibenden Mittel, deren ihm so viele zu Gebote standen. Er verzog nämlich, indem er den Kopf langsam emporhob, sein Gesicht plötzlich zu einer der rührendsten Mienen, die je das Antlitz einer dankerfüllten Seele überflog; und ohne viele Mühe einige schwere, heiße Tränen improvisierend, die er mit Gewalt aus den Wimpern hervorbrechen ließ, schaute er dann den erstaunten Herrn Jammer mit seinen feuchten Augen freundlich-innig an und drückte ihm warm die Hand. Durch diese stumme, aber ausdrucksvolle Erwiderung wurde der Herr Jammer ebenso sehr überrascht wie der Fabrikant einen Augenblick vorher durch die seines Freundes.

›Es ist ein würdiger Mann!‹ dachte Herr Jammer. ›Er dankt mir von Herzen, ich werde schon mit ihm fertig – nur langsam, immer langsam‹, und dann das Gespräch zuerst wieder aufnehmend, um in einem zutraulichen Tone alle Anspielungen desto besser bemänteln zu können, fuhr er fort: »Ach, werden Sie nicht weich, lieber Freund – ich brauche keinen Dank – Ihr bester Dank würde mich nicht so belohnen als das schöne Bewußtsein meines uneigennützigen Wirkens.«

Der Herr Preiss merkte, daß er gesiegt hatte, und schritt vertrauensvoller vorwärts.

»Dies Bewußtsein ist meine schönste Belohnung«, fuhr der redselige Jammer fort. »Ich bin alt, ich brauche nicht viel des Irdischen mehr, meine letzten Tage sind den Menschen gewidmet, die ich liebe, die ich verehre. Ihnen gehören die Erfahrungen meines vielbewegten Lebens, ihnen gehören die Kenntnisse, die ich mir eifrig ringend zu erwerben wußte.«

Der Herr Preiss hätte beinahe laut aufgelacht.

»Liebe, mit der ich meiner teuern Nichte bisher zur Seite stand, wird auch ferner ihr gewidmet sein – sie wird auf Ihren Sohn ebenfalls übergehen, wenn der Himmel all unsere Absichten erfolgreich gekrönt hat.«

›Jetzt kommt es, jetzt rückt er heraus!‹ dachte der Herr Preiss.

»Das große Vermögen Erikas bringt manche Verpflichtungen mit sich, wer weiß, ob das junge Paar ihnen genügen kann. Ihr Sohn ist noch jung, sehr jung, die Verwaltung beträchtlicher Summen wird ihm Last genug machen. Sie sind von Ihrem eigenen Geschäft reichlich in Anspruch genommen, Sie werden Ihren Kindern schwerlich stets mit Rat und Tat an die Hand gehen können – da muß ich alter Mann dann wohl wieder herhalten und dergleichen Sorgen übernehmen. Aber, wie gesagt, ich werde es gern tun – mit Freuden – diese Sorge für andere wird der schönste Schluß meines Lebens sein.«

›Wir sind zur Stelle!‹ dachte der Herr Preiss.

»Schon jetzt habe ich allerlei Pläne entworfen, wie die Kapitalien Erikas am besten unterzubringen und zu verzinsen sind; wir werden uns bei mehreren Eisenbahnbauten beteiligen, bei Kanalunternehmungen und andern industriellen Spekulationen, die ich aus dem Grunde verstehe.«

»Natürlich!« murmelte der Herr Preiss und dachte unwillkürlich an die Jammersche Fallite von 45 Prozent.

»Auf diese Weise nütze ich dann andern und beschäftige mich selbst. Auch auf das Börsenspiel rechne ich mit Zuversicht!«

›O Gott!‹ seufzte der Herr Preiss.

»Aber darüber kann man sich später noch unterhalten, ich werde darüber Ihrem Herrn Sohn schon nähern Aufschluß geben. Die Hauptsache ist einstweilen, daß wir die Heirat nett und rund zustande bringen!«

»Versteht sich!« rief der Herr Preiss – er wußte genug. »Lassen Sie uns ins Haus zurückgehen.« Da standen die beiden Alten unter dem Fenster des Wohnhauses.

Höflich verneigte sich der Fabrikant, um seinen Freund in den Gartensaal treten zu lassen, wo die übrige Gesellschaft ihrer wartete, und schon hatte Herr Jammer den Fuß auf die Schwelle der Tür gesetzt, da drehte er sich noch einmal um, zog seinen Begleiter wieder zurück in den Garten und: »Noch eins, bester Freund«, murmelte er, »seien Sie aufrichtig, erklären Sie sich noch über einen Punkt –«

Aufmerksam spitzte der Fabrikant die Ohren.

»Glauben Sie wirklich, daß es Ihrem Sohn mit seiner Liebe ernst ist, glauben Sie, daß es sein ernstlicher Wille ist, meiner Nichte Herz und Hand anzutragen?«.

Der Fabrikant stutzte. »Ei natürlich! Der Junge ist halb toll vor Liebe, er ist verliebt bis über die Ohren – schon seit einem Jahre, er hat es mir selbst gestanden; seit er Erika in Ems sah, geht ihm die

Sache fortwährend durch den Kopf – er hatte aber früher nie den Mut, davon zu sprechen, und ging wie ein Mondsüchtiger im Hause herum, kein Mensch wußte, was ihm fehlte – er arbeitete nicht mehr, er tat nichts mehr, und ich hätte ihn gewiß geprügelt, wenn ich ihn nicht für wirklich krank gehalten hätte.«

Die Augen des Herrn Jammer blitzten vor Freude. »Nun, dann habe ich mich getäuscht. Es schien mir nämlich bei seinem neulichen Zusammentreffen mit Erika, als wenn ihm ganz andere Gedanken im Kopfe säßen, er war still, er war verlegen – ich weiß nicht –«

»Aber, lieber Herr, das ist ja das wahre Benehmen eines Verliebten, der seiner Sache noch nicht gewiß ist – ich kenne das genau – ich weiß es aus Erfahrung – nein, ich kann Ihnen versichern, daß mein Sohn der unglücklichste Mensch von der Welt sein wird, wenn ihn Erika zurückstößt.«

»Das verhüte Gott!« seufzte Herr Jammer, und beide traten dann in die Wohnung des Fabrikanten.

327

Oben aus den Fenstern des Hauses schaute aber ein prächtiger Mädchenkopf – es war Erika, die den Schluß der Unterredung deutlich vernommen hatte. Sie bog sich ins Zimmer zurück – ihre Wangen glühten – ihr Herz klopfte.

Der Notar war einer jener steifen, kahlköpfigen Gesellen, mit stieren Augen und aufgedunsenem Gesicht, die man mit einer großen Pfeife im Munde und der einen Hand in der Hosentasche am Abend in den deutschen Kasinos umherschleichen sieht. Sie postieren sich an irgendeine Ecke, wo jeder der Hereintretenden vorüber muß, und lassen keine Gelegenheit vorbeigehen, um die Neuigkeiten an den Mann zu bringen, an deren Verbreitung ihnen etwas gelegen ist. Auch treten sie der Reihe nach an die Whisttische, klopfen diesem Spieler vertraulich auf die Schulter und drücken jenem guten Freunde warm und bieder die Hand. Zu den Neuigkeiten, mit denen sie selbst aufwarten können, sammeln sie hier noch das, was andere wissen, indem sie sich ganz en passant nach Gott und aller Welt erkundigen und ihre Fragen stets so einkleiden, daß es jedem scheint, als läge ihnen eigentlich gar nichts daran, eine Antwort zu erhalten. Bei jedem Mittagessen, was die Gesellschaft gibt, sind sie zugegen, man sieht ihre Namen auf jeder Subskriptionsliste zu einem Konzert, zu einem Ball, und nicht selten ist es, daß man sie sogar zu dem Vorstand irgendeines Instituts erwählt oder ihnen die Anordnungen eines Festes vertrauensvoll in die Hände legt. Landpartien gehören zu ihrer besondern Leidenschaft, sie spielen da die Galanten und schließen sich nur den Damen an, indem sie die Frau Geheimrätin oder die Frau Assessorin scherzend und lächelnd am Arm durch die Gegend führen. Natürlich ist ihnen nichts lieber, als wenn dann eine alte, für geistreich geltende Dame laut ausruft: »Ach, Herr Notar, Sie sind doch noch immer dieser liebenswürdige Mann!« Sie schauen dann freundlich nach der andern Gesellschaft herüber, als wollten sie sagen: »Hört hört!« oder »Seht seht!« Und weiter geht es durch Wald und Feld, mit derselben Anmut, mit derselben Gesprächigkeit. Wird eine Angelegenheit in Gegenwart mehrerer Leute laut besprochen, dann tun sie, als ob ihnen die Bemerkungen des jüngern, unbedeutenden Personals, wenn sie auch noch so gut und vortrefflich sind, durchaus entgingen; sie antworten fast nie etwas darauf, und wenn es dennoch notwendiger weise geschehen muß, so schauen sie während ihrer Rede eine ganz andere Person an als die, an welche ihre Antwort eigentlich gerichtet ist. Sie halten es stets mit dem ältern, wichtigern Teil der Gesellschaft und verfehlen nie, gegen den Schluß der Debatte die verschiedenen Meinungen so zusammenzufassen, daß die meisten ihre Ansichten in dem Endurteil wiederfinden, sich zufriedengeben und dem Notar die Ehre des Haupt- und Totaleindrucks überlassen.

Eine große Gewandtheit besitzen sie darin, im Laufe einer Abendgesellschaft irgendeine allbekannte, gewichtige Person aus dem allgemeinen Kreise in eine einsame Fensterbrüstung zu bugsieren. Dort beginnen sie dann mit geheimnisvollen Gebärden und mystischem Geflüster eine lange, lange Unterredung, fast immer über die gewöhnlichsten Angelegenheiten, die man sehr gut im Beisein anderer behandeln könnte. Aber nein, daran ist ihnen nichts gelegen. Die Gesellschaft soll glauben, daß der Herr Notar nicht allein mit seinem Visavis auf sehr vertrautem Fuße stehe, sondern daß er auch stets einige wichtige Angelegenheiten im Kopfe habe, die ihm selbst inmitten einer frohen Gesellschaft nicht zu ruhen erlaubten. Während sie die Unterredung ins Blaue und Weite hinausspinnen, verfehlen sie nicht, von Zeit zu Zeit nach den nächsten Personen hinüberzuschielen, um sich zu überzeugen, daß man ihre Position auch wahrnehme.

Keiner weiß sich geschickter als sie bei der Ankunft irgendeines berühmten oder renommierten Fremden zu bewegen. Wie sie alles wissen, so erfahren sie auch gleich, wenn in diesem oder jenem Gasthofe ein bekannter Maler, Musiker oder Literat angekommen ist. Sie verfügen sich sofort an Ort und Stelle, drängen sich zu ihm, unterhalten ihn stundenlang, führen ihn in das Lokal der Gesellschaft, tragen seinen Namen in das Fremdenbuch ein – Herr Soundso, eingeführt durch Notar Soundso – und stellen ihn sofort den Notabein der Stadt vor.

Mit allen Klassen der Gesellschaft wissen sie sich gut zu halten, besonders kultivieren sie aber den Umgang mit den hervorragenden Ärzten, welche Zutritt zu den verschiedensten Familien erhalten, alles sehen, alles hören, was darin vorgeht, und sich bisweilen zu einigen vertraulichen Mitteilungen verleiten lassen. Der Politik sich keineswegs mit Begeisterung, sondern nur mit Klugheit hingebend, benutzen sie dieselbe einzig und allein zu Privatzwecken. Sie agitieren für Emanzipation der Juden, um es mit den reichen Israeliten der Stadt nicht zu verderben, und schwärmen für Preßfreiheit und Schutzzölle, weil ein großer Teil der Bourgeoisie dafür ist. Sind sie mit den Gegnern dieser Angelegenheit zusammen, so zucken sie natürlich die Achseln und versichern ganz das Gegenteil von dem, was sie an andern Orten behaupten, indem sie lächelnd hinzufügen, daß sie nur aus alter Freundschaft für diese und jene Person die Sache bisweilen betreiben müßten, konvenienzhalber, und da ja doch nichts daraus werde, so könne es einerlei sein, ob sie es täten oder nicht. Sie wissen alles herrlich auseinanderzusetzen und siegen fast immer durch die Würde und Biederkeit, mit der sie ihre Explikationen vortragen. 330

Unser Notar war ein vollkommenes Spezimen solcher Leute. Tätiger Intrigant, alles ausforschend, alles beklatschend, nie von einem allgemeinen Interesse hingerissen, keinen liebend, keinen offenbar hassend, alles für seine kleinlichen Zwecke benutzend, wie ein feister, glatter Blutegel seinem Profit nachwedelnd, aber immer ernst, immer gravitätisch, freundlich bei Höhern, kurz angebunden bei unter ihm Stehenden, stets Respekt verlangend, immer als Autorität auftretend und fast durchgängig gemein.

Wir treffen ihn am Abend im Kasino, wie er, die Pfeife im Munde, die eine Hand in der Tasche, neben einigen Kartenspielern steht, dem Anschein nach ganz in die Partie versunken. »Schlecht gespielt! Vortrefflich! – Trumpf!«, so ruft er ein über das andere Mal, so daß jeder denken muß, er sei mit Leib und Seele bei dem Spiel seiner Freunde gegenwärtig. Unwillkürlich schweifen seine Augen aber stets der Türe zu, und niemand tritt herein, den er nicht sofort im stillen notiert, um ihn im Laufe des Abends noch für irgendeine Erbärmlichkeit zu benutzen. Heute scheint er indes jemanden ganz vorzugsweise zu erwarten, er wird mit der Zeit sogar etwas unruhig und macht schon Anstalt, den Kartentisch zu verlassen und sich der übrigen Gesellschaft anzuschließen.

331

Da öffnet der Portier aufs neue wagenweit die Tür des Saales, und herein schreitet in seiner Majestät der Fabrikant, der Herr Preiss – den großen Rock und die grüne Mütze mit breitem Schirm ließ er zu Hause, er trägt Frack und Hut und feinere Wäsche als gewöhnlich.

Die Augen des Notars schimmern vor Freude: das ist der Mann, den er erwartet. Er wünscht sofort der Kartengesellschaft einen vergnügten Abend und verfügt sich an die andere Seite des Saales. Schon will er auf seinen Freund losschießen, da bemerkt er, daß mit dem Fabrikanten noch ein Fremder hereingetreten ist. Die beiden scheinen sich sehr gut zu kennen, der Herr Preiss ist voller Artigkeiten, der Fremde lächelt und scheint sich sehr zu freuen über eine so ehrenwerte Versammlung. Der Notar tritt wieder in den Hintergrund. Eine halbe Stunde vergeht, und es findet sich noch immer keine Gelegenheit, zum Ziele zu gelangen. Endlich schaut der Fabrikant seitwärts, und ein bedeutsames Nicken des Notars ist hinreichend, um seine Aufmerksamkeit auf der Stelle zu fesseln. Er entschuldigt sich bei seinem Freunde und eilt dem Notare entgegen. Warm einander die Hände drückend, treten sie in eine Ecke des Saales.

»Sie haben mir einen großen Dienst erzeigt!« rief der alte Preiss.

»Seien Sie still, werter Freund, Sie wissen, daß ich Ihnen gern gefällig bin.«

»Nun, ich werde mich schon erkenntlich zeigen.«

»Schweigen Sie doch – sagen Sie mir lieber, was Sie mit dem Baron ausgerichtet haben.«

»Nichts habe ich ausgerichtet, dieser Stockpatrizier ist hartnäckiger, als ich dachte, er will sich zum Verkauf seiner Besitzungen nicht verstehen, und wenn Sie mir nicht weiterhelfen, so wird aus der ganzen Sache nichts. Vor allen Dingen müssen Sie mir sagen, weswegen der Baron grade in diesem Augenblick in so großer Verlegenheit ist.«

»Verlegen ist er, weil ich ihn in Verlegenheit gebracht habe, um Ihnen zu nützen.«

332

»Ach, Sie sind sehr gütig – also haben Sie selbst Forderungen an die d'Eyncourts?«

»Keineswegs, aber hören Sie. Der Baron, nachdem er sein ganzes Vermögen durchgebracht und nur noch im Besitz des alten Schlosses und seiner nächsten Umgebung blieb, die übrigens auch fast ganz verschuldet sind, wandte sich an einen ihm von früher her sehr befreundeten, reichen Bankier und erhielt von ihm mehrere bedeutende Summen. Dies war vor ungefähr zehn Jahren. Der Baron, als ein gottloser, leichtsinniger Mann, ließ seit dieser Zeit nichts mehr von sich hören, es wurde ihm mehrere Male in der höflichsten Weise geschrieben, man brachte auch diese alte Schuld in Erwähnung, aber alles ohne Erfolg. Da sandte mir der Herr Bankier vor ungefähr zwei Jahren die Scheine und Quittungen seiner Vorschüsse mit dem Bemerken ein, daß ich jede passende Gelegenheit benutzen solle, um wenigstens einen Teil dieser Schulden wiederzuerlangen. Man wollte indes keineswegs, daß ich den Baron ernstlich darum anginge, man zog es vor, lieber den ganzen Betrag zu verlieren, als den ohnehin schon unglücklichen Mann in neues Unglück zu stürzen.«

»In der Tat ein sehr menschenfreundlicher Herr, dieser Bankier.«

»Gewiß! Und die Sache ist daher auch geblieben, wie sie war. Da ich alle Geldangelegenheiten des Barons zu besorgen habe und sehr gut weiß, wie es darum steht, so habe ich mir nie die Mühe gegeben, jene Scheine zu präsentieren. Da will es indes der Zufall, daß der Bankier plötzlich stirbt, ohne über seine Vermögenssachen die geringsten Instruktionen zurückzulassen. Es fiel mir jetzt auf der Stelle ein, daß den Erben dieses Mannes wahrscheinlich nicht so sehr viel an der Ruhe des Barons gelegen ist und daß ich jetzt mit ruhigem Gewissen meine frühern Vorschriften überschreiten und dem Baron in andrer Weise als bisher entgegentreten kann. Ich scheute mich um so weniger, dies zu tun, weil an dem Manne doch wenig Freude mehr zu erleben ist und weil ich andernteils hoffen durfte, ihn zu dem Schritt zu zwingen, den wir eben beide im Auge haben, nämlich ihn zum Verkauf seiner letzten Besitzungen zu bewegen.«

»Sehr richtig, Herr Notar, sehr richtig!«

»Ich ließ daher keine der letzten Wochen vorübergehen, ohne dem Baron zu wiederholen, daß die Erben des verstorbenen Bankiers immer heftiger auf Tilgung dieser alten Schulden antrügen und daß man mir den Auftrag gegeben habe, ihn gerichtlich zu verfolgen, falls die Sache nicht bald im guten beendigt werde. Dies geschah natürlich nur rein aus Gefälligkeit gegen Sie, Herr Preiss!«

»Sie wissen, Herr Notar, ich bin Ihnen unendlich verbunden.«

»Ich hatte erstens, wie Sie sehen, gar nicht nötig, gar nicht den Auftrag, den alten Baron zu belästigen, und zweitens, wenn dies dennoch der Fall gewesen wäre, so würde ich doch noch eine Quelle aufgefunden haben, aus der die Not des Barons hätte gestillt werden können, ohne daß er seine letzten Güter zu verkaufen brauchte.« »Ich verstehe Sie ganz, Herr Notar!«

»Die Sache liegt also jetzt so, daß wir fortfahren müssen, den Baron zu zwiebeln und zu zwacken, indem wir ihm alle Rettungsmittel unzugänglich machen – wahrscheinlich wird er sich dann in kurzem ergeben. Sie bekommen das Schloß, Hof und Garten zu einem billigen Preise, die Erben des Bankiers erhalten ihr Geld, und ich mache die betreffenden Akten. Der Baron ist dann natürlich sehr geprellt – aber das macht ja weiter nichts; wenn der Betrag meiner Forderung und die sonstigen Schulden, welche auf dem Schlosse haften, von der Verkaufssumme in Abzug gebracht sind, so bleiben ihm auch noch einige hundert Taler, mit denen er sich dann drücken kann.«

»Es ist aber doch ein wahrer Jammer, daß Sie nicht geradezu den Auftrag haben, die Sache als eine reine gerichtliche zu behandeln.«

»Es ist wahr, wir würden dann gleich am Ziele sein, wir würden dann mit dem Baron schnell fertig werden, aber vielleicht wäre dies doch nicht in Ihrem Interesse, die ganze Angelegenheit würde dann publik, und Sie könnten bei der Versteigerung des Gutes einige Mitbieter finden, die den Ankaufspreis unfehlbar verteuern würden. Nein, ich glaube, daß es am besten ist, ganz unter der Decke zu lavieren. Der Baron findet nirgends Geld – ich fahre fort, ihm im Namen jener Erben zu drohen, und es sollte mich sehr wundern, wenn er das noch lange aushielte, denn offenbar fürchtet er auch, die Sache öffentlich werden zu lassen, und zieht es vor, sie in aller Stille zu beendigen, was wenigstens dann dem Adel seines Namens nichts schadet.«

»Das ist ganz vortrefflich, aber da fällt mir noch etwas ein: Sollte es nicht möglich sein, den Erben jenes Bankiers die Forderungen an den Baron abzukaufen – dazu wäre ich gern bereit, vielleicht macht sich das unter diesem oder jenem Vorwand, und jedenfalls sind wir dann unsrer Sache gewiß.«

»Sie haben recht!«

»Nicht wahr? Statt Ihrer fingierten Drohungen im Namen der menschenfreundlichen Erben machen wir dann einen sehr kategorischen Sturm von seiten meiner werten Persönlichkeit Friedrich Preiss!«

»Allerdings!«

»Und was glauben Sie – sollten diese Erben meinem Beutel widerstehen können, sollten sie nicht mit Vergnügen den Baron zugrunde gehen lassen, wenn ich ihnen ein paar tausend Taler blank auf den Tisch zähle?«

»Es ist möglich genug!«

»Gewiß ist es möglich – Sie kennen das ebensogut wie ich – ach, über die Menschenfreundlichkeit! Dummes Zeug! Sagen Sie mir nur, wer diese Erben sind!«

»Es sind die Erben des Baseler Bankiers Thetralix!«

Es hätte nicht viel gefehlt, und der Herr Preiss wäre bei diesen Worten des Notars vor Freude der Länge nach auf die Erde gefallen.

»Um Gottes willen! Die Erben des Baseler Bankiers? Lassen Sie sich umarmen, mein Freund, kommen Sie an meine Brust, es ist alles in Ordnung – es ist alles richtig – ach du lieber Himmel, weshalb haben Sie mir das nicht gleich gesagt?«

Der Notar blickte seinen Freund verwundert an.

»O Zeus Kronion, o Vater Abraham – freuen Sie sich doch, Herr Notar, es ist alles in Ordnung – aber Sie irren sich: der Baseler Bankier hat keine Erben, sondern er hat nur eine einzige Erbin – und diese Erbin wohnt zu Hause bei mir seit einigen Tagen – ein bildschönes Frauenzimmer – und sehen Sie dort, sehen Sie dort hinten in der Ecke den Menschen im Frack mit weißer Weste und weißem Halstuch, sehen Sie doch den Biedermann an – der Mensch ist ein Schaf, ein Esel, aber das macht nichts – es ist der Herr Jammer, der Schwager des verstorbenen Bankiers, der Onkel seiner Erbin, der Kurator der Masse, der Herr Jammer, der eben mit mir hereingetreten ist, mein spezieller Freund, mein Intimus, sehen Sie doch!«

Es war am Sonntagnachmittag. Die Arbeiterfamilie Martin verließ ihre Wohnung und wanderte durch das Stadttor hinaus ins Freie. »Komm, komm, liebes Gretchen«, rief Eduard, »ich gebe dir meine rechte Hand, die Mutter gibt dir die linke, und Marie geht hinter uns her und freut sich darüber, wie hübsch du dich zwischen ihr und mir ausnimmst.« Da standen die guten Leute am Ufer des Stromes und schritten die weiße, staubige Landstraße hinauf, von der man links hinab Spinnereien und rechts in die Blüten der Weingärten sah.

Eduard hatte sich danach gesehnt, die Berge und Täler seiner Heimat nach so langem Getrenntsein einmal in ihrer ganzen Herrlichkeit wiederzusehen, und heute wölbte sich auch ein so prächtiger Himmel über die ganze Gegend, daß Strom und Hügel wie mit tausend neuen Farben zu leuchten schienen.

»Glaubst du nicht, Eduard«, fragte Gretchen, »daß die Welt am Sonntag viel schöner ist wie an jedem andern Tage?«

»Weshalb meinst du das, liebes Kind?« erwiderte der große Bruder.

»Weil am Sonntag so viele Menschen spazierengehen, die sich in der Woche nie an den Bergen und Feldern erfreuen dürfen.«

»Ach so, du glaubst, daß die ganze Welt sich für verpflichtet hält, am Sonntag noch einmal so schön zu sein, weil wir Arbeiter dann darin herumspringen können?«

»Gewiß!«

»Es ist möglich, daß du recht hast. Jedenfalls sind dann aber die Berge und die Wälder und die Vögel und auch der Rhein und hier die Gärten und oben die Sonne viel höflicher und teilnehmender als die meisten Menschen, die uns jetzt in ihren hübschen Karossen entgegenfahren und die uns kaum eines Blickes würdigen, wenn sie im Galopp an uns vorüberfliegen.«

»Das sind ja aber auch die reichen Leute, lieber Eduard!«

»Jawohl, die reichen Leute! Aber die hätten doch gerade am meisten Ursache, sonntags freundlich gegen uns zu sein. Wenn wir die ganze Woche für sie gearbeitet haben, da sollten sie am Sonntag recht eigentlich darauf bedacht sein, uns das Leben einmal sehr angenehm zu machen, um uns für unsere vielen Gefälligkeiten zu belohnen.«

»Das ist wahr, und wenn ich reich wäre und viele Arbeiter in meinem Dienst hätte, ich machte es gewiß so.«

»Nicht wahr, du ließest schon früh am Morgen deinen Wagen vor die Tür der Arbeiter fahren, und jung und alt müßte hineinsteigen, und wer nicht mehr im Wagen Platz fände, der erhielte ein Billett für das Dampfschiff, um den andern zu Wasser nach dem Orte nachzufolgen, wo man für den Tag das Ziel der Landpartie bestimmt hätte.«

»Ganz recht, und auf dem Dorfe, wo wir alle zusammenträfen, da ließe ich im Freien unter Linden- oder Akazienbäumen große Tische aufsetzen mit einem schneeweißen Linnen darübergedeckt und rechts

337

338

und links Stühle und Bänke, damit sich jeder recht bequem niederlassen könnte.«

»Und dann ließest du Milch und Brot und Kaffee und Schinken und Wein und alles auftragen, was ein reicher Mensch so leicht mit seinem vielen Gelde kaufen kann.«

»Und dann stellte ich mich selbst oben an den Tisch und sagte: Nun fangt an zu essen und zu trinken nach Herzenslust.«

»Und das täten die Leute auch gewiß!«

»Und ließen es sich sehr gut schmecken; und wenn wir endlich fertig wären, dann machte ich den Vorschlag, daß wir hinauf in die Berge zögen, um rechts und links alle Blumen zu pflücken, die am Wege ständen, aus denen dann die Mädchen Kränze und Girlanden winden müßten, um einander zu schmücken, als wären sie lauter kleine Königinnen.

Hätte man dann endlich den Gipfel des Berges erreicht, dann setzte man sich einen Augenblick nieder, um hinab in den Rhein zu blicken oder hinaus in die weite Ferne, und die älteren Leute unterrichteten die jüngeren über vieles, was rings in der Landschaft vor Jahren vorgefallen; man zeigte sich die Kirchtürme entfernter, unbekannter Orte und wünschte sich Siebenmeilenstiefel, um mit einem Sprunge von der Spitze des Berges bis hinüber auf den Kölner Dom springen zu können.

Und hätten wir uns an allen Herrlichkeiten sattgesehen, da schauten wir uns nach einem schönen Tale um, das einen grünen Rasenfleck hätte und rings von dunklen Tannen eingeschlossen sein müßte.

Nicht wahr, und in dies Tal liefen wir dann allesamt hinunter, und einer von den Jungen, der die Geige oder die Flöte spielen könnte, müßte dann den lustigsten Walzer beginnen, und keinen Augenblick dauerte es, da wäre auch schon alles am Tanzen – nur die alten Leute legten sich ruhig in die gelben Butterblumen, die Männer steckten ihre kleinen Pfeifen an, die Frauen besserten die Kränze wieder aus, die beim Tanze etwa auseinanderflögen – und alles müßte sich totlachen, wenn bisweilen jemand mit dem Fuß im Grase hängenbliebe, plötzlich strauchelte und samt seiner Tänzerin auf den Boden fiele.

Ach, Eduard, das wäre herrlich – und so tanzte und lachte man dort, bis es Abend würde. Dann zögen wir wieder zurück an den Rhein und riefen unterwegs in jede Schlucht, in jedes Tal hinein, um zu hören, ob das Echo auch so gefällig wäre, uns zu antworten.

339

Und da wir uns alle im Singen geübt hätten, so stimmten wir denn am Ufer des Stromes einen herrlichen Choral an,

›Wir winden dir den Jungfernkranz
Mit veilchenblauer Seide –‹

oder:

›Seht den Himmel, wie heiter!
Laub und Blumen und Krauter –‹

und endlich würde es ganz dunkel, und die Nacht käme und blickte mit ihren Millionen Sternen freundlich auf uns hernieder, und während man sich hier Märchen und Geschichten erzählte, erkundigte man sich dort danach, wie dieser und jener Stern heiße.

Und langsam machte man sich auf den Heimweg, indem man noch einmal im Vorüberziehen all die schönen Hügel und Gärten grüßte, die man am Morgen mit so freudigem Herzen durchzog, und langte man wieder zu Hause an, da träumte man die ganze Nacht von Rosen und Nachtigallen, und die Arbeit der ganzen folgenden Woche würde noch einmal so gern und rasch beendigt, wenn man an das zurückdächte, was man an dem einen Sonntag erlebte.«

Gretchen schwieg und schaute mit wehmütigem Blicke an dem großen Bruder hinauf. »Was meinst du, Eduard, sollte es dem Herrn Preiss wohl je einmal einfallen, seinen Arbeitern einen solchen Spaß zu machen?«

Ein spöttisches Lächeln zuckte um die Lippen des jungen Arbeiters. Er hob sein Schwesterchen zu sich empor und küßte es. »Und es ist auch gar nicht nötig, daß dem Herrn Preiss so etwas einfällt – wir wollen uns keine Gefälligkeiten von ihm erteilen lassen. Vielleicht kommt bald einmal die Zeit, wo wir auch ohne den Herrn Preiss unsres Lebens froh werden!«

Da standen die Spazierenden auf dem Gipfel einer kleinen Anhöhe, wo im Schatten eines dicht belaubten Nußbaumes eine Bank angebracht war, von der man über den Fußweg hinweg hinaus in die Gegend blicken konnte.

»Du hast uns noch nie erzählt, was die englischen Arbeiter am Sonntag anfangen!« bemerkte die Mutter, indem sie sich zu ihrem Sohn setzte.

»Das ist leicht zu erzählen«, erwiderte Eduard. »Manche gehen wie wir spazieren, die Männer mit ihren Frauen, die jungen Leute mit ihren Geliebten. Auf den Feldern spielen sie Ball, laufen in die Wette oder boxen sich, daß einem angst und bange dabei wird. Viele haben 341 sich indes am Samstag, wo sie die Löhne ausgezahlt erhielten, schon von vornherein so sehr berauscht, daß sie entweder den ganzen Sonntag schlafen oder doch in einer solchen Stimmung sind, daß ihnen nichts erwünschter ist, als in kleinen, entlegenen Schenken den Trunk auch den ganzen Sonntag durch fortsetzen zu können. Diese Spazierenden und Trinker lassen indes gern ihre Liebhabereien fahren, wenn sie hören, daß in irgendeinem großen Saale oder auf einem freien Platz innerhalb oder vor der Stadt eine Versammlung gehalten wird, in der man Sachen zur Sprache bringen will, welche die Arbeiter interessieren können.

Ist eine solche Versammlung durch Plakate an den Straßenecken angezeigt, da finden sich die Arbeiter nicht selten zu der festgesetzten Stunde in ganzen Scharen an Ort und Stelle ein. Man schlägt irgendeinen Mann vor, der bei der Zusammenkunft präsidieren soll, und ist dieser durch das Aufheben der Hände erwählt und bestätigt, da eröffnet er in einer kurzen Rede, welche Gegenstände heute besprochen werden sollen. Diese Sachen sind dann entweder, wie man der Habsucht der Fabrikanten widerstehen will, oder ob es nicht gut wäre, in betreff dieser oder jener Angelegenheit eine Bittschrift an die Regierung zu entwerfen, um sie auf irgendein Leid der Arbeiterwelt aufmerksam zu machen, oder man spricht darüber, wie verderblich der Trunk auf die Arbeiter wirke und daß man den Schnaps und das Bier lieber durch Tee und Kaffee ersetzen solle, oder man fordert die Versammlung dazu auf, durch wöchentliches Einzahlen einiger Pfennige eine gemeinschaftliche Kasse zu bilden, aus der dann später alle die unterstützt werden sollen, welche durch Krankheiten in ihrer Arbeit und in ihrem 342 Verdienst unterbrochen werden. Und hundert ähnliche Maßregeln können bei solchen Zusammenkünften besprochen werden.

Hat der Präsident die Versammlung mit dem, was dem gegenwärtigen Tage gilt, bekanntgemacht, da treten dann die Redner auf, welche die Sache nach allen Seiten hin auseinandersetzen und entwickeln, um einem jeden in der Versammlung alles klar und deutlich zu machen. Diese Redner sind ganz gewöhnliche Arbeiter, die sich aber durch jahrelange Übung so sehr an öffentliches Sprechen gewöhnt haben, daß zwischen ihrem und dem Vortrag der gelehrtesten und gewandtesten Herren gar kein Unterschied ist. Jeder, der Einwendungen gegen das Vorgebrachte zu machen hat, bittet sich vom Präsidenten dann ebenfalls das Wort aus und nimmt sofort die Rednerbühne, welche im Freien aus einer Karre oder einem Holzstoß, einer etwas hohen Treppe oder ähnlichen Erhöhungen besteht, für sich in Beschlag, um auch das Seinige zum besten zu geben. Hat man so hin und wieder die Sache besprochen und scheint es endlich, daß der Gegenstand erschöpft und hinlänglich erläutert sei, da faßt der Präsident das Gesagte kurz zusammen und richtet die Frage an die Versammlung, ob man dieses tun oder jenes nicht tun solle usw., und die ganze Versammlung hat dann durch das Aufheben der Hände ihre Entscheidung abzugeben, bei welchem Akte dann wie natürlich die Majorität siegt.«

»Das ist aber herrlich! Solche Versammlungen müßten wir hier im Lande auch anfangen!«

»Leider würde uns die Polizei nur gar zu rasch auseinanderjagen; solche Sachen sind nur in England erlaubt.« »Das ist schade! Wir könnten sie hier gut gebrauchen, und ich setze den Fall, daß es uns gestattet wäre, da könnten wir also gleich eine Versammlung halten, wenn uns der Herr Preiss etwa die Löhne heruntersetzt oder uns sonst übervorteilen wollte?«

»Gewiß! Und wir würden einstimmig den Entschluß fassen, daß es durchaus nötig sei, dem Herrn Preiss sein Vorhaben als ein widerrechtliches und niederträchtiges vorzuwerfen, und daß wir ihm unsre ganze Unzufriedenheit zu erkennen geben müßten.«

»Und wenn der Herr Preiss sich wenig an eine solche Erklärung kehrte – wie dann?«

»Da hielten wir eine zweite Versammlung und beschlössen eine Petition an die Regierung, in der wir unsre ganze Lage schildern und auf das nichtsnutzige Treiben des alten Fabrikanten aufmerksam machen würden.«

»Und glaubst du, daß dann unserm Elend abgeholfen würde?«

Eduard erhob sich von der Bank. »Liebe Mutter, ich glaube nichts! Aber wie kommt es, daß unsre Marie heute so still ist?«

Eduard wandte sich zu seiner älteren Schwester, faßte ihre Hand und blickte ihr fragend in die großen, dunklen Augen. »Wenn man von den englischen Arbeitern erzählt, so solltest du gewiß zuhören, das muß auch dich interessieren; übrigens habe ich dir auch versprochen, daß du etwas von den Arbeiterinnen erfahren sollst, und ich muß dir gestehen, daß ich die jungen Mädchen jenseits des Kanals recht liebgewonnen habe.«

»Nicht wahr, die Engländerinnen haben alle blonde Haare?« fragte Marie und fuhr empor, als wenn sie aus einem Traum erwachte. 344

»Keineswegs! Du findest ebenso viele schwarze Locken wie blonde, namentlich, wenn du in einen Ort kommst, in den herüber von der Emerald Isle ein Strom des heißesten irländischen Blutes floß. Diese irisch-englischen Mädchen solltest du sehen! In den Meetings der Arbeiter setzen sie sich gewöhnlich auf die Tribüne rings um den Redner herum, ein Blumenkranz um eine rauschende Eiche. Und wenn die Debatte heißer und wilder wird und der Donner eines gewaltigen Wortes plötzlich in allen Ecken und Winkeln des Raumes widertönt, wenn alle Männeraugen da unten zu blitzen und zu funkeln beginnen, wenn sich die Fäuste ballen und der Zorn empörter Seelen sich mit einem Male in einem grellen Fluch, in einem Schrei der Entrüstung oder in einem tiefen, dumpfen Seufzer Luft macht, wenn der Redner an der immer steigenden Bewegung seiner Zuhörer merkt, daß er den Fleck getroffen hat, in dem alle Herzen zusammenpochen, und jetzt immer aufs neue bald mit dem Brausen eines Kataraktes, bald mit dem Schmettern einer Trompete seine Worte hinunter in die Versammlung schleudert, so daß ihm bald nur ein schallendes Echo von Beifall und Bewunderung in immer rauschendern Wogen entgegenbrandet, da fahren auch endlich die Frauen und Mädchen von ihren Sitzen empor, Locken, Tücher und Hüte fliegen, und mit Entzücken sehen die Männer, daß ihre Kinder, ihre Frauen und Geliebten aus demselben Fleisch und Blut wie sie geschaffen sind, aus demselben Feuer, was einst allen Mörsern und Kanonen der Welt widerstehen wird!

Lache mich nicht aus, Marie! Was ich erzähle, ist die reine Wahrheit. In England sind die Weiber schon so weit gekommen, daß sie auch im öffentlichen Leben Hand in Hand mit ihren Männern gehen, und 345 es ist nicht selten, daß sie außer diesen Versammlungen, in denen sie gemeinsam deliberieren, auch noch Meetings unter sich halten, in denen sie sich gegenseitig verpflichten, ihre Männer auf jede Weise noch mehr aufzureizen und sie in ihren Unternehmungen wie wahre Heldinnen zu unterstützen und aufrecht zu erhalten. Mit Lords und Ministern gehen diese kühnen Weiber in solchen Augenblicken um, als wären es nur ebensoviel Strohkerle und Stöcke; sie stimmen darüber ab, ob man nicht der kleinen Schlange, dem Lord John Russell, einen höchst impertinenten Brief schreiben solle und ob es nicht gut wäre, dem Chartisten Feargus O'Connor in einer glänzenden Adresse die ganze Liebe und Bewunderung der weiblichen Bevölkerung des Königreichs an den Tag zu legen.

Ich weiß nicht, ob du wohl von dem großen Kriege gehört hast, der in alten Zeiten einmal die Welt in Bewegung setzte. Da gab es zwei große Völker, die Cimbern und Teutonen genannt, die rannten am Fuße der Alpen mit den fürchterlichen Römern zusammen. Lange Zeit schwankte der Sieg, aber endlich sanken die Teutonen vor den breiten Schwertern der Römer, und als alle geschlagen und vertrieben waren und die Römer schon glaubten, daß jede Gefahr überstanden sei, sieh, da zogen auf einmal noch die Weiber heran, und es wehrte sich noch das letzte Weib.

So wird es auch mit den englischen Weibern und den Arbeitern sein, wenn der große Kampf zwischen Arbeitern und Herren einst schwanken sollte – aber wahrscheinlich werden die Weiber gar nicht zu helfen brauchen, die Männer werden die Sache schon alleine machen!«

346

Biographie

1822   *17. Februar:* Georg Weerth wird als Sohn eines Generalsuperintendenten in Detmold geboren.

1830   Eintritt in das Gymnasium in Detmold.

1836   Abschluß des Gymnasiums mit der Sekundarreife.

September: Beginn einer kaufmännischen Lehre bei der Firma J. H. Brink und Comp. in Elberfeld.

Tod des Vaters und der Schwester Charlotte.

Vermutlich erste Kontakte zu Friedrich Engels.

1837   Kontakt zu Ferdinand Freiligrath, der aus dem Nachbarhaus in Detmold stammte.

1838   Bekanntschaft mit Hermann Püttmann.

Es entstehen erste (unveröffentlichte) Gedichte.

1839   Weerth sucht nach einer Stelle in Buenos Aires. Er nimmt das Angebot der Firma des Grafen Meinertshagen in Köln für eine Stelle als Buchhalter an.

1840   Beginn der Arbeit als Buchhalter in Köln (bis 1842).

1841   Am Kölner Karneval nimmt Weerth als Don Quichote teil.

Als erste Veröffentlichung erscheint »Der steinerne Knappe« (in »Tausend und eine Rheinsage«).

März: Weerth äußert den Wunsch zu einer Auslandsreise, der jedoch nicht erfüllt wird.

Sommer: Besuch von Hermann Püttmann in Köln, mit dem Weerth Freundschaft schließt.

Jahresende: Friedrich aus'm Weerth bietet ihm eine Stelle als Korrespondent in seiner Firma in Bonn an. Weerth nimmt an.

1842   *Januar:* Weerth wird aus dem Vertrag mit dem Grafen Meinertshagen entlassen und übernimmt seine Aufgabe in Bonn.

Besuch von Vorlesungen über Kunst und Literatur an der Universität Bonn.

Weerth unterhält Beziehungen zu Johann Gottfried Kinkel und wird Mitglied in dessen »Maikäferbund«. Zugleich Kontakte zum Dichterkreis um Karl Simrock.

1843   *Februar:* Erste Veröffentlichungen in der »Kölnischen Zeitung« durch Vermittlung von Hermann Püttmann, der dort Feuilletonchef geworden ist.

Mai: Weerth beteiligt sich an der Kampagne für Pressefreiheit und Emanzipation der Juden.

Konflikt mit Friedrich aus'm Weerth, nachdem Weerth Informationen aus einem vertraulichen Brief des Oberbürgermeisters weitergegeben und damit dessen Opportunismus offengelegt hat. Weerth verläßt die Firma und sucht nach einer Anstellung in England.

September: Reise nach London, wo er vergeblich versucht, eine Anstellung zu finden.

November: Durch Vermittlung von Georg Gruber erhält Weerth eine Stellung in der Textilfirma Th. Passavant und Comp. in Bradford (England). Er wird mit der hochentwickelten industriellen Produktion bekannt.

Dezember: Nach kurzem Aufenthalt in Detmold verläßt Weerth Deutschland und siedelt nach Bradford über.

Entstehung der ersten Teile der späteren »Skizzen aus dem sozialen und politischen Leben der Briten«, die als Englandberichte in der »Kölnischen Zeitung« veröffentlicht werden.

Erste Konzeption eines Romans, der unvollendet bleibt.

1844   *Frühjahr:* Besuch bei Friedrich Engels in Manchester und Beginn einer engen Freundschaft. Engels charakterisiert ihn später als den »erste(n) und bedeutendste(n) Dichter des deutschen Proletariats«.

Weerth lernt sozialistische und kommunistische Ideen kennen und beschäftigt sich mit den Problemen des englischen Proletariats. Bekanntschaft mit dem englischen Chartismus und seinem Führer Robert Owen, mit Julian Harney und Feargus O'Connor, Joseph Rayner Stephens und John Jackson.

Studium der Schriften von Feuerbach, Smith, Malthus, Ricardo und MacCullochs.

Weerth veröffentlicht einige Gedichte und Reportagen in verschiedenen Zeitungen und Zeitschriften und setzt die Englandberichte für die »Kölnische Zeitung« fort.

1845   »Lieder aus Lancashire« erscheinen im Elberfelder »Gesellschaftsspiegel« (bis 1846).

Arbeit an den »Humoristischen Skizzen aus dem deutschen Handelsleben« und an dem Romanfragment »Scherzhafte

Reisen«.

Sommer: Fahrt nach Brüssel und Treffen mit Karl Marx, Heinrich Bürgers und Moses Heß.

Auf der Rückreise Begegnung mit Julian Harney und Wilhelm Weitling in London. Weerth nimmt an dem von Harney und Weitling organisierten Meeting zur Erinnerung an die erste französische Revolution teil.

September: Rückkehr nach Bradford.

»Das Blumenfest der englischen Arbeiter« (Prosaskizze).

1846 *April:* Weerth wird Agent der Bradforder Firma Emanuel & Son für Belgien, Holland und Frankreich und unternimmt Geschäftsreisen durch diese Länder.

Weerth verwirft den Plan einer Herausgabe seiner gesammelten Gedichte.

Für das von Marx und Engels gegründete »Kommunistische Korrespondenzkomitee« übernimmt Weerth Kurierdienste und Kontaktpflege.

1847 *Juni:* Kongreß des Bundes der Gerechten, der in Bund der Kommunisten umbenannt wird, zu dem auch Weerth gehört.

Veröffentlichung mehrerer Gedichte in der Deutsch-Brüsseler Zeitung.

Beginn des Abdrucks der »Humoristischen Skizzen aus dem deutschen Handelsleben« in der »Kölnischen Zeitung«.

18. September: Weerth spricht auf der Freihandelskonferenz in Brüssel »im Namen der Arbeiter« und trägt die Ideen des wissenschaftlichen Sozialismus vor.

November: Wahl in den Vorstand der »Association démocratique«.

1848 *Februar:* Reise nach Paris aus Anlaß der Februarrevolution. Teilnahme an der Demonstration der deutschen Demokraten unter Führung von Georg Herwegh.

März: Nach der Märzrevolution Reise nach Köln. Vorbereitungen zur Herausgabe einer Zeitung.

1. Juni: Erscheinen der ersten Ausgabe der »Neuen Rheinischen Zeitung« unter dem Chefredakteur Karl Marx. Weerth wird Redakteur des Feuilletonteils.

Bekanntschaft mit Ferdinand Lassalle und Gräfin von Hatzfeld.

8. August: Der erste deutsche Feuilletonroman »Leben und

Taten des berühmten Ritters Schnapphahnski« erscheint als Serie in der »Neuen Rheinischen Zeitung« (1849 in Buchform).

19. September: Das Vorbild für die Schnapphahnski-Figur, der Abgeordnete der Nationalversammlung Lichnowsky, wird in Frankfurt am Main getötet. Weerth unterbricht den Abdruck seiner Feuilletonserie. Vorladung vor Gericht.

26. September: Belagerungszustand in Köln. Die »Neue Rheinische Zeitung« kann nicht erscheinen. Weerth verläßt zeitweilig die Stadt.

12. Oktober: Wiedererscheinen der »Neuen Rheinischen Zeitung«.

Ende Oktober: Weerth unternimmt die erste geschäftliche Auslandsreise (nach Belgien) nach Beginn der Revolution.

1849 *Januar:* Reise nach Hamburg und Treffen mit dem Verleger Julius Campe, der eine Buchveröffentlichung des »Schnapphahnski« vorschlägt.

März: Rückkehr nach Köln.

April-Mai: Geschäftsreisen nach Belgien und Holland.

19. Mai: Nach der Ausweisung von Karl Marx aus Deutschland erscheint die letzte Ausgabe der »Neuen Rheinischen Zeitung«. Weerth geht nach Lüttich.

Juni: Weerth hält sich in Paris, anschließend wieder in Belgien auf. Er wird aus Belgien ausgewiesen und nach Holland abgeschoben. Reise nach Köln, wo er mit Freiligrath zusammentrifft, Detmold und Hamburg.

Juli: Weerth erfährt, daß er von der Korrektionell-Appellationskammer in Köln wegen seines Romans »Schnapphahnski« zu drei Monaten Gefängnis verurteilt worden ist.

In Hamburg trifft er mit seiner Firma eine Vereinbarung über die Errichtung einer Agentur in Liverpool.

Reise nach Nordfrankreich und Paris.

August: Kurzes Treffen mit Heinrich Heine in Paris. In Calais macht er die Bekanntschaft der Lola Montez. Eintreffen in Liverpool.

September: Übersiedlung nach London.

Dezember: Kurze Reisen nach Holland und nach Bradford. »Proklamation an die Frauen«.

1850 *Januar:* Der Königliche Revisions- und Kassationshof in Berlin verwirft Weerths Einsprüche gegen seine Verurteilung.

25. Februar – 26. Mai: Weerth verbüßt seine Haftstrafe im Gefängnis Klingelpütz in Köln.

Juni-August: Geschäftsreisen (mit gelegentlichen politischen Kurierdiensten) nach England, Schottland, Portugal und Spanien.

Dezember: Treffen mit dem konservativen englischen Parlamentsabgeordneten John Packington.

1851 *Februar:* Rückkehr nach Hamburg über Paris, wo er Heinrich Heine besucht.

Heinrich Bürgers versucht erfolglos, Weerth zur Mitarbeit an einer neuen Zeitung zu gewinnen.

Juni: Aufenthalt in Detmold.

Juli: Reise zur Weltausstellung nach London. Treffen mit Marx, Ernest Jones, Wilhelm Wolff, Freiligrath und Bekanntschaft mit Wilhelm Liebknecht.

Juli-August: Reise nach Hamburg, Bradford und Holland.

Oktober: Aufenthalt in Bradford. Engerer Kontakt mit Marx und Engels, deren Versuche, Weerth zu neuer politischer und literarischer Tätigkeit zu gewinnen, jedoch erfolglos bleiben.

1852 *Februar:* Geschäftsreisen durch Holland und Deutschland. Weerth trifft in Köln mit Friedrich aus'm Weerth, in Elberfeld mit Hermann Püttmann und in Dresden mit dem Historiker Karl Eduard von Vehse zusammen.

April: Aufenthalt in Berlin und enger Kontakt mit Franz und Lina Duncker. In Leipzig Besuch von Lina Duncker und ihrer Schwester Betty Tendering.

Weerths Arbeitgeber, die Firma Emanuel, gerät durch den Konkurs der Londoner Filiale in plötzliche finanzielle Schwierigkeiten.

Juni: Weerth kann den Bankrott der Gesamtfirma abwenden helfen, die sich jedoch verkleinern muß. Weerth verläßt das Unternehmen. Er nimmt das Angebot der Firma Steinthal für eine Agentur in Mittel- und Südamerika an.

Oktober: Aufenthalt in Manchester, dem Sitz der Firma Steinthal.

Dezember: Weerth reist nach St. Thomas in Westindien ab. Bekanntschaft mit General Pedro Santana, dem Präsidenten der Dominikanischen Republik.

Reisen in Mittelamerika. Treffen mit Robert Schomburgk.

1853   *April-August:* Geschäftsreisen nach Südamerika.

September: Fahrt nach Mexiko und in die USA (San Francisco) (bis März 1854).

1854   *April-Juli:* Reisen durch Südamerika.

Oktober: Erneute Geschäftsreise nach Argentinien und Brasilien.

1855   *Mai:* Reise von Rio de Janeiro nach Southampton. Weerth entschließt sich zur Übernahme einer permanenten Agentur in Westindien.

August: Reise nach Deutschland und Besuche in Detmold, Hamburg und Berlin.

Ende September: Wiedersehen mit Betty Tendering in Köln, die seine Liebe aber nicht erwidert. Aufenthalt in Detmold.

Oktober: Erneutes Treffen mit Betty Tendering in Paris, wo Weerth mit seinem Bruder Wilhelm die Weltausstellung besucht.

November: Letzter vergeblicher Versuch der Annäherung an Betty Tendering in Marseille.

17. November: Abfahrt von Southampton nach St. Tomas.

Dezember: Reisen nach Südamerika.

1856   *März:* Längerer Aufenthalt in Kuba.

30. Juli: Georg Weerth stirbt im Alter von 34 Jahren während einer Geschäftsreise in Havanna am Gelbfieber.

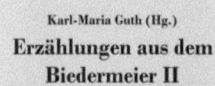

Erzählungen aus dem Biedermeier

Biedermeier - das klingt in heutigen Ohren nach langweiligem Spießertum, nach geschmacklosen rosa Teetässchen in Wohnzimmern, die aussehen wie Puppenstuben und in denen es irgendwie nach »Omma« riecht.

Zu Recht. Aber nicht nur.

Biedermeier ist auch die Zeit einer zarten Literatur der Flucht ins Idyll, des Rückzuges ins private Glück und der Tugenden. Die Menschen im Europa nach Napoleon hatten die Nase voll von großen neuen Ideen, das aufstrebende Bürgertum forderte und entwickelte eine eigene Kunst und Kultur für sich, die unabhängig von feudaler Großmannssucht bestehen sollte.

Georg Büchner Lenz **Karl Gutzkow** Wally, die Zweiflerin **Annette von Droste-Hülshoff** Die Judenbuche **Friedrich Hebbel** Matteo **Jeremias Gotthelf** Elsi, die seltsame Magd **Georg Weerth** Fragment eines Romans **Franz Grillparzer** Der arme Spielmann **Eduard Mörike** Mozart auf der Reise nach Prag **Berthold Auerbach** Der Viereckig oder die amerikanische Kiste

ISBN 978-3-8430-1884-5, 444 Seiten, 29,80 €

Erzählungen aus dem Biedermeier II

Annette von Droste-Hülshoff Ledwina **Franz Grillparzer** Das Kloster bei Sendomir **Friedrich Hebbel** Schnock **Eduard Mörike** Der Schatz **Georg Weerth** Leben und Taten des berühmten Ritters Schnapphahnski **Jeremias Gotthelf** Das Erdbeerimareili **Berthold Auerbach** Lucifer

ISBN 978-3-8430-1885-2, 440 Seiten, 29,80 €

Erzählungen aus dem Biedermeier III

Eduard Mörike Lucie Gelmeroth **Annette von Droste-Hülshoff** Westfälische Schilderungen **Annette von Droste-Hülshoff** Bei uns zulande auf dem Lande **Berthold Auerbach** Brosi und Moni **Jeremias Gotthelf** Die schwarze Spinne **Friedrich Hebbel** Anna **Friedrich Hebbel** Die Kuh **Jeremias Gotthelf** Barthli der Korber **Berthold Auerbach** Barfüßele

ISBN 978-3-8430-1886-9, 452 Seiten, 29,80 €